光文社文庫

開高健ルポルタージュ選集

ずばり東京

開高 健

光 文 社

目次

ずばり東京

前　白―悪酔の日々―

「……小説が書けなくなったらムリすることないよ。ムリはいけないな。ルポを書きなさい。ノンフィクション。これだね。いろいろ友人に会えるから小説の素材やヒントがつかめるし、文章の勉強になる。書斎にこもって酒ばかり飲んでないで町へ出なさい。これは大事なことなんだド」

昔、ある夜、クサヤの匂いと煙りのたちこめる新宿の飲み屋のカウンターで、武田泰淳《たけだたいじゅん》氏にそういう助言を頂いたことがあった。泰淳氏は東京生れの東京育ちで、都会人の特質である繊細なはにかみ癖があり、いつも眼を伏せるか、逸《そ》らすかして、小声でボソボソと呟《つぶや》くのだったが、他人の意見などめったに耳に入ることのない年齢だった私の耳に、どういうものか、この忠告が浸透した。コタエたし、きいたのである。

芥川賞をもらったのが昭和三十二年（一九五七年）のことで、いっぱし作家として公認、免許をとったわけだが、もともとプロの作家になろうという心の準備なり、覚悟なり、鍛練なりが積んであるわけではなかったから、たちまち壁にぶつかり、鬱症《うつしょう》も手伝って、ひどいスランプに陥ちこんだ。流砂に下半身をくわえこまれたようなもので、毎日、朝からウイスキーを飲んで、不安と絶望をうっちゃっていた。一日にトリスなら二本、角瓶なら一本を服用していて、風呂に入るとお湯がアルコールの匂いをたてるくらいであった。もちろん机の原稿用紙は白いまま。

こういう泥みたいな日々がつづくうちに、たしか昭和三十八年の夏だったと思うが、『週刊朝日』の編集部から誘いがかかり、『日本人の遊び場』というルポを書くことになり、二日酔いでフラフラの体をひきずって家を出た。ついで『ずばり東京』。これが一年余り。毎週毎週、デッサンの勉強にはげんだ。鬱、不安、絶望におぼれ、バナナの叩き売りのように森羅と万象をひっぱたくことに没頭し、ルポだから事実は事実として伝えなければならないが文体は思いつけるかぎりの変奏と飛躍の曲芸に心を托した。当時のトーキョーは一時代からつぎの時代への過渡期であったし、好奇心のかたまりであってつねにジッとしていられない日本人の特質が手伝って、あらゆる分野がてんやわんやの狂騒であった。破壊は一種の創造だというバクーニンの託宣は芸術家と叛乱家の玉条であるが、トーキョーもまたこの路線上で乱舞、また乱舞していた。それにひきずられて私は悪酔をかさねつつノミのように跳ねまわったのだった。その記録がこういう文庫版になって再刊されることになり、うれしいことはうれしいけれど、冷汗、熱汗、恥しさのあまり、ゲラを読みかえす気力がでてこない。編集部に白紙委任状をわたし、頭からフトンをかぶってしまう。

当時の『週刊朝日』の編集長は足田輝一《あしだてるかず》氏で、今は定年退職してナチュラリストとして淡麗の文業にいそしんでいらっしゃる。武蔵野の雑木林をさまよい歩いて明窓と浄机の日々を愉《たの》しんでいらっしゃる。私はといえば放浪が癖になってしまい、ヤングの表現ではエエ年《とし》ブッこいて、アマゾンのジャングルやアラスカの荒野を東に西にわたり歩いて、いまだに心、定まらない。はにかみ屋の武田泰淳氏はとっくに川の対岸に越しておしまいになり、クサヤの匂う飲み屋はいまでもあるけれど、私に親身の声で助言、忠告してくれる人はひとりもいない。

空も水も詩もない日本橋

日本橋、日本橋とよくいわれるけれど、だれが、いつ、そう命名したのかということは、はっきりわかっていないらしい。

昭和七年に「東京市役所編纂」の『日本橋』という「東京市史外編」の一冊として出版された『日本橋』というモノの本にはこの橋と町の歴史がこまかく書かれているが、橋の命名の異説もいろいろと紹介されている。

南北にわたされた橋の上にたってながめれば富士山あたりまでが見晴せて、朝日、夕日、また江戸の町のあちこち、東西南北、ずっと見ることができて、ほかにこれにかなう橋はなかったので、〝日本橋〟としたのだという説。大都市の中心にあって、日本人で江戸に入るものでこの橋をわたらないものはなかったから〝日本橋〟と名づけたという説。江戸の中央にあって日本全国の里程標はすべてここが起点になるので〝日本橋〟という名があったという説。また、〝にほんばし〟は〝二本橋〟であって、もとは丸太ン棒を二本わたした橋であったのではないだろうかという語呂合せの駄洒落《だじゃれ》説。さいごに、いちばん信用がおける説としては、『慶長見聞集』がある。

家康が江戸に入って日比谷の入江を埋立てて大改造したころに日本国中の人を集めてつくった橋があり、それを〝日本橋〟と命名したというのである。けれど見聞集の著者は、その巻の二で、事実はそうであっても、だれも会議をひらいてそうきめたわけではないのだとことわっている。

「天カラ降ッタノカ、地カラ湧イタノカ、皆ガ口ヲソロエテ日本橋、日本橋ト呼ブヨウニナッタガ、妙ナコトデアルト噂シアッテイル」と書いている。

家康は二万石以上の大名に、それぞれ千石について一人の率で工事人夫をだすように命じて江戸改造の埋立工事をした。人海戦術式に、ワーッと、ドーッと、やったらしいのである。だから日本国中の人間を集めてそのときにつくった橋だから日本橋と呼ぶようになったのだという説は、けっして無根拠とはいえないわけである。ただ、口紅から機関車まで、すべてのものに名前をつけずにはいられない現代の私たちにしてみれば、当時の首都の最大最長の橋の名が〝天よりやふりけん地よりや出《いで》けん〟というのは、おかしいことだと首をかしげたくなるわけである。

ロンドンにロンドン橋があるように江戸に日本橋があったのである。けれど、東京市役所の無名の学者は、橋の名を橋の男柱や袖柱に書きこむようにというような法令がでるようになったのは、徳川もずいぶん末期の弘化二年になってからのことであると考証している。だから徳川初期の慶長八年では、だれも橋の名を会議で決定しようなどとは思いつかなかったので、いつのまにかそう呼ばれるようになったのであるという想像のほうが事実に近いのではないか。

包装紙に『東京・日本橋』と店名の肩へ刷りこむ老舗《しにせ》がこの界隈《かいわい》に多い。「にんべん」、「国分」、「白木屋」、「西川」、「山本山」、「榮太樓」、「塩瀬」、「榛原《はいばら》」などという名を私たちはすぐに思いうかべることができる。〝大日本帝国〟にくっついて大きくなった「三井」も登場する。いずれも何百年とこの橋の付近に住みついてきたサンショウウオたちであるが、この人たちの先祖をさぐってみると、たいていが伊勢や近江《おうみ》の出身である。江戸は蛮地に家康が開拓した新興都市で、官僚の町、消費の町であった。お金という実力については大阪を中心とする関西商人たちがにぎっていた。その急先鋒の近江商人と伊勢商人が植民地開拓の情熱に燃えたって、ソロバンをカチャカチャ鳴らしつつ繰りこんできて、日本橋あたりから江戸を開発した。三井、にんべん、白木屋、西川、消えた伴伝、すべて伊勢商人、近江商人である。

「伊勢屋」という看板をかかげた商店がいたるところに氾濫して、一町あるくうちにおよそ半分はその看板が見られるという状態であった。業を煮やした時代の無名のスイフトが、俚諺《りげん》で、足をすくった。「伊勢屋稲荷に犬の糞」というような句を、発止《はっし》と、ぶっつけたのである。およそ事態はそのようなのであったから、〝江戸ッ子〟の先祖は伊勢商人、近江商人だということになりそうである。がめつくて、けちんぼで、やらずぶったくりで、冷酷で、通ったあとの道に草も木ものこさないという評判の高い近江商人が〝江戸ッ子〟の先祖であったというのは皮肉な話ではないか。

いまの日本橋界隈は、高層ビルのコンクリートの峰で埋めつくされているが、いくつかのブロックにわけることができる。日本銀行（本石町《ほんごく》）を中心とする金融街。兜《かぶと》町を核とする投資街。横山町あたりの問屋街。日本橋通りの百貨店街。

都庁の都市計画部へいって、ためしに、

「……ニューヨークでいえば、マジソン街と五番街とウォール街をごちゃまぜにしたということになりますか？」

と聞いてみたら、

「そう、そう。まさにそのとおりです。タイムズ・スクエアがないだけです」

という答えであった。

表通りはそういうありさまだが、ちょっと入った横山町では木やモルタル張りの家がアメーバ状の活力と混雑のうちに息づいている。中小の繊維問屋がマッチ箱のようにおしあいへしあいで活動しているのである。大阪の丼池《どぶいけ》筋とまったくおなじ光景が見られる。

青空駐車は五分間しか許さないよう指導員たちがしじゅう見てまわっているというが、道は荷物を積みおろしするライトバンの群れがひしめきあって、歩くには体を右に左にひねらねばならない。十五億エンをかけて共同駐車場をつくる予定なのだそうだ。すでに人間を疎開させるために、千葉県の高根台に五階建の鉄筋でこのあたり三十六店の社員たちの共同宿舎を建てつつあるという。それでも場所が狭すぎ、まわりから巨大ビル群に攻めたてられるため、神田川を干して共同ビルにする移動案もでているそうである。しかし、土地柄が土地柄なので、婆ァさまが、あたしの目の黒いうちはここをうごかないヨ、と宣言する家もあったりして、なかなかむずかしい。

すべての橋は詩を発散する。小川の丸木橋から海峡をこえる鉄橋にいたるまで、橋という橋はすべてふしぎな魅力をもって私たちの心をひきつける。右岸から左岸へ人をわたすだけの、その機能のこの上ない明快さが私たちの複雑さに疲れた心をうつのだろうか。その上下にある空と水のつかまえどころのない広大さや流転にさからって人間が石なり鉄なり木なりでもっとも単純な形で人間を主張する、その主張ぶりの単純さが私たちをひきつけるのだろうか。橋をわたるとき、とりわけ長い橋を歩いてゆくとき、私たちは、鬼気を射さぬ孤独になごんだ、小さな、優しい心を抱いて歩いてゆくようである。

しかし、いまの東京の日本橋をわたって心の解放をおぼえる人があるだろうか。ここには〝空〟も〝水〟もない。広大さもなければ流転もない。あるのは、よどんだまっ黒の廃液と、頭の上からのしかかってくる鉄骨むきだしの高速道路である。都市の必要のためにこの橋は橋ではなくなったようである。東京の膨脹《ぼうちょう》力のためにどぶをまたいでいた、かすかな詩は完全に窒息させられてしまった。そこを通るとき、私たちは、こちらからあちらへ〝渡る〟というよりは、〝潜る〟という言葉を味わう。鋼鉄の高速道路で空をさえぎられたこの橋は昼なお薄暗き影の十何メートルかになってしまったのである。橋を渡るのではない。ガード下をくぐるのである。暗い鋼鉄道路を見あげて私たちは、いがらっぽくもたくましい精力を感じさせられはするが、すぐに目を伏せて、心を閉じ、固めたくなる。東京のどこを歩いていてもそうするように……。

日本橋が橋でなくなったように、この界隈の町内一帯も、なにやら〝マジソン街〟とか、〝五番街〟とか、〝ウォール街〟とかいうようなものになってゆく。つまり、固有名詞ではなくなって、世界の首都のどこにでもある一般的な代名詞となってゆく。〝町内〟というような言葉がすでに死語である。

一坪が二百万エンも三百万エンもする土地でだれが昼寝したり、フロに入ったりするだろうか。居住人口は日を追い年を追って減るばかりである。数ある老舗も消えたり、散ったりしてゆく。のこった老舗も、のこしているのは店だけで、経営者たちが住んでいるのは郊外である。

店員たちも郊外の団地から通い、一日が終ればさっさと郊外へ帰ってゆく。住人がいないのだから、夜店も、お祭も、縁日も、句会も、相撲大会もない。おみこしかついで踊ろうと考えても、第一、おみこしをかつぐ若者がいないのだから、とうとう今年は夏祭ができなかった。おそらく来年もできないだろう。

百貨店と銀行の壁、その渓谷の底にある小さな寿司屋の二階で、二人の老人に会った。一人は六十九歳の寿司屋の隠居、一人は七十四歳のワサビ屋の隠居である。二人とも日本橋で生れて、育ち、尋常小学校以来の友達である。日本橋に魚河岸があって、そのなかで空気を吸って、日本橋川で水泳ができて、両国橋あたりで白魚が四ツ手網でとれるのを見て育ったという、いわば石器時代の日本橋原人とでもいうべき人たちである。二人はかわるがわるに江戸以来の日本橋をめぐる町と橋の歴史をかたりあい、去った人、のこった人を指折りかぞえてうわさしあった。彼ら二人は風や水や火や物価の変動にもかかわらず、いまだにここにしがみついて抵抗をつづけているのだが、噂にのぼる人物たちは、店締めした老舗の伴伝をはじめとして、のこっている人たちよりも去った人たちの数のほうがはるかに多く、広いようであった。

翁面のように純白になった眉をそよがせて原人の一人がひそひそと嘆いた。

「……なんてッたッて情緒というものがなくなったたな。僕が幼少のころはこのあたりに愚連隊なんかいなかったよ。町内の若い者がみんなでそういう奴《やつ》らを許さなかったのだ。力をあわせて暴力にたちむかったのだ。いまみたいに隣の人間がめいめいソッポを向いて暮して、十年たってもたがいに顔も知らねえなんてことは、なかったもんだ」

大杉栄をくびり殺した甘粕と軍隊では同期であったという元大尉、同期生の仲間に中尉が七十五人いたという、いまはワサビ屋のご隠居の原人は、山が海になるのを目撃した人間のようなおどろきをこめてつぶやいた。

「……たまに私など新宿あたりへゆくと、いやもうその人賑《にぎ》わいのたいへんなこと、なにがなにやらわからなくなって、目がまわりそうですよ。まるでお上《のぼ》りさんみたいな気持ですな。それにくらべて夜の日本橋のさびれたことといったら、これまたたいへんなものでしてね、地下鉄で新宿から帰ってきたら、まるで田舎へやってきたみたいな気持がします」

おそらくそのとおりである。

いまから三年前の昭和三十五年の数字を見ると、中央区の人口は、昼間は五十五万人で、夜はたったの十五万人である。そして、この三年来、昼間の人口がふえるいっぽうなのに、夜の人口、つまり原住民の数は減るいっぽうなのである。日本橋本石町二丁目というところは、男も女もいない。人口ゼロである。ふしぎな町だなと思ってしらべてみたら、これは日本銀行であった。もともと「本石町二丁目」という町名は日本銀行だけのためにつくったものらしくて、昔から原住民ゼロなのだそうである。しかし、いずれにしても、夜になれば、あのあたりは壁と柱だけの、まったくの無人地帯となってしまうのである。

昼間のこの地区の活動ぶりを想像するのによいもう一つの数字がある。都電の一番線は品川から出発して銀座、日本橋をぬけて上野へゆく。始発は午前五時である。その時刻だと片道三十五分でゆける。ところが、白昼となると、これが一時間以上たっぷりとかかるのである。自動車の洪水《こうずい》で路面がおおわれるわけだ。地上を走らないで高架の国電にのれば品川—上野間は、たったの二十分でいけるのだが……。

「銀座に客をさらわれて夜になるとまるで人通りというものがない。百貨店が大戸をおろしてしまうといよいよ闇です。そこで地元の私たちが陳情にいって、せめてウインドーだけは締めないで灯《あかり》をつけておいてくれないかとたのんだ。どうやら髙島屋だけは理解して灯をつけてくれているようですが……」

「効果がありましたか？」

「ないようですね」

ワサビ屋の老人は頭をふり、さびしそうに笑った。

寿司をご馳走してもらってからワサビ屋の老人といっしょに外へでた。ビルの薄暗い渓谷の底を歩いていると、灰いろのコンクリートの道には紙くずが散らかって風に踊っているだけだった。老人はあたりを指さし、昔はここは食傷新道といわれるほどたくさんの店が目白押しにならんでいたものですとつぶやいた。そして、嘆くでもなく、恨むでもない、淡々とした口ぶりで、微笑して、いった。

「時代なんですね、当然のことですよ。これでいいんです」

表通りの電車と自動車のすさまじい鉄の洪水のなかを、老人はひょいひょいと、達者な足どりで消えていった。

白鳥の
まさに死なんとするや
その声や
美《よ》し

これが深夜喫茶だ

夜の十二時になるまで寝ていてから、町へくりだし、朝の六時頃まで漂流した。あちらの深夜喫茶、こちらの深夜喫茶で、入るたびにウイスキーやコカコーラや紅茶を飲んだので、家へ帰って寝床にころがりこんだら、おなかが水樽みたいにゴボゴボッと音をたてた。

警察署にいって事情を聞いてみると、錦糸町の駅前あたりのが派手にやっているという。三階建ぐらいのがあって二階からうえは〝御同伴席〟となり、二人づれでなければ入れてくれない。店内は法規違反でまっ暗になっている。刑事が照度計を持ってのりこむと、ドア・ボーイが合図でもするのか、ちゃっと変圧器のダイヤルをまわして明るくする。刑事がでていくと、また暗くなる。その暗がりで少年、少女がタバコをふかし、キスをし、ヘビー・ペッティングにふけり、睡眠薬遊びをしているという。ついこのあいだは、十七、八歳の少女が、おおっぴらに匕首《あいくち》をチラつかせていたことがあったともいう。

いわれるままに錦糸町へいってみた。どの店も明るくて、デコラ張りのテーブルがテラテラ光り、ジャンパーにサンダルという若者たちがひっそりと紅茶を飲んでいた。ボックスは明るく、仕切りが低くて、となりの席でなにをしているか、まる見えである。三軒ほど歩いてみたが、どの店もおなじであった。若者たちは服装も眼の光りぐあいも、〝プレイ・ボーイ〟ではなく、〝生活〟の匂いがぷんぷんしていた。このあたりに住んでいて一日の仕事が終ったのでお茶を飲みに這《は》いだしてきたところだという印象であった。駅前広場に十人ほど背広姿の若者たちが集って立話にふけっていたが、その様子は、衝動や情熱を持てあましているというよりは、むしろ、くったくしてあくびをこらえているというようなところがあった。どこにも熱い頽廃《たいはい》の沼気はないようだった。

深夜喫茶の本場は新宿だというので、新宿へいってみた。ここは居住者の土地というよりは通過者の土地である。通過する人びとがおとしてゆくものでにぎわっている。五階建の喫茶店が電車通りに面して、蒼暗《あおぐら》い、紙屑《かみくず》だらけの荒野のなかに白く輝いている。二階が〝一般席〟、三階、四階、五階が〝御同伴席〟となっている。二階にあがってみると、天井から造花のモミジや、ブドウなどがぶらさがり、隅から隅まで明るくて、デコラ張りのテーブルが光っている。テーブルのうえには十エン玉を入れてハンドルをひいたらチョコレート・ビーンズのでてくる小さな器械が一個ずつおいてある。十エン玉を入れたらチョコレートでくるんだ豆がコロコロとでてきた。

………

深夜喫茶の帰り道
恋と若さに身をまかせ
しんみりしんみり歌おうじゃないか
ハァー、東京小唄（井田誠一作詞、鈴木庸一作曲「新東京小唄」より）

なにげなしにレコードを聞いていると、そういう歌が耳に入ってくる。まるで大正か昭和初期。〝カフエ〟時代ではないか。なにひとつとして変っていやしないじゃないか。と思っていたら、今度は、いきなり、〝クワイ河マーチ〟の口笛軍歌ときた。おやおやと思っていたら、つぎは、突如としてジャズである。チコ・ハミルトンのドラムが地平線の遠雷のようにつぶやきはじめて、やがて瀑布《ばくふ》となって世界を粉砕し、一瞬、怒りと叫びに輝いてから、事を終った男のようにひくひくふるえつつ、つつましやかに水のなかへ去っていった。

あたりにいる客は、若い人たちばかりだが、さまざまである。機械油のしみのついたジャンパーを着た工員。軽い咳《せき》をする大学生。はだしにビニールのサンダルをつっかけて肩にトレンチコートをひっかけた少女たち。毛糸の上っ張りを着てうなだれている五十歳ぐらいのおばさん。塵ひとつない背広姿でいっしんに書きものにふけっている青年。まっ赤な眼をしきりにパチパチひらいたり閉じたりしているサラリーマン。すみっこで四、五人の若者たちがお勘定をしようとしてテーブルに十エン玉やら百エン玉をばらまいていい争っている。

「よォ、坊や、もっとだせよ」

「わるい。これっきりだ」

「よォッ、おめえダチ公つれて大きな顔してよッ、ダチ公の面倒見てるのならよォッ、それっきりってこたあねえだろ」

少女が声をかける。

「坊や、坊や、いいのよ、いいの。あたしが払ってあげるからね。無理しなくたってサ、いいジャン」

坊やはだまっている。

兄ィは酔って吠える。

「お、お、お。スケの助太刀か。お安くねえぞ。いつからカンケイしやがった。おれをだましたな。ちゃんと知ってるぞ。よォッ。どうしようッてんだナ。おれのペテンはマブイんだぞ」

「わかってるわよ。これでいいジャン」

「お、お。スケがだしたぞ」

「坊や。もうすんだの」

トレンチコートの少女がアイシャドーを入れてフクロウのように見える眼をきょろりと瞠《みは》って姉《あね》さん女房みたいな口のききかたをすると、〝坊や〟と呼ばれた丸刈りの少年はふくれたまま口のなかで、うむ、とか、なんとかつぶやいた。

街道の雲助みたいに無精ひげで顔を埋めた兄ィは、凄《すご》むわりにどことなくタヌキが草むらで眼をパチクリさせているようなところがあり、またしても、よォッ、よォッといって、今度は少女にからみはじめた。少女はうるさがって、便所にかくれた。ほかにもGパンの生地で詰襟のジャンパーをつくったのを着こんだ若者が一人、ぼんやりと兄ィと若い恋女のやりとりを眺めていたが、この一群はついに何者であるのか、私にはわからなかった。兄ィの声が酔ってあまり高いのでレジの女が警察に電話した。刑事がやってきた。兄ィはゴム草履《ぞうり》をペタペタ鳴らしながら眼鏡をかけた中年の刑事につれ去られていったが、その途中で私の顔を見てニッコリ笑い、どういうわけか、やあ、やあ、といった。

こういうゴタゴタは一回きりしかなかった。ほかの客たちは、てんでんばらばらな方向を向いたまま、知らん顔をしていた。学生はうなだれて本を読み、青年はせっせと書きものをつづけ、サラリーマンは眼をパチパチさせ、レコードはたえまなく鳴りつづけた。水族館で見たフグのようだ、と私が思う。水族館のフグは蒼白な光を澱《よど》ませた水槽《すいそう》のなかで、黄昏《たそがれ》のような微光のなかで、めいめい勝手な方向を向いて、退化した、小さなヒレをそよがせている。おちょぼ口のどんぐり眼だが、まったく活動力を失って、その退化しきったヒレはただ水のなかで体が倒れないように舵《かじ》としてくっついているだけである。フカにかじられてもいいように頭だけが鉄のように堅い。薄明の水のなかに佇《たたず》むその石頭のなかにどんな感想がつまっているのか知りようもないが、見るからに〝孤独〟を凝固させたらこうなったのだという顔である。

「……都条例により、お客さまにお願い申しあげます。客席内でお眠りになりませんよう、お願い申しあげます。なお、ただいま時刻は午前三時ジャストでございます」

ときどきレコードがやんだかと思うと、そういう声が聞えてくる。マネジャーという人がいたので聞いてみると、一時間ごとに繰りかえすのだということである。国電なり都電なりの始発がでる頃まで一時間ごとにそうやって客の目をさましつづけるのである。客たちは背を正したままの恰好で眼をパチパチさせながらひたすら暁を待ちつづけるのだ。鈍行の二等の夜汽車みたいだ。たいへんな苦役である。人びとは、うとうとしながらも頭をあげて、フグの顔をよそおいつづける。

私の席のまえに五十がらみのおばさんがすわって、手帖をテーブルにおいている。手編みらしい毛糸の上っ張りを着て、くたびれた買物袋を持ち、ぼんやりした顔つきで暁を待っている。聞いてみると、八王子あたりからやってきたらしい。今日は帰らないと子供たちにいってある。ここで夜をあかして、明日になればすぐに仕事の残りを片づけにでかけるという。〝仕事〟というのは、手帖をかいま見た数字や人名の表によれば、保険の勧誘ではないかと思う。旅館に泊らないのかと聞いたら、ここのほうが安いし、お茶を飲んだらサービスにゆでたまごやカステラがつくから、という。はじめての御経験ですかと聞いたら、いやもう三度か四度めだという。それだけつぶやいたら彼女は口を閉じ、眼を薄く閉じ、鉄床《かなとこ》のように厚くたくましいだんご鼻の孤独にもぐりこんで、でてこようとしなくなった。

ほかに何軒もの深夜喫茶を歩いてみたが、どこでもだいたいおなじような雰囲気だった。〝一般席〟では一人っきりの少年や一人っきりの少女が疲れて、くったくしきった顔つきで泥のようにしのびよる眠りと争いつつ夜のあけるのを待っている。〝御同伴席〟では二人づれが肩をよせあって池の底のような微光のなかでひそひそと語りあったり、放心にふけったりしている。

一つの小さなテーブルに向った二つの椅子はまえを向くしかないので、彼ら、彼女らは汽車にのったように行儀がよい。どの顔にも〝生活〟のヤスリの跡があったように思う。朝から晩まで一日じゅう追いまわされて、やっとここにきて息をついた、というような表情がある。彼らがどこではたらいているのかは聞かなかった。おそらく新宿界隈の大衆食堂、ラーメン屋、喫茶店、酒場、あるいは工場や会社の深夜勤のあとだろうと想像する。

電車がなくなってもタクシーがゴマンとあるのに、彼ら、彼女らはそれを拾わなかったのである。恋を遂げるためなら旅館が無数にあるのに、そこにも泊らなかったのである。人前はばからずに抱きあい、キスをしたらいいのにと私は思ったが、たいていの二人づれはつつましやかだった。朝の軒さきのスズメのようにおずおずしていた。不感症の中年女どもの糾弾の声、たえず風邪をひくまい風邪をひくまいと用心している偽善の〝良識〟おじさまたちの声をはばかっているのか……。

舗道や壁やゴミ箱などにカミソリのような若い朝日が射《さ》してきた。あちらの辻、こちらの辻に、一人、二人、背を丸め、襟をたてて、だまりこくったまま電車道をわたってゆく人影がある。夜の影ともつかず、朝の影ともつかず、泥棒猫のように穴や裂けめから道に這いだして、どこかへ消えてゆく。

『地球の上に朝が来る』という昔の流行歌の一節を思いだす。それを私は『子宮のうえに朝が来る』と書きかえ、すばらしい詩じゃないかと思ったりしながら、小屋のようなお茶漬屋に入る。

ファッション・ガールかなにかと思える二人の女がよごれたカウンターに肘《ひじ》をついて、お新香を頰張りながら鼻声でたがいの手相を見あっていた。金星丘がどうの、運命線がどうの、という声が聞え、私はなんとか線が二つに分れてるの、という声が聞えた。どういうことなの。あくびまじりの心配声が聞えた。つまり私は二重人格ってことなのよ。吐息をついて声が答えた。

二人の女はせっせとゼンマイの煮つけを食べ、カマスの焼いたのを食べ、御飯のおかわりをし、お新香を食べた。食べているとちゅうで、二重人格ってことなのよ、といったほうの女が睡眠薬を飲んだ。

ゼンマイを食べ、カマスを食べ、御飯のおかわりをし、お新香を食べる頃になって、あ、私、きいてきた、今日はおかしいわよ、眠い、といったかと思うと、茶碗とお箸《はし》をほうりだして、そのままそこへコロリとよこになってしまった。お茶漬屋のおかみさんがレインコートを持ってきてやると、女は薄く目をあけて、つぶやいた。ああ、そのレインコート、Aって字をかたどったつもりなの。どうしたのかしら。眠いの、おばさん。そうつぶやいて彼女はきれいに足を組んでいぎたなく眠りこけた。

一晩見て歩いたが、私はフグの凝固した孤独のほかにはなにも見なかったような気がする。ヘビー・ペッティングも見なかったし、睡眠薬遊びも見なかったし、匕首をちらつかす青い梅の実も見なかった。ねむけざましに手の甲へタバコをおしつけるという光景も見なかった。見たのは、一日をまじめにはたらいたあとの正しき、よき人びとが行き場所に暮れてひたすら暁を待っている姿、または、非難されるにはあまりにつつましく行儀よい恋人たちの後ろ姿だった。

九月十一日から四月十日までが「風俗事犯等ノ取締リノ強化月間」である。私が見たのは十月二日の夜である。鞭《むち》でたたかれたあとの小学生を見たようなものである。おそらく、しばらくたてば、もとへもどるのだろう。いつもこんなふうであるかどうかは、毎夜毎夜見て歩かなければわからないことである。

「国家公安委員会」は社会の安寧秩序のために全員一致で深夜喫茶の全廃に賛成したという。すると、どうして巨額の選挙違反や汚職など非行成人たちの徹底的摘発にも〝全員一致〟してのりださないのだ。深夜喫茶だけが非行少年の〝悪の温床〟ではないだろう。目も鼻もあけていられないような水源地の汚濁をそのままにしておいて、下流の田ンぼのちょろちょろ流れを澄ませようとするのに似ていはしないか。

深夜の密室は流れる

自動車は流れる密室である。

いろいろなふうに使われる。これは鉄とガラスでできた応接室であり、書斎である。茶の間であり、取引のお座敷であり、しばしば寝室でもあるし、ときには便所ですらあるようだ。いずれにしても密室である。みんなホッと息をついてくつろぐ。朝から晩までのべつに追いたてられ、はたらかされ、他人のために生きているこの狂気の都の住人たちは、自動車にのったときだけ、自分の時間をとりもどすのである。ほかにそういう場所がないのである。そこで沈思にふける人もあれば、短い忘我の旅をする人もある。とりわけ深夜となると、誰にも見られていないと思うものだから、奇想天外の行動にでる人もあるようだ。思いだして、ニヤリとなさる人がある。そう。つぎの短篇小説の登場人物たちは、みんな、〝あなたに似た人〟びとである。

あちらこちらのタクシーの運転手さんたちのたまり場になっている食堂へでかけて、つぎからつぎへと来ては去る運転手さんをつかまえて話を聞いた。彼らの観察と記憶は奇抜な偶然性にみたされていて、意表をつくものばかりだった。西鶴と『デカメロン』をごちゃまぜにして読むような気がした。覚悟はしていたものの、呆《あき》れてうならされることが多かった。話し上手な人ばかりなので私は眉《まゆ》にツバして聞いたのだけれど、ほんとかねと聞くと、たいていの運転手が、私の無知と想像力の不足をあわれみ笑って、いまの東京はそういうところなのだと力説した。なにしろ切れた足が窓を蹴やぶってとびこんできて、電車の乗客がたおされるというようなことも起る土地柄である。すべてが可能なのである。どんなことだって起るのである。いちいちおどろいていた日にはお脳がもちませんよ。おどろくなどということは、ここじゃあ、なにか一種異様な、石器時代の感情ですよ。

ある運転手が話した。

東雲橋《しののめばし》（江東区）のあたりで、ある夜ひろった客は、二十二、三歳の娘さんだった。身なりはきちんとしていて、すわったところを見ると、膝《ひざ》を正しくあわせ、小さな両手をおだやかにかさねていた。行先をたずねると、静かな声で、私これから死ぬの、といった。何度たずねても、それだけしかいわなかった。ひっそりとした声で、何度でも、私これから死ぬのとくりかえした。

本気でそういった。死ぬのなら隅田川の上流へいったほうがいい。いくらか水がきれいだから。そういったら、娘は膝に手をおいたまま、小首をかしげ、じゃ、そうするわ。そこへつれていってくださいな。と答えた。気味わるくなって車をとばし警察署でとめた。係の警官がやってくると、娘はあわてずさわがず車をおりていった。警官にも彼女は、私これから死ぬのといった。翌日、気になったので署へいってみると、娘の身元がわかって、親がひきとりにやってきたあとだった。精神病の娘が家出してさまよっていたのだとわかった。

ある運転手が話した。

新橋の烏森《からすもり》でひろった客をロング（遠出）で八王子まで送ったあと甲州街道をもどってくると、ひどい雨になった。川底を走っているのかと思うほどひどい雨であった。ワイパーがいくらやっきになってうごいても視界には泡《あわ》だつ水しか見えなかった。用心して速度をおとし、のろのろと甲州街道を走っていると、とちゅうで街道のまんなかに一人の女がうつぶせになってたおれていた。豪雨にうたれるまま両手をのばしてたおれている。よけて通ろうと思ったが、深夜でほかに車もないようなので、車をとめた。目も口もあけていられないほどの雨なので、そのまま助手席に女をかつぎこんだ。女は全身びしょぬれになってぐったりと崩れ、東京までつれていって、といったきり、眼を閉じてしまった。新宿の灯が見えるあたりまで来たとき、それまでだまりこくって眠りこけているようだった女が、とつぜん眼をパチリとあけて起きなおった。そして、こんなにおそくなってはどうしようもないから、どこかの旅館へつれていってほしいというような意味のことをいった。千駄ヶ谷で一軒の旅館があいていたので、女をつれていってやった。部屋に入ると彼女は運転手に感謝し、優しくおそいかかった。朝まで寝かせてもらえなかった。翌朝十一時ごろになってようやく眼をさますと、女は消えてなくなっていた。床のカーペットには雨のしみだけがのこっていた。ハッとしてベッドからとびだし三点セットの椅子の背にかけたジャンパーのポケットをさぐってみたら、五エン玉一つのこっていなかった。

ある運転手が話した。

後楽園の競輪にいくという客を池袋からのせた。五十がらみの男で、くたびれた鳥打帽をかぶり、地下足袋《じかたび》をはいていた。大工の棟梁《とうりよう》か、土方の頭《かしら》かと思えるような客だった。後楽園の競輪場へ遊びにゆくところだという。車を走らせつつ世間話をしているうちに、客は運転手に、あんたは競輪をしないのかと聞いた。してもいいけれど暇がないのです、と答えると、暇があったらやるかと聞く。暇があっても稼がなければならないからと答えたら、暇と金があったらやるかねと客が聞いた。いつになったらそんな身分になれることでしょうと答えた。すると客は革ジャンパーのポケットから札束をとりだして運転手の手におしつけた。ここに五万エンある。今日はこれだけ遊ぼうと思って持ってきたのだが、あんたにあげる。勝っても負けてもいいから一文のこらず使ってみろ。勝てばあんたがとればよい。負けてもともとだ。ただし一文のこらず賭けろ。つまり、五万エンで一時間か二時間おれがあんたの体を買うわけだ。
後楽園についたら、運転手は五万エン持って競輪の券売場へいき、客はヤキトリの屋台に入った。競輪をするのははじめてだったので、運転手は五万エンをたちまちスッてしまった。しょげてヤキトリの屋台で待っている客のところにもどると、客は床几《しょうぎ》に腰をおろしてコップ酒を飲んでいた。負けて申しわけありませんとあやまると、客は怒り、なにもあやまることはないだろう、おれが好き勝手にしたことだ、もう仕事にもどれといった。いわれるままに運転手は紙屑《くず》と砂埃《ぼこり》と屋台の煙のなかを歩いて自動車にもどった。客はそのままコップ酒を飲みつづけた。姓名、年齢、職業、住所、なにひとつとしてわからないままに別れた。あまり裕福な身分でないことはコップに入っているのが焼酎《しょうちゅう》だと匂いでわかったので、のみこめたが、それ以外のことはなにひとつとしてわからなかった。その日の夜、会社にもどったら、水揚料が少ないのでこっぴどく叱られた。こういう客があったのだといって説明してみたが、誰も本気に聞いてくれなかった。

ある運転手が話した。

犬が歩いてくるのを見た。買物にやらされたあとらしく、首に風呂敷包みをぶらさげていた。駅のそのあたりには踏切と陸橋があったが、会社帰りのサラリーマンや市場へ買いものにでかけるおかみさんでごった返していた。いつものたそがれの混乱があった。車道を歩く人。車のまえをかすめる人。赤信号なのに走る人。犬は人ごみのなかをやってきた。踏切にさしかかると、ちょうど遮断機がおりてきた。犬は遮断機がおりてくるのを首をあげて見た。走りぬけようと思えば走りぬけられるのに、また、そのことをよく知っているらしい気配でもあったが、そうしなかった。まわれ右をすると、いらいらして足踏みをする人ごみをぬけ、トコトコと静かに陸橋の階段をのぼっていった。

ある運転手が話した。

銀座あたりの客には見かけだおしが多いけれど、これもその一つである。夜ふけに有楽町で一人の紳士をひろったら、小岩へいかされた。ひどいハモニカ長屋の、いまにも崩れそうな穴の一つに紳士は入っていった。前灯も尾灯も室内灯も、灯《あかり》という灯をみんな消して待っていてくれ、すぐでてくるからといった。いわれるままに灯を消して待っていると、紳士は家族をつれてでてきた。妻と子ども二人。上野へいってくれという。妻は車のなかでしくしく泣きつづけ、紳士がなにをいっても答えなかった。子どもたちはピクニック姿で水筒を肩からさげていたが、一人はすぐに眠ってしまった。もう一人の子は自動車とすれちがうたびにはしゃいだ。これから夜逃げするところなので、さっき灯を消してもらったのは家主に見つからないようにするためだと紳士が話をした。いまから上野へいっても汽車や電車はないはずだが、と運転手がいうと、じゃあ駅の待合室で夜を明かすさと紳士が答えた。それからどうするんです？　さァね。山手線にでものって考えることとするか。そうだ。あれは三十エンで何周でもできる。上野駅につくと、紳士は二人の子どもの手をひき、泣きつづける妻をつれて、蒼白《あおじろ》い洞窟《どうくつ》のような駅のなかへ入っていった。タクシーの料金はきちんと払ってくれた。さいごの虚栄らしかった。着のみ着のままで夜逃げする人間がどうしてタクシーにのるのか、運転手にはのみこめなかった。

ある運転手が話した。

深夜の東京駅や上野駅には家出した少年少女がいるが、それを狩り集めるやくざもいる。言葉たくみに持ちかけて狩り集めるのだ。八重洲口あたりにトラックや自動車を待たせておく。少年たちはトラックに積みこみ、少女たちは自動車につめこむ。そして、どこへともなく消えるのである。顔を見おぼえるくらい何度もそのやくざたちを見たから、彼らはしじゅう人狩りに来ているのではないだろうか。

ある運転手が話した。

これは友人の経験だけれど、熊谷《くまがや》あたりまで遠出して田んぼのまんなかで刺身庖丁《さしみぼうちょう》をつきつけられたことがある。人を見る目がなかったのだと反省して金をくれてやった。ところがあたりにはタクシーもなければ電車もなく、人家の灯《ともしび》も見えない。若者は途方に暮れて、佇《たたず》んでいる。おれも男だ。金を返せとはいわない。あんたは東京だろ。一人のるのも二人のるのもガソリン代はおなじだ。のりなよ。声をかけたら、若者はのこのことのりこんできた。そこで、どんどん、どんどん、もと来た道をひき返し、東京の入口のところで街道にポリ・ボックスがあったので、そのままズーッと横づけしてやった。おっさん、ずるいと若者は叫んだ。

ある運転手が話した。

何年たっても首に麻縄の赤い跡が消えないでいる運転手がいる。また、酒も飲まないのにいつも右の眼だけまっ赤になっている運転手もいる。客にしめられたときにあがった血がそのままおりないでいるのじゃないかと思う。

ある運転手が話した。

中野からのせた、いい家の奥さんらしい中年女性に、ひっそりしたところへいってくださいといわれたので石神井《しやくじい》公園へつれていったら、体を貸してちょうだいといわれた。

ある運転手が話した。

かあちゃんにたのまれて浅草の特売店へ買物にいったら、外人が二人の子供をつれてたっていた。子供は二人とも日本語で話しあっていた。外人は息子たちの日本語が理解できないらしく困ったように笑って首をよこにふっていた。クツも背広もくたびれ、ネクタイもしめていなかった。電柱のかげにかくれるようにしてたっていた。弱い外人もいるのだと思った。

ある運転手が話した。

上野公園のルンペンは、捨てられた競輪場の券を集め、一枚一枚、日光浴をしながらアタリとカスを調べる。月に二、三万円の収入になるそうだ。ズックのカバンにぎっしりと土にまみれた車券がつまっていた。

ある運転手が話した。

新宿二丁目でのせた客は、夜ふけなのに、ゆくあてもないらしく、新宿御苑あたりへいってくれといった。新宿御苑につくと、青山墓地あたりへいってくれといった。青山墓地につくと、助手席にのりこんできた。そして、とつぜん、切迫した、熱い、ひくい声で、告白した。戦争中にスマトラのうえにあるなんとかいう島で暮したが、男ばかりであった。そのときから、女に感ずることができなくなった。成城の家には妻も息子もいるが、女にはなにも感ずることができない。さっきから後ろ姿を見ていると、耳から顎《あご》へかけて、あなたは昔の兵隊仲間の恋人にそっくりだ。そう思うとがまんができなくなった。これこのとおりだ。客はそういって運転手の手をとった。さわってみると雁《かり》がくわっとひらけてこわいような怒張ぶりだった。

あたりは静かな墓地である。運転手はうろうろしつつ、介錯《かいしゃく》だけ手伝ってやった。客はポケットから白絹のハンカチを走らせた。なにかの花のいい香りがした。

渋谷へぬけて、成城へいく。

客は厚い木立ちのある、りっぱな一軒の邸へ、通用門から消えていった。屋敷町にはひっそりとした青い匂いのする空気がただよい、霧が流れている。かぞえてみると、客のくれた料金には五千エン札が一枚よけいにまじっていた。自動車からおりしなに、爽《さわ》やかないい香りを襟《えり》からたてるその客は、恥じた低い低い声で、つぶやいた。

「……私は戦争犠牲者だ」

自動車からおりると、手もふらず、ふりかえることもなく、そのまままっすぐに歩いて、大谷石を切った通用門に消えていった。

「求人、当方宿舎完備」

東京へ、東京へと、毎年、おびただしい数の少年少女が日本全国からやってくる。彼ら、彼女たちは商店や会社に就職し、まず独身寮に入って、大東京を勉強しにかかる。東京にある幾本かの私鉄の沿線の郊外には大小無数の寮が散らばっている。社員寮を持たない商店や会社というのが珍しいくらいだから、都内にある寮の数は、かぞえてみたら、ちょっとした数字になるだろう。

すし屋や酒場でもちょっとした店になると寮を持っているのだ。アパートは部屋代が高くつくし、不便でもあるから、寮を持たないことには職人やホステスたちをひきつけておくことができないのである。

地方からやってきた少年少女たちは、はじめのうちこそ西も東もわからなくて廿日《はつか》ネズミのようにふるえているけれど、ものの二カ月か三カ月もたつと、すっかり変る。どんな満員電車にのってもつぶれないように肋骨が丈夫になるし、自動車と自動車のあいだを電光石火でかすめとぶので足がアユのように速くなる。無数の人の眼で洗われて少女たちは見る見る美しくなる。特売場の人ごみをかいくぐっているうちに身ごなしがカモシカのようにしなやかになる。眼はどうかというと、新聞の見出しの初号活字をチラチラ眺めるだけで、よけいな知識の影というものが射さないから、スターのように美しく澄んでくる。頭のほうはとぼしい給料のやりくり生活だから、すべて計算や回転がずんずん速くなる。指は指で土曜ごとに徹夜で麻雀《マージャン》をするから機敏、繊細さを増すこと、いちじるしい。

なにごとによらず、この都で他人にだしぬかれないためには夜討ち朝駈け、早く食べ、早くだしということを体得しなければいけないので、たえずカッカッとして、血行のよくなることったらない。体じゅうあちらこちらがたえずブンブン唸《うな》って活動するので、二カ月か三カ月たつと、みんなアッというように変ってしまうのである。うごかないのはオヘソぐらいかと思っていたら、これにも眼をつけるのがでてきて、オリーブ油をぬってよくマッサージしたら、美容と健康にズンとよろしいという。

中央線の三鷹のあたりには大会社の独身寮がたくさんあるが、そのうちの一つにいってみた。ホテルや地下鉄工事やビル建築などで有名な建設会社のものであるが、いってみておどろいた。〝寮〟などという字では想像もつかないような、鉄筋五階建、螢光灯ピカピカ、機能主義、テニスコート付、全館冷暖房、バス、トイレ付、諸施設完備、和室あり洋室あり、二階にはバスケットボールのできる体育館までついていて、たいていのホテルが顔負けしてしまいそうな、すばらしいものである。

高校卒、大学卒もまじえ、入社して一年、二年、平均年齢二十一歳という若者たち二百数十人ほどが、ここで暮しているのだが、部屋を見せてもらうと、みんな二人用の洋室である。テーブルが二つ。本棚が二つ。寝台が二つ。不意打ちしてみたのだが、部屋のなかはいずれもきちんと整理してある。壁にも床にも若者特有の、あの、青いようでもあり、生革《なまかわ》のようでもある、夏の汗や足のうらなどの匂いをまじえた、ねとねといやらしい匂いはどこにもくすぶっていなかった。

たいていの部屋にステレオや小型テレビなどがおいてあるのでおどろいた。若者たちが月賦で買いこんだのである。会社に出入りの電気屋が安くしてくれるのだということだが、建設会社は景気がいいのかも知れない。

「レコードはどんなのを聞いているの？」

「いろいろですよ。娘さんよく聞けよって山男の歌をかけるやつもあるし、ハチャトリアンをかけているのもいるしね。けれど、二人一室だからね、自分の好きなときに聞くってわけには、なかなかいかんですよ。まあ、たいてい、部屋の飾りだね。見て楽しんでるだけです。嫁入道具を買いこんでんだなァ。ささやかな夢というもんですよ」

あとで北品川にある洋菓子屋の女子寮にいってみたら、ここは狭い狭い洋室に四人の少女が頭をうちそうなバンク・ベッドで暮し、二等の寝台車にそっくりであった。壁に裕《ゆう》ちゃんのブロマイドを貼《は》ったり、コケシの人形をならべたりするほか、飾りらしい飾りがなにもないので、これにもおどろかされた。

「殺風景だなァ……」

私がつぶやくと、少女の一人が、

「こんなところ、飾る気がしない。それに、あれでしょ、ステレオだってなんだって、毎年どんどん新型がでるんだから、あわてて買ったって流行おくれになるだけでしょ。だからさ、みんなお金で持ってるんです」

「〝にぎり矢印〟ってわけだ」

「そんなでもないけど……」

彼女はそうつぶやきながらも期するところあるまなざしで、ニッと笑った。この寮には銭湯のおつりをためて、一エンのアルミ貨を千コもためこんだ少女がいるということである。収入の格差ということはあるだろうけれど、おなじ年の少年と少女で、もうこのように性格のちがいがくっきりとでてきているのを見ると笑わせられた。

給料や、ボーナスや、昇給率や、厚生施設や、有給休暇のことなど、こまかい数字をつぎからつぎへとたずねたり、答えられたりしたのだけれど、とどのつまり、そういう数字にかこまれて暮して、どういう感覚の暮しをしているのかということが問題になってくるのだろうと思う。

おなじ大きさの砂の穴に住んでもカニとアリジゴクではまったくちがう人生観を述べるだろ

う。おなじ文数の靴下でも太郎はきゅうくつだと思い、次郎はだぶだぶだと思うということがあるだろう。けれど私は人の感覚を知ろうとする小説家なのだから、数字をならべて分析することは誰かほかの専門学者にひとまず任せておくこととしよう。カニならカニ、アリジゴクならアリジゴク、太郎なら太郎、次郎なら次郎が、それぞれどんなふうにきゅうくつがったり、あまりすぎてると思ったりしているかを、じかに知ることが私のつとめというものである。

建設会社の若者たちと洋菓子屋の娘さんたちとでは、給料をはじめとしてさまざまなことがまったくちがっていた。会社の規模や資本がまったくちがうし、仕事の性質もまったくちがう。若者たちはコンクリをこね、鉄骨をうちこんで暮し、娘さんたちはメリケン粉をこね、客に微笑とパイを売って暮しているのである。なにからなにまでちがう。すっかり、ちがう。けれど、彼ら、彼女たちに集ってもらって話をしてもらうと、一つの点で、まったく一致することがあった。

はたらきすぎる、というのだ。

毎日毎日、朝から晩まではたらきにはたらいて、寮にはただ寝に帰るだけだというのである。東北、北海道、関西、四国、九州、ほぼ日本全国からやってきた人たちで、東京に来てから、みんな、一年、二年になるのだが、聞いてみると、職場と寮のあいだを往復する通路の東京を知っているだけで、ほかにはどこも知らない。おなじ寮で暮していても、新宿を知っている若者は浅草を知らないし、渋谷を知っている娘さんは銀座を知らない。

職場と寮のあいだの距離が底辺になり、そこからちょっとはずれたところにある盛り場が頂点となる、ひどく低い三角形のふちを、明けても暮れてもぐるぐるとまわり歩いているだけなのである。その軌跡からはずれて、たまに別の盛り場へいってみると、大げさにいえばまるで外国へいったみたいなものを感ずるのである。

ネズミにもネコにも圏《テリトリー》というものがあって、つねに行動と生活はその透明な、強い線にかこまれた一定の面積のなかにしかない。圏から外へでるとたちまち力を失ってしびれてしまう。ドブのなかであんなに影のように敏捷《びんしょう》なネズミがだだっ広い交差点でのろのろやってくる電車に、まるで泥人形みたいにだらしなくひき殺されてしまうのは、圏から外へでたためである。人間にもいくらかそれに似た性質があるのじゃないかと思う。早い話が、新宿ならウイスキーをゆっくり一本呑み干せる私が銀座へでると、たったの三杯ぐらいでたちまち退散してしまいたくなるからね。

「東京の生活は異常です。これは生活じゃないですよ。わけもわからず走ってるだけです」

「いつまでつづくのだろう?」

そうたずねたら、京都大学出身の若者は、しばらく考えたあとで、

「一生ですよ。一生こうなんだと思いますね。ここはそういうところなんだ」

と答えた。

こんなことを私が聞いてみた。

「……若さとか青春とかいうことはいろいろな尺度で計られるもんだと思うけれど、いろいろ考えてみたが、人間ははたらかずにはいられない動物なんだと思う。どういうわけかわからないが、そうなっている。すると、自分に合った仕事を発見できるまで、自由につぎつぎと職業を変えてゆくことのできる社会が若い社会であって、それがつづくあいだの期間が個人にとって若さの期間というものじゃないのかな。イギリスでもフランスでも、おれのかいま見たところでは、門番の子は門番、女中の子は女中、教師の息子は教師になるというみたいやった。こういう社会は若いのか若くないのか。君らはどうや？」

一座はしばらくウイスキーの酔いとともに沈思におちたが、やがて、回復した。彼らはみんな建築技師であった。机に向ってハンコをおすしかないホモ・サピエンス（頭の人）のホワイト・カラーではなく、腕におぼえのあるホモ・ファベール（手の人）であった。いまの会社に勤めて現場でバッチリときたえてから故郷に帰って、建築事務所をひらくなりなんなりして、一城の主になりたいものだという希望を、口ぐちに慎重冷静に述べはじめた。たしかに彼らはその資質によって、〝若い〟特権者であった。

けれど、いまの日本では、十人のうち八人までの青年は学校をでてからよくわからないままに就職して、一生、その会社につとめてゆくということになるのではあるまいか。寝台にあわして手足を切りおとし、ちぢめてゆくということに体をゆだねるよりほかないのではあるまいか。

イギリスやフランスの階級制はないとしても、別種の強固な拘束があるだろうと思う。私は自分の定義が純粋さの持つ苛酷《かこく》さを帯びていることを知っており、現状に適しない理想主義のむなしさを帯びていることを感ずるのだけれど、捨てきれないでもいるのである。

「この寮は悪かないけど、どこを見ても、丸みがないでしょう。四角い部屋ばかりでね。おれは丸みがほしいですよ」

「食費が安いのは助かるけれど、ほんとに仕事終って汗まみれで帰ってきて、いいなァと思うのは、風呂だけだな」

「休暇に山へゆくだけの体力だけはとってあるな」

「ゲーテ、トルストイを読みたいと思ったことがあったけど、もうだめだな」

「一カ月に残業百五十時間なんてのがいるもんな。どうしようもねえよ」

「デートなんてな」

「時間も相手もいねえよォ」

「鼻血がでたら徹マンして忘れるんです。これがいちばんですよ」

「徹夜でアレするの?」

「とぼけてるなァ。徹マンというのは、徹夜でマージャンすることですよ。小説家がそういうことを知らんのじゃ、困るなァ」

「おれは飲むな。豪遊するんだ。日ごろケチっておいてな、ワッとかためて、そうだな、最高一万円飲んだことがあった」

「すげえ」

「ホラやない。おれはそういうことをするんや。厄落しや」

「すげえホラ」

「吉祥寺あたりで？」

「そう、そう。新宿でも」

北品川の少女たちの館では、もっと話はおだやかであった。〝ゲーテ、トルストイ〟もでず、〝徹マン〟もでず、〝残業百五十時間〟もでず、〝最高一万エン〟もでなかった。

彼女たちも毎日毎日わけもわからず、はたらきにはたらいてはいるのだけれど、そして、〝丸み〟や、〝家庭的雰囲気《ふんいき》〟に飢え、〝心から許して話しあえない〟さびしさに苦しんではいるのだが、お酒を無茶飲みして乱費するよりはむしろ、うたごえ喫茶へいって故郷の唄《うた》を見知らぬ人びとといっしょに合唱するのだけが楽しみだといった。

そして、合唱したあと、都電にゆられて、のりつぎのりつぎしながら、新宿から品川まで、よろよろと、たどり帰ってゆくのである。

「東京には痴漢《ちかん》がゴマンといるっていうじゃない。ちょっかいかけられたらどうするの？」

「にらみます」

「知らん顔します」

「有楽町の、そう、朝日新聞の裏あたりにたくさん夜になるとでてくるんですよ。こちらが知らんぷりして歩いてたら、あとから頭かきつつつけてくるのもいるんですよ。かわいそうになっちゃうけど、私、こないだ、やっぱり走って逃げちゃったわよ」

「いやねえ」

「でもねえ。あれもねえ、さびしいんじゃないのかしら……」

はたらいて、はたらいて、寮はホテルみたいだけど寝に帰るよりほかに意味がなくて、風呂だけはいいけれど、それでもムズムズして鼻血がでるので夜っぴての土曜のマージャンでうっちゃり食らわしているという額《ひたい》鋭き若者たちに、いったい期待可能の希望というものは君たちにあってはなになのだと聞いてみた。一人が声高く即座に答えたら、みんな心からの微笑をもってうなずいた。

「昼寝と結婚ですよ!」

ああ……。

ポンコツ横丁に哀歓あり

自動車のことはよくわからないのである。妻が〝四ツ馬印〟と呼ぶ中古ルノーを持っている。阿川弘之の説によるとトタン板を貼《は》りあわせたみたいなシトロエンは坂をあがるときに〝ウイ、ウイ、ウイ〟といって悲鳴をあげ、調子がよくなると〝ノン、ノン、ノン〟といって走りだすそうだが、彼女の自慢の〝四ツ馬印〟もそうである。

ちょっとした坂にさしかかるとすぐにお湯がぐらぐら煮えて、もともとがフランス種だからだろうか、すぐに〝ウイ、ウイ、ウイ〟とうたいはじめ、ヒュウッと息をつめて、とまってしまう。彼女が腹をたてて用意の水筒から水を入れて熱をさましてやると、〝ノン、ノン、ノン〟といってよろよろ走りだすが、しばらくいくと、またしても〝ウイ、ウイ、ウイ〟とうたいはじめる。とまるのに〝ウイ〟といい、走るのに〝ノン〟というのだから奇妙である。

一週間ほど教習所にかよってみたことがあるにはあるのだが、暇がなくて、よしてしまった。教習所の若者は、つぎからつぎへおしかける受難志願者たちの蒙昧《もうまい》さにうんざりしているので、もっぱら叱りとばし、ののしることで、まぎらわしている。

彼らの言語生活はきわめて明晰《めいせき》なものであって、もっぱら名詞と動詞現在形だけで構成されている。助手席にすわって、たったひとこと、〝右ッ〟、〝左ッ〟と叫ぶだけである。あるいは、〝踏むッ！〟〝ひねるッ〟、〝とまるッ！〟、〝走るッ！〟、〝もうちょい〟など。右といわれてカッとなった私が、うろうろ左へハンドルを切ると、彼はやにわにぐいとひきもどし、〝おめえ、バッカじゃねえか〟と短い感想をつぶやく。そして、またしても、〝右ッ〟、〝左ッ〟である。じつに明快なものだと思った。

聞いてみると、私より十歳も若くて、焼夷弾も知らなければ軍人勅諭も知らない。それでいて旧軍隊の発声法を完全に心得ているのである。ためしに家へつれて来ていっしょにウイスキーを飲んでみたら、アイ・ジョージの歌が大好きだといい、教習所がいかにボロ儲けをしているかといって、ことこまかに説明してくれた。

私が教習所にいかなくなったのは旅をするのと本を読むのとにふけったためだが、その少年の素朴な短い罵倒《ばとう》は、いまでもよくおぼえている。

東北出身の彼は私がおたおたすると、きまっていらだたしげに、

「クラッさ、踏むさ！……」

と叫んだものである。

『第十回全日本自動車ショー』が開催されているので、晴海の会場へいってみた。大小無数のメーカーがつくった自動車の新品がおいてあって、アメリカの女子学生がアルバイトでファッ

ション・ガールとなり、ソバカスだらけの狆《ちん》くしゃ顔でしなをつくって澄ましていた。楽隊が入って、なにやらにぎにぎしく、景気をつけている。出品されているのは消防車からダンプカー、コンクリート・ミキサー、冷凍車、長距離バス、ジープ、起重機をつけたの、荷物を揚げるの、スポーツ・カー、きらびやかな乗用車全種。どこもかしこもキラキラして、ピカピカ光って、輝かしき資本主義の華、日本工業の精力と勤勉と探究心の結晶が、あるいは威風堂々と、あるいは繊細鮮鋭に、肩をそびやかしたり、ネコのように体をのばしたりしていた。ないのは霊柩車とウンコ車だけで、あとはなにからなにまでそろっていた。

静止した〝走る兇器〟たちはいずれも能率か美かから計算され、設計され、完全にバター臭いのや、バターとミソ汁のまじったのや、種々さまざまであった。あとで専門家に会って聞いてみたら、日本のトラックは性能がいいけれども、乗用車となると、まだまだ外国車にくらべたら大人と子供みたいなところがある、ということだった。毎年ずんずん進歩していることは事実だけれど、道路がわるいのと、基本の鋼材が思わしくないのとで、もっともっと勉強しなければならないだろうという。

ただしそれは一般論であって、たとえばホンダ・スポーツのエンジンのすばらしさと値段の安さは不可解なまでに神秘的であり、またブルーバードはフィンランド政府の一年間のテストでついにフォルクス・ワーゲンをぬくところまでいった、という例外もあるにはあるのだから、十把ひとからげに論ずることはできないが……ということでもあった。

栄光にみちたこの晴海の会場からあまり遠くないところに、墨田区竪川《たてかわ》町という町がある。小さな町工場の集った、あまり騒がしくない東京の下町であるが、ここは日本の特産で世界にほかに類がないという技術者たちが暮しているところである。いわゆる自動車解体業者、ポンコツ屋さんたちの町である。

ポンコツ屋さんたちの仕事はなにかというと、くたくたになった自動車を解体して、生かせるパーツをとり、どうにもならない部分はスクラップ業者に払いさげる、つまり、自動車のホルモン屋さんのことである。政府からもらっている鑑札は〝古物売買商〟である。古本屋や質屋に似た商売なのである。〝竪川町〟という町名は業者のなかでは日本全国に知られていて、古い自動車のパーツがほしくなった修理業者たちが、北海道から九州まで、日本全国から、ここをたずねてやってくるそうである。竪川町へいけばなんでもあるという評判である。

世界にこの町の類がないというのは、たとえばアメリカだと三年も使えばたちまち車はガチャン、ポンとぶっつぶして熔鉱炉行きで、いまさら古くなった心臓や肝臓を二度のおつとめにだそうというような、こまかいことはしないのである。けれどこの町にはおよそ百軒ほどのホルモン屋が集結し、豪勢に稼ぐということはしないまでもみな相当の暮しを営んでいる。資本主義の華たちを墓場一歩手前のところで食いとめて、チョコマカと、現世へ、解体された内臓を送りかえすということで暮している。自動車の蚤《のみ》の市《いち》である。勤勉で、器用で、浪費せず、計算がこまかい。いかにも日本である。怪物的な東京の足のうらがこの町だ。

ふんぞりかえっているキャデラックも、丈夫で長もちするフォルクス・ワーゲンも、とどのつまりはこの町へやってくる。一台をバラすのには、昔はハンマーとタガネと玄能《げんのう》でやっていたが、いまは酸素やらアセチレンやらを使うから、二時間もあれば充分である。キャデラックも、フォルクス・ワーゲンも、ウンコ車も、霊柩車も、みなさま二時間で正体がなくなる。約三千種ほどのパーツに分解される。そのうちでなにが売れ、なにが売れないかを見わけるのがポンコツ屋の〝眼〟である。なんでもかんでも婆ァさまみたいにとりこむというわけではない。どの車はどのパーツがいちばんいたみやすくて需要が多いかということを、すばやく見ぬいて、ぬきとらなければならない。

アフリカのハイエナという動物は、ちょっとでも血や病気の匂いがすると、草原をどこまでも見えかくれしつつよこぎって、あとをつけてくるそうだが、この仕事もそれに似ている。急所、弱点、ガン、アキレス腱《けん》というようなものをゴマンとある車について、日頃から参考書と首っぴきで研究し、勉強する。毎年毎年新車がでてパーツが無限に変化するのだから、好奇心と向学心がなければやれない仕事である。

「医者は人の顔を見ただけでどこがわるいかとわかるそうですが、あなたも自動車を見ただけでわかりますか？」

「そうだね。見ただけじゃたよりないことはあるが、のってみりゃわかるな。ピタッとわかるな。レントゲンみたいなもんだ」

「すごいもんだな」

「それで飯を食ってんだからね。だいたい車ってものはオイルだよ。これさえまめにとりかえとりかえして適量適正に配ってりゃ、そうガタはこないんだ。人間の血液とおなじでね。しかしみんながみんなそうしたんじゃ、こちとらは口が干上がるが、そうでねえからやっていける」

「ウンコ車をつぶすのはいやでしょう？」

「そんなことかまっていられるかよ。全然、気にならないね。汚職役人や選挙違反で乳繰《ちちく》りあってた連中をのせた高級車のほうがよっぽど汚ねえよ。そいつらをブッつぶしてやるのは気持がいいな。べつにそれで汚職がへるってわけじゃねえけどよ。なんだってかんだってつぶしてやるんだよ、おれは。わるくねえ気持だな」

「霊柩車はどうです？」

「いやじゃないね。ただ、都の払いさげのやつはヒカリものの飾りがないので安くていけないね。火葬場のロースターをつぶしてやりたいな。あれは金になる。耐熱金属でできてて分厚いからね。そういうのはいいんだ」

タイヤは五百エンからうまくいけば二千エンで売れる。オートラジオには案外使えるものがある。エンジンの九十パーセントはスクラップ屋行きだが、田舎へいって発電用に再生される。山の木材切りだしに使ったり、川原の砂利とりに使ったり、網舟にジープのエンジンをくっつけたりする。ドアは左より右のほうが高く売れるが、これは左側通行でコスリつけることが多いからであろう。ウインドグラスは新品の半値に売れる。フレームは電気炉向き、デフやブレーキは平炉向きと仕分け、さらにそれぞれ特級、一級、と選別される。タンクにのこってたガソリンは頂戴する。ハンドルは、いちばん最後にバラす。エンジンは油まみれになっているので何台分かまとめてバラす……。

「昔の車と今の車とくらべてどう？」

「そうよな。昔はタクシーをバラしたら銀貨がでてきたりしたもんだ。十エンで買ったポンコツ車で二エンもの銀貨がでてきたことがある。今の車ではそんなことはまずないね。せちがらくなったのかね。車を売るときに、チクチク調べるんだね。ヨロクというものがなくなってな。面白味は減ったよ」

この町のどの店のおっさんも口を酸《す》っぱくして盗難車をバラすようなうしろ暗いことはしていないのだから、面白半分でそういうことは書かないでくれといった。ある週刊誌が興味本位に書きたてたことがあったので、告訴してやったという。

私はドブさらいの醜聞屋ではないのだから、そういうことはしないと約束して、こういう文章を書きつづっているのだが、よほど傷つけられたのか、彼らの眼のなかにある鋭い警戒心はほぐれようとしなかった。ちゃんと廃車証明というもののついた車しか解体できないことになっているのだから、盗難車をチョコマカと細工してボロ儲けするというようなことは起り得ないのだと、何度となくダメおしして聞かされた。
ただし、事実として東京にはかなりの数の自動車が毎月ぬすまれて行方不明になるということがある。鍵がなくても自動車をうごかすことは簡単なことらしいのだ。電流が通じさえすれば発火するのだから、『光』の銀紙や、体温計の水銀で事足りるという。げんに私は何年か以前に大阪の暗い世界で、ある人物から、水道の蛇口の器具に水銀を入れたのを見せてもらったことがある。数本の体温計で数十万エン、数百万エンの車がうごかせるらしいのである。東京でぬすまれた車のうち、発見されて持主のところにもどるのは約三分の一で、あとの三分の二というものは、行方知れずである。としてみると、東京のどこかには、竪川町でないところで、盗難の新車をバラしてボロ儲けしているもぐりのポンコツ屋があるのではないかと想像できるのである。いったいそれがどこにあるのかということは、まったく未知の謎《なぞ》になっているのであるが……。

毎年毎年これだけ自動車がふえてポンコツになるのがふえてくるのだから、竪川町は大いに繁昌《はんじょう》しているかというと、それほどでもないらしい。車が少なくてパーツが不足しているときには、この町は景気がよくなるけれど、それは戦前、外車の輸入が禁止されたときと、戦後の窮乏時代だけで、いまはべつによくもわるくもない状態である。メーカーがサービスに精だしてガソリンスタンドにもちょっとしたパーツを備えつけるようになったから、ポンコツ屋の入るすきまがだんだんなくなってきたのである。外車も国産車も中古品になると地方へどんどん流れていくから、それらの車のパーツを求めに竪川町へやってくる客も、いきおい、地方から上京する修理業者が多い。

　竪川町の解体業者は約百軒ほどあるが、それぞれ得手と不得手がある。外車専門にバラす店もあれば、国産車専門の店もある。その国産車専門店も、トラック、バス、乗用車といったぐあいに、それぞれテーマが店によってわけ持たれている。たがいの手持品を交換しあうせり市の交換会をひらくというようなことをして、無用の競争を避ける工夫をしたこともある。それは必要であり、適切なことでもあった。

　しかし積極的な人びとは、これではいけないと考えている。このままではどうしても先細りになってしまうから、なにか新しい、根本的な切開手術が必要だと考えている。一軒一軒の店が、オレがオレがといって我《が》を張っているよりは、いっそ大同団結して、国産車、外国車、全種目の中古パーツのデパートみたいなものをこしらえたらどうだろうか、と相談しあうようになったのである。つまり、自動車のホルモンのスーパー・マーケットをつくろうという考えである。あらゆる業界の中小商店が考えていることを、ここでも考えはじめたのである。

「……若いやつは、アイデアはいいが金がない。年をとったやつは、金はあるけれど腰が重いというわけでね、なかなかうまいぐあいにいきませんなあ。しかしこのままではポンコツ屋がポンコツになってしまうしなあ。むつかしいことですよ」

　一人の中年の業者がひそひそとそうつぶやいて、頭をひねっていた。

〝戦後〟がよどむ上野駅

上野駅には不思議がある。
よほどの不思議がある。

便所

なにしろ三十数年前につくった駅であるから、絶対数がどうしても足りない。人も交通量も建設当時からくらべると二倍強にふえて、食糧事情もまた複雑豊富になったのに、ここだけ複雑豊富でないから、厄介なのである。

しじゅう気をつけて掃除するようにしているのだが、つぎからつぎへひっきりなしに客がおしよせてきて、どうしようもない。掃除するほうもいらいらするし、客のほうもいらいらしている。掃除しているさいちゅうにやってきて客がせがむが、こちらは掃除しているのだから、がまんができないようならとなりの婦人便所へいきなさいというと、男に婦人便所へいけというのかといって真ッ蒼な顔して怒りだす人がある。

落書できないようにと考えたあげく、壁をツルツルのタイルにして扉の内側もツルツルのステンレス張りにした。さすがにこれでは歯がたつまいと考えていたら、わざわざ釘を持ってきていたずらしようという、とんでもない彫金師がでてきた。けれど、板張りのときとくらべてみたらはるかに仕事がやり辛《づら》くなって、絵画と文学は衰微に向った。減らないのはスリで、しじゅう労働の果実をここへおとしてゆく。雲古ではない。金をぬいたあとのハンドバッグや財布や、それもどこで労働してくるのか、すばらしいワニ皮やヘビ皮のものを、惜しげもなくたたきこんで、さっさと去ってゆくのである。月に二コ、三コというような数字ではなく、十コ、二十コというような数字なのである。

これが雲古や御叱呼《おしっこ》よりはるかに手ごわくて、頑強執拗で、泣きたくなるような故障をひき起す。つまるのである。水がつまって、流れなくなる。竿や鉤《かぎ》でひっかけてあがってくる場合はよろしいがねじれてまがってゆがんでダダをこねられると、どうしようもないのである。手をつっこんでムズとばかりにひっぱりださなければならない。やっとのことで直したと思ったらすぐさまあらわれて、またまたポンポン惜しげもなく労働の果実をたたきこんでゆく。果てることのない苦役である。

雲古でさらに困るのはホームに停車中の列車で腸を開放する客の多いことである。これが枕木や砂利にころがりおちてしがみつくと、夏の暑い日など、たまったものではない。やっぱり駅の便所の数が少ないからそうなるのだ。線路床をコンクリートにしてホースで一挙に流し去るようにしたいのが一生の念願だと駅長がいった。彼の観察によれば外人のそれはウサギのようにかわいてつつましやかであるが日本人のは神社の綱みたいに太ぶとしく、かつ、憎さげにたくましいという。きっとこれは筋の多い、こなれのわるいものを食べているからではあるまいかというのである。正確で鋭い考察だ。私自身の経験に照らしてみても必要かつ十分な条件をみたした定言だと思う。

まじめに提案したいと思うのだけれど、ひとつ雲古の大小で現在の日本の生活水準を計ってみたらどうだろう。高度成長、高度成長といっても、高くなったのはビルと物価と雲古の頂だけだというのではしようがないじゃないか。

たまりかねて行政管理庁長官に現場を見せたら、長官はおうように、おごそかにうなずいて、

「これはいかんね」

といって、去ったという。

遺失物取扱所

雨の日には一日に六十本から九十本の傘がおちるそうである。とりにもどってくるのは十人のうちで数えるほどしかなく、たいていが忘れっぱなし、おとしっぱなしである。雨の降る日に傘を忘れるくらいだから、ほかの物となったらきりがない。眼鏡。入歯。ネクタイ。財布。背広。万年筆。手袋。指輪。手荷物。本。およそ体についているものでおとさないものといっ

たらいま現にはいている靴くらいなもので、それ以外はすべておっことして忘れてしまうらしいのだ。金だけでも一年に千五百万エンおちるというのだ。カメラもおちる。時計もおちる。トランジスタ・ラジオもおちる。だいたい東鉄管内だけで、いっさいがっさいを含めたら、金額にしてざっと数億の品と金が一年におとされるというじゃないか。よほどの忘我の狂乱がこの都の住人たちの頭のなかにたちこめている！……

日付別にした整理戸棚を見せてもらったら、ハンドバッグやら、小包やら、納豆《なっとう》の藁苞《わらづと》やら、なにやらかやらがギッシリとつまったなかに本が二冊あった。ためしに題をのぞいてみたら、石川達三著「望みなきに非ず」、源氏鶏太著「天上大風」であった。

旅行案内所

金曜と土曜がとくにはげしいのだが、一日にざっと七千人から九千人の人が旅の計画の相談にやってくる。たいていが一泊、二泊の小旅行である。なかにはなんのプランもなく、ぶらりとやってきて私ハドコへ行クノデショウに類した相談を持ちかけるのもいる。そのような漂原子とも係員は笑顔で辛抱強く接しなければならないので苦労する。

相談のしかたは、ちかごろ週刊誌が精密な旅行計画を記事にするので、事前によく調べてくるのが多くなったけれど、男と女をくらべてみると、たいていの場合男のほうがあっさりしていて、コテコテ、ちくちくとこまかいことをたずねるのは女のほうである。新婚旅行の二人組でもそうで、男のほうがいらいらしているのに、女は平気でいつまでもこまかいことをシラミつぶしにたずねるようである。

変な客といえば、カウンターにおいたハンドバッグなどを眼のまえでゆうゆうとひいてゆくのがいる。客のほうは夢の計画に夢中になっているので気がつかない。相談するときは胸にハンドバッグを抱えこんでくださいとすすめることにしているのだそうである。

援護相談所

弘済会が開いている応急診療所である。カルテをのぞいてみると骨折、脱臼、腹痛、疲労、宿酔《ふつかよい》などの手当をうけていく人が多いようである。重病人はちかくの病院へかつぎこむことにしている。駅で産気づいてこの相談所へころがりこみ、病院へ送られて五分後に赤ん坊を生みおとしたというきわどい例もある。

病人のほかに、青白い螢光灯が剝《む》きだしのコンクリ壁を照らしているこの地下の小部屋にやってくるのは、行方《ゆくえ》を失った人びとである。修学旅行ではぐれた中学生。迷い子の小学生。おびただしい家出の少年少女たち。閉じた炭鉱から上京してきた一文なしの失業者たち。浮浪者。妻から追いだされてさまよい歩いている、老齢でどうはたらきようもなくなった日雇労務者。なにを話しているのか一語も聞きとれない青森弁や鹿児島弁の人たち。四歳と六歳のこども二人をつれて横浜から家出してきた母親。電車賃を貸してくれろとグズる若者の持物を警官立会いでしらべてみたら、鞄が二重底になっていて、凄い七つ道具がずらずらッとでてきた。

一人の男がやってくる。自動車をとられたという。家へ帰れないという。姓名、住所、年齢などを聞きとる。駅付近の安宿に送りこむ。聞きとった勤務先に電話する。千葉のタクシー会社の運転手で、二台きりしかない自動車の一台を持逃げした男だとわかる。あわてて警官といっしょにかけつけたら男は部屋で寝ころんでテレビを見ていた。

蒼ざめた盲目の鳥たちにこの部屋は少ないながらも金を貸してやり、故郷へ帰る切符を買ってやり、宿を世話し、身上相談にのったり、ときには結婚話を持ちかけられたりする。過労で係員の眼が凹んでいる。

警官詰所

年間ほぼ七千人の家出人。

数は毎年減らない。

年齢が低くなってゆく。

お山には十五歳の夜の女がいる。

四月になると毎年あちらこちらから少年少女が集団就職で上京してくるが、これが都の東西南北に散って一カ月もたつと、みんな郷愁に犯されていてもたってもいられなくなって、ふらふらと駅へやってくる。それを狙ってハイエナどもも集ってくる。ツケ屋、附添屋というのは、甘いことをささやいて喫茶店やオシルコ屋などにつれていったあげくに安宿へもぐりこんで膜を蹴やぶってしまうやからである。

手配師というのはいかさまな土建屋の飯場あたりにたのまれて人狩りに繰りこんでくる不逞《ふてい》のやからで、こうと狙いをつけたら猟犬のようにしつこく、しぶとく、あとをつけてくる。木の芽時の青い郷愁に狂いそそのかされてさまよう少年少女はもちろん、冬の農閑期に八戸、青森あたりから仕事探しに這いだしてきた百姓たちもたぶらかす。いやだ、いやだといって逃げると、なかには便所まで追っかけてきて、いつまでも戸の外で足踏みしつつ待っているのがある。

帰しても帰してもおなじ少女が三日つづけて山形から家出してくることもある。小さな小さな女の子がよろよろと歩いているので、つかまえてたずねてみると、学校の運動会がいやなので茨城からでてきた小学校四年生だという。どこへゆくつもり、と聞くと、東京の姉さんの家と答える。姉さんの家はどこと聞くと、上野駅をおりてまっすぐいったら犬を飼っている家があって姉さんの家はその家のとなり、などと答えたりする。

マッチ箱のような詰所のよごれた壁に色紙がかかっている。ここの詰所の主任が書いたものだそうで、毎月いろいろと言葉を変えて書くという。上手だとはいいかねるけれど、一字一字たんねんに筆をはこんで書いている。

少年よ　孤独になるな

桜花のように
冬に耐え
ともに生き
ともに咲け

若い警官と話をしてみると、悲憤慷慨して東京の汚濁をののしり、かつ、その汚濁に甘えて、みんな政治の貧困だといってぬかるみに体を浸してゆく人びとの弱さをものしった。そして、おれはここ十年間ひそかに宗教を研究しているのだ、ともいった。批評しているだけじゃダメなんだ、誰かがなんとかしてやらなくちゃだめなんだ、ともいった。ここでこうして見ていると人生はついに男と女の世界で、それはオスとメスという意味なのだ、ともいった。

こないだも北海道からでてきた女があったが、結婚生活十五年で、子供もあるのに、近所の若い衆とできてしまった。夫が山林技師でしじゅう家を留守にするものだから、ついさびしさのあまりそうなってしまったのだと詰所でつぶやく。若い衆はさわっただけではじいてしまうだろうと聞いたら、そのとおりですと答えた。亭主と若い衆とどちらがかわいいのだと聞いたら、はっきりと、亭主ですと答え、でも……と口ごもった。おれ（警官）の姉さんかお母さんぐらいにもなる女がそんなことをいい、うなだれていて、どうしようもないのだ。かわいくもいとしくもないのにその女は若い衆と離れられなくなって、こんなところまで北海道からふらふらとでてきてしまったのだ。こういうのはいったいどうしたらいいのだ。

「……この駅は埃っぽくてなァ。ここに勤めるようになってからみんな鼻毛がのびてしかたない、といってるんだ。そういう造化の妙も知らなくちゃいけないいんだよな」

黙ったきりの私に、若い警官はさいごに、そういうことをつぶやいた。

地下道

やっぱり何人もの浮浪者が集ってきて、ゴロ寝している。ここだけでなく、上野駅全体がいつ見てもそうなのだが、もはや死語になったという言葉を使うとすると、壁や道や床や小溝やまばたく螢光灯など、いたるところに、〝戦後〟が蒼黒くよどみ、にじんで、荒《すさ》んでいる。私の記憶をさがすと、そういう言葉になる。この駅にはなにかしら、どこかしら、いつまでも〝戦後〟がよどんでいるようなのだ。

駅長室

ときどき奇抜なのが迷いこむ。

中老の男で、くたびれた背広の胸に旧帝国陸軍の大将の襟章をつけたのがやってきて、いきなり駅長に、

「おう、君が駅長か？」

と聞くのである。

「ええ、そうですよ」

と答える。

男は不動の姿勢をとっていう。

「おれはヤマシタ・チュウジというのだが、このたび秩父宮妃殿下と結婚するはこびになった。畏《おそ》れ多いことだが、ついてはあんた仲人をやってくれんかの？」

駅長は恐れ入り、

「ハッ。光栄に存じます」

そういいつつたちあがってじりじりと机をまわり、将軍のそばにぴったりとくっついて、ドアのほうへ体をぐいぐい、ぐいぐいとおしてゆく。将軍がなにかいうたびに、ハッ、ハッと答えながら、ぐいぐい、ぐいぐいと、駅長はおしにおしてゆく。

岸信介に一億二千万エンのニセ札をやったといってとびこんでくるのもいるそうだ。

池田総理大臣が青森へ遊説にいこうと思って駅長室で〝車中談話〟を記者団にとらしていたら、いきなり、〝オーイ、池田クン！〟と呼びかけてはいってきた男もあった。

上野駅には不思議がある。

よほどの不思議がある。

お犬さまの天国

江戸時代にはさまざまな日銭稼ぎの方法があったらしくて、人を食った手口のものには笑わせられる。

〝庄助しょ〟というのもその一つである。これは竹箒《たけぼうき》を持って店のまえを掃いて歩いた。いちいちきれいに掃除するわけではなく、なにもしないでお金をもらうのはわるいだろうというので掃除する恰好《かっこう》だけしてみせたのだという。「庄助しょ。掃除をしょ。朝から晩まで掃除をしょ。掃除をしょ」とうたってまわった。

〝すたすた坊主〟はすこし骨が折れる。冬の寒い日に素ッ裸になり、縄の鉢巻しめて、扇やら錫杖《しゃくじょう》やら幣《へい》やらを持って、家から家へ踊り歩いたのだそうである。「すたすたや、すたすたすたすた坊主の来るときは、世の中よいと申します。とこまかせてよいとこなり。お見世も繁昌でよいとこなり。旦那もおまめでよいとこなり。とこまかせてよいとこなり」……さんざんいいことばかりを唱えて、一文、二文をかそけくかすめて歩いた。

〝猫のノミとろう〟は奇抜である。犬の皮一枚を肩にして、ぶらり、家を出ると、都を大声で

「猫のノミとろう、猫のノミとろう」と呼んで歩く。注文の家があると入りこんで猫のノミをとる。お湯をぐらぐらわかしてもらって、犬の皮をチャポリとつける。熱くなったところをひきあげて、猫の体をすっぽりとくるむ。ノミはうろたえて、目がまわり、息がつまるはずである。床屋で蒸《む》しタオルを顔にかぶされたようなものだ。ノミはたまりかねて猫からはなれ犬の皮にしがみつく。そこで頃あいを見てパッと剝《は》がし、指にツバつけて、よろよろしているところを一匹、一匹とりおさえるのである。

（……着想は非凡なものだったけれど、これは永続きしなかったようである。『織留』のなかで西鶴もいまはなくなった商売だといって惜しんでいる）

ところで。

どの町角にたっても災厄が手足をはやして人間にとびついてくるのじゃあるまいかと思いたくなるようなこの都だが、犬にとってはすばらしい住み心地のする町である。犬の学校もあれば犬の病院もあり、美容院もあれば服屋もあり薬屋もあれば墓場もあるというぐあいである。目薬もあれば、チューインガムも売っている。靴もあれば、レインコートも売っている。人間にはない系譜監査院までできているのだ。

水道橋にある『社団法人　日本シェパード犬登録協会』というところへいくと、シェパードの血統証明書をいくつとなく見せられた。これがくらくらするくらい完璧《かんぺき》精緻なもので、曾曾曾祖父、五代前までさかのぼって両親の名やら性格やらが書きこんであるのだ。いくらかぞえても私などは祖父《じい》さんからさき指が折れない。御先祖さまはどこの石やら、草やら、まったく暗黒の混沌なのである。犬の血統証明書を見て、オッ、ホッ、ホと口すぼめて笑った。

なにか精のつくものでも食べよう。

練馬区関町にある犬の学校へいってみた。『入校規則書』をもらった。授業料がでている。大型犬、中型犬、小型犬で、それぞれ料金がちがうが、大型犬で月に一万五千エン、小型犬で一万エンである。猟犬は軽井沢へつれていって仕込むので、一万五千エンである。だいたい一頭で三カ月かかるから、最低卒業するまでに三万エンいる。学校まで犬を運ぶ運賃は別で、病気になったときの薬代も別ということになっている。

ちょうど十数頭の生徒が個室のオリのなかに入っていたが、聞いてみると、授業は一頭一頭についてするのであって、そこらあたりの大学とはちがうのである。頭のよい犬にはよいように、わるい犬はわるい犬でそれにあわせて、一頭一頭、親しくみっちりと仕込む。語学も日本語のほかに飼主の希望によって英語、ドイツ語、スペイン語、なんでも教える。『よしよし』。『グッド』。『グート』。『ブエノ』。飼主がわからないようでは困るから、卒業に際してはカタカナでルビをふった『命令語集』という小冊子をつける。

意外なことを聞いた。日本には約二十万人の盲人がいるらしいのだが、盲導犬は全国でたったの三頭しかいないのだそうだ。東京には一頭もいないという。これはどうしてかというと、盲導犬を仕込むには一年から一年半ぐらいの時間がかかるが、盲人でその費用を払える人がいないのである。そのため、二十万人の盲人は、毎日、ツエでコツコツと手さぐりしつつ町を歩いているのである。盲導犬になると犬は気まま自由に歩けないし、訓練がつらいから、動物愛護の精神に反して残酷であるのでやめたほうがいいといった〝愛犬家〟もいるそうだ。

この学校では、いちいち飼主の家へでかけて授業する〝出張訓練〟もするし、また、飼主が旅行にでるようなときはそのあいだずっと犬を預かって世話をしてやる。また夏になると、『夏期軽井沢教室』といって、犬を軽井沢につれていってやる。そのためわざわざ軽井沢に別荘を建て、電話をひいた。これはためしにやってみたのだがたいへん人気がよくて、客の数はふえるいっぽうで、毎年どうしても欠かせない行事となった。人間は夏の大東京でスモッグと汗にまみれてあえぎ、満員電車でつぶされそうになり、ダムが干上がって水も飲めず風呂にも入れず、いつ橋がおちるか、いつガス管が爆発するかとびくびくキョロキョロしながら暮しているが、犬は軽井沢でゆうゆうとバカンスである。

なにか精のつくものでも食べよう。

田園調布の駅前にある日本一だという犬猫病院へいったら、どこかのお屋敷の雑種犬が奥様と女中に付添われ、診察台によこたわって、紫外線治療をしていた。皮膚病にいいのだそうだ。ぼんやり見ていると、白い診察衣を着た助手がブラシで犬をこすり、奥様は女中に千エン札をわたし、それを女中が助手にわたした。十五分間で千八百エンであった。

「……犬は肉食獣で、歯も消化器官も、みな肉食用にできていますから、米や野菜などはよくありませんね。肉ならロースでもヒレでも、なんでもいいですが、魚はカニ、タコ、シャコ、イカなど、お避けになったほうがいいです。むしろ白身の魚をおすすめしたいところですね。白身の魚、トリのささ身、赤身の肉、こういうのがいいのです。もちろん野生の犬ならネズミが完全食になってるんですから、ネズミのなかにある栄養分をとってさえいたらいいというわけです」

三十八年間にざっと二十五万頭の犬を診察してきたという院長の佐治さんはにこやかに、おだやかに、円満に、経験と知恵の爽やかさにみちみちたまなざしでそういった。

なにか精のつくものでも食べよう！……

日本橋の犬屋へいったら、首輪や皮紐《ひも》のほかに、つぎのようなものを売っていた。目薬。心臓薬。皮膚病薬。駆虫薬。整腸消化剤。下痢止め。総合ビタミン剤。高単位ビタミンE剤（注射用。錠剤）。石鹸（液体。固型。粉末）。チューインガム。肉の缶詰。牛乳にまぜるコーンフレークみたいなもの。靴。帽子。白木屋の二階の婦人服売場のすみに、〝ドッグ・ウェア・コーナー〟というものがあって、ここには犬のタウンウェア、犬のネグリジェ、犬のレインコートなどを売っている。

「……なにがいちばんよく売れるの？」

聞いてみたら、売子嬢が、

「そうでございますね。やはりレインコートなどが多うございますね。ネグリジェなども室内着としてよろこばれるようでございますよ」

「たくさん売れるの？」

「ええ。千エンからございますが、お一人で一度に八千エン、九千エンとお買上げになる方もいらっしゃいます」

十一月十一日には十一匹の犬を集めて、午前十一時十一分十一秒にこの百貨店では犬のファッション・ショーをしたのだそうだ。トニー谷が司会し、エリックなど喜劇役者も出演した。

このような華麗豪奢な生涯を楽しんだ犬が死ぬと、電話一本で渋谷から家畜専門の葬儀屋さんがかけつけてきて、府中にある家畜専門の墓地へはこんでゆく。『多磨犬猫霊園』というのである。

これはこの畜生たちにそそがれた人間の狂想の情熱のさいごの広場ともいうべきもので、約四千坪ほどの面積がことごとく犬の墓のために費消されている。土葬もするし、火葬もする。火葬炉もあれば、納骨堂もあり、礼拝堂もあり、休憩室やら、駐車場などもある。春と秋の彼岸の中日には礼拝堂で施餓鬼《せがき》供養もする。葬式は神式、仏式、アーメン、なんでもお望みにあわせる。

花が捧げられ、香が焚《た》かれる。無数の塔婆《とうば》が林立するなかに、犬の写真を焼付けた大理石のすばらしい墓石もまじっていたりする。チコ。ポンポンちゃん。タム。ドリス。メコ。ピース。ベル。ベリー。スーちゃん。婦美子。ストロンボリ。この下にいなづまおこる宵やあらん。あの世は平和か。思い出しては涙なり。おまえはほんとにめんこかった。安らかにおねんねなさいね。さようなら。花誘う常なき風をしるべにて……

子供のない老夫婦が子供がわりに愛していた犬が死んだのでお詣りにやってくる。赤ン坊のときに屋根からおっこちそうになったところを助けられた娘さんが命日ごとにやってくる。子供がわりに愛していた犬が死に、その犬を愛していた妻が死に、今度はいよいよ自分の番だよと墓標へ告げにやってくる老人もある。今度の妻は犬を愛してくれるかどうかわからないが再婚することになったので許してくれと別れを告げにやってくる男もある。土葬してもあきらめきれないで何日かたってからやってきて掘起し、すでにとけかけた犬の耳から毛を鋏《はさみ》でつみとってゆく女もある。

卒塔婆のまえにしゃがみこんだまま三時間も小声でひそひそひそひそと話しつづけた女もある。犬が死んだときは気が狂ったようにとりみだして墓場へやってくるが、葬式をすませるとそれっきり二度とあらわれない人もある。そうかと思うと貧相でお粗末な塔婆を一本建てたきりなのに命日ごとに何年にもわたってお詣りにやってくる人もある。また、一匹の犬が死んだために百七十人もの弔問者が自家用車をつらねて焼香にやってくるということすらあるという。出張旅行先の九州からわざわざ飛行機でかけつけてくる外人もいるという。

私は猫が好きである。シャム猫やペルシャ猫を飼ったことはないけれど、いつも駄猫を飼って観察にふけることとしている。よくよく猫を観察すれば人間の女を事新しく観察する必要がいらないのではあるまいかと思うほどである。媚《こ》びと傲慢《ごうまん》の精妙きわまる結合。これほど人間の暮しの芯にまでもぐりこみながらこれほど人間の支配を拒む、役たたずの怠けもの、憎さも憎し、かわいさもかわいしという、絶妙な、平凡きわまる生きものはほかに類がない。

　猫好きと犬好きとのあいだには昔から議論で妥協の成りたつ余地がないのであるけれども、私もまた、猫好きの一人として、犬の忠誠心をかねてよりバカにしているのである。眼によどむ一抹の蒙昧《もうまい》さがどうも気にさわっていけないと思いこんでいる。

　しかし、私の漠然とした予感では、犬好きも猫好きも、どこか病むか傷ついているかという点では完全に一致しているのではないかと思う。どこか人まじわりのできない病巣を心に持つ人が犬や猫をかわいがるのではないかと思う。犬や猫をとおして人は結局のところ自分をいつくしんでいるのである。動物愛護協会のスローガンは、動物愛と人間愛を日なたのサイダーみたいに甘ったるく訴え、主張しているが、私は信じない。

　犬や猫に温かくて人間には冷たいという人間を何人となく見てきた。犬や猫に向う感情はとどのつまり自分に向けられているのであって、他者には流れてゆかないのではないかと思う。だから、他者との連帯という考えにたつヒューマニズムと動物愛とは関係がないと思うのである。擬人化なしに動物小説を書くのがほとんど不可能だという事実がこの自己愛を説明している。ソレとコレとは別々に話さなければいけない（……にもかかわらず動物小説は文学のすばらしい魅力にあふれた一つの沃野《よくや》であるが）。

　私は牡猫〝石頭〟、またの名〝プチ〟、またの名〝グラン・プチ〟、またまたの名〝鉄板古ダヌキ〃のために、目薬も買わず、レインコートも買ってやらず、軽井沢の夏期教室にもいかしてやらない。彼は風である。好む方向に吹く。吹くものは吹くままにまかせるよりほかない。たとえキャベツ畑であろうと、溝であろうと、ゴミ箱であろうと。しかし、この傲慢で気まぐれで薄汚い蕩児《とうじ》が便所の小窓から私の部屋へ甘え声で帰ってくるとき、狂える病者の一人として私はおなじ深夜にニャオウッとだらしなく鳴いて挨拶に答えるのである。

　読者諸兄姉よ。

　犬猫墓地に林立せる数千、数万の卒塔婆、墓石は何事をか語れる。碑表の寄進主名を見よ。あるはおべんちゃら八百に囲まれたる映画俳優なり。映画女優なり。あるは嘘に明け嘘に暮れる政治家なり。あるは首を洗いあう資本家なり。あるはお子様だましの小説などを書きつづるパルプ文士なり。あるは市井の無名の人びとなり。浮気亭主を持つ女房の悲嘆なり。定年退職して蒼き砂の孤独をかこつ老人の憂愁なり。いたいけなき幼女の慟哭《どうこく》なり。人びとことごとく病めるには非ずや。おびえり。警戒せり。こわばれり。慄《ふる》えり。ここは偽善と憂いの畑なり。人情びにいるの膜より薄く不透明なる世に我人ともに愛想をつかせる人びと犬を愛せり。その愛、人への愛を超せり。本末を誤つも甚だしきこと言語道断なりといえども、笑止笑止と叫びつつ人びと狂奔してとめどなきなり。避暑に行く犬あれば炭山で飛散する人あり。かそけき声あって無益無明に呟く。

　ナニカ精ノツクモノデモ食ベヨウ！……

練馬のお百姓大尽

私は杉並区のはずれに住んでいる。都心まで電車で一時間ほどかかる。まだ畑や雑木林のかけらなどがのこっていて空気はわるくないのだけれど、ガスも水道もついていない。莫大なる特別区民税を払っているがそういう有様である。井戸とプロパンガスで用をたしている。水についていうと、いまの東京なら井戸のほうが夏でもかれなくていいのである。酔いざめにもおいしいですしね。

住みついてから六年ほどになるのだが、様子はすっかり変ってしまった。団地アパートが建ち、公団住宅群がおしよせ、モダン小住宅が目白おしにならんで、〝文明〟が波うつようになった。土地の値段も、五倍、六倍、七倍になったのだろうと思う。家のすぐよこにまだ畑がのこっていて、ときどきどこからかお百姓さんが小型トラックでのりつける。夏ならキュウリ、冬ならキャベツをつくっているようである。こんな高い土地でつくっているのだから、ここらのキャベツは葉っぱに聖徳太子のマークがおしてあり、まるで千エン札でくるんだようなものではあるまいかと私は想像することにしている（あとで練馬のお百姓さんに会ったときにそういうと、大尽たちは声にだして笑い、だれも否定するものはなかった)。

東京へ、東京へと人がおしよせてくるので土地の値がめちゃくちゃに上がり、練馬区のお百姓さんになると、評定資産が一億、二億というような数字になるのがざらにいるのだそうである。この区の農協の預金高は三十五億エンというすごい数字で、もちろん日本一である。土をコソコソひっかいて値の変りやすい野菜などをつくるよりはというので、みんなどんどん転業してゆくのである。農協の会議室に集ってもらった人たちは、ガソリンスタンド、建材業、マーケット、風呂屋、養鶏業などに転業した人たちで、みんな〝成功者〟であった。七人のうちお百姓さんは三十一歳の若者一人であった。

この人たちはだいたいここ三年か五年のうちに転職した人たちばかりなのであるが、見ればいるだけである。〝大尽〟とはいっても、身なりは顔とおなじように質実で、着古したジャンパーをひっかけているだけである。道ばたを猫背で歩いているところを見ても、だれもこれが億万長者の大黒さんだとは思いもよるまい。世の中には、えてしてそういうことがあって、ほんとの実力者だとかお金持だとかいうものは、幕をあけて覗いてみたら意外に身なりかまわぬ、やせた、貧相な小男であったというようなことが多いので注意が肝心である。

聞いてみると、大尽たちのある人は、道楽としてハンティングやゴルフにでかけるという。このおんぼろジャンパーの大尽はドイツ製のガスライターで『ホープ』をふかしていた。名刺をもらったらガソリンスタンドの取締役社長となっていた。畑をつぶしてガソリンスタンドをこしらえ、バス、自動車の車庫をつくったという。しかし、その車庫も、〝イザとなれば〟たちまちもとの畑になるようにと考えてあるのだそうだ。コンクリを剝がして土をよそから持ってきたら、二百万エンぐらいですぐに畑に化けられるのだそうだ。

「……客土《きやくど》するのですから、ホルモン注射をうったみたいなもので、もとよりよくなります。土に力がつくのです」

大尽はそういってゆうゆうと微笑した。その笑いは物心ともの自信から成り立ち、どんなに成算があっても逃げ道を忘れない、丘の頂にたった智将の微笑ともいうべきものらしかった。

これを聞いてほかの大尽たちも微笑し、いっせいに、そうだ、そうだといった。建材業屋もマーケット屋も風呂屋も、みんなおなじことを考えているという。いくら畑を売ったといっても城をすっかり門から裏口まで開いてしまったわけではないのである。その気になればいつでももとの百姓にもどれるように工夫してあるという。みんな口をそろえて、それは〝土への愛着〟からだといった。つまり、〝土〟はこの人たちの心のなかの錘《おも》りであり、お守りでもあり、コンクリに対する漠然としてはいるが執拗《しつよう》な不安と不信の解毒剤の役を果しているらしい気配であった。農本主義が東京都内ではそういうものになってゆくということが私にはたいへん興味深かった（……ただ、ざんねんなことに、いつそういう不測の事態、〝イザとなれば〟という変動がやってくると予想しているのかを私は聞きおとした。きっとそういう予想はなにもないのだろうと思う。独立自営農というものは自由業者の一種であるから、いつも退路を用意しているのだと思う)。

畑のまわりにモダン小住宅が目白おしにひしめきだしたのと化学肥料を使うためとで、東京のお百姓さんたちはとっくに人糞をたたきこむことをやめた。練馬では昔から〝ダラゴイ〟といって堆肥《たいひ》と人糞を半分ずつまぜあわせたものを畑で使う習慣があったが、もう数年前からなくなった。いまでは衛生局の〝ヴァキューム・カー〟が農家の庭に入りこんで吸いとってゆき、お百姓さんもサラリーマンの家とおなじように、お金を払って腸の絵具を始末している。〝ダラゴイ〟まきの重労働はおかみさんの役であったが、いまはそういうことをしなくてもよくなったので、どの農家のおかみさんも老《ふ》けなくてすみ、十年も若くなって、肌の艶がびっくりするほどみずみずしいということである。

宅地と農地の比率は練馬では六十パーセントぐらいではないだろうかという。まだ農地のほうが多いのである。けれど、東京都が膨張すればするだけ、やっぱり農地は減ってゆく。みんな転職してゆくのである。それが〝自由競争〟だものだから、ガソリンスタンドが儲《もう》かるとなればみんないっせいに畑をガソリンスタンドに変えてしまう。マーケットがいいとなるとマーケットに走る。ブタがいいとなるとブタを飼い、トリがいいとなるといっせいにトリを飼うといったぐあいであった昔の習慣がつづいているのである。

そのために転業しても同業者がやたらにふえて悪競争に苦しめられるということが起ってくる。おたがい相談しあって、おまえは油を売れ、おれは木材を売るというぐあいに協定すればいいのだけれど、なにしろ〝東京〟と背中合わせになっているような土地柄である。聞いてみたらみんな頭をかいて、そうです、そうです、たしかにそこが弱いところなんですといった。他人を模倣しながら他人をだしぬこうという怠惰な欲張りの気風がぬけないでいるらしい。

駐車場つきのすごい銭湯が練馬にあるというのでいってみた。なるほど畑のなかに鉄筋コンクリ造りの御殿『富士見湯』は、堂々、冬の風と空を制して、すごいものであった。これまたお百姓さんがつくったものであるが、夜になるとマイカー族がぞくぞくとつめかけてきて砂利敷きの駐車場はたちまちいっぱいになってしまうのだそうだ。これが〝東京〟だ。いちいち二十三エン払って銭湯にやってくる人が、五右衛門風呂をつくるよりは、まず自動鉄箱を買いこむことに頭を痛めるという風情である。

銭湯は私もきらいではないけれど、あれがいいのは湯上りにぶらりぶらりと手拭さげて道を歩いて蜜柑を買おうか、キンツバを買おうか、それとも『寿司善』で一杯だけひっかけていこうかなどと駅前をのろのろと足で迷い歩くところに一つのシックさがあるのだ。そういう散策と瞑想の時間など、いまの君の一日のどこにもないじゃないか。君はただバッタのように暮しているだけじゃないか。車を銭湯にのりつけて、それが洒落になると思っているのか。クルマというものは広大無辺な大陸国の必要悪の産物なのであって、日本では過剰悪である。私の妻は〝四ツ馬印〟ルノーをときどき走らせるが、十回のうち一回も私はそれにのらない。人の思考は肉体に規制されているのだ。それは手や足や肩から自然にたちのぼってくるものなのである。

しかも、よく眺めてごらんよ。クルマを走らせてうっとりしている男たち女たちの書きちらかす文章がどんなに野暮で、間がぬけて、手垢《あか》にまみれて、薄汚い、日なたのラムネか、かみさしのチューインガムみたいなものでしかないことか。道具が仕事を裏切る例、これより甚だしいものがない。クルマで銭湯へゆくなどという、そういうあさはかなことは、いいかげんにやめましょうや。

関口君という青年が私の注意をひいた。彼は農協の会議室に集った七人の長者のうち、たった一人のお百姓さんであった。二十一歳のときに父に死なれてから、一人でせっせと畑を耕しているのである。まわりの中年の男たちがみんな才覚をめぐらして油屋や湯屋になってゆくのに彼一人はキャベツをつくっているのである。

畑へつれていってもらうと、彼のキャベツ畑は、まわりがすっかりモダン住宅にとりかこまれて、身うごきならないクサビのようになっていた。化学肥料は年に何度もまくわけではないけれど、まいたときはしばらく匂うから、まわりの住宅の人とは日頃から仲よくしておかなければならない。住宅の人は彼の畑を眺めていて窓から野菜を買う。これはメーカーと消費者との直結で問屋を通さないからおたがいにたいへんぐあいがよくて、額は小さくてもバカにできないのだそうである。

家へつれていってもらうと、雑木の木立のなかにある典型的な藁《わら》ぶきの農家で、土間でお茶を飲んで話しあっていると、これが〝東京都内〟であるとはとても思えなくなってくるのである。ときどき大都市周辺の農家が土地を売った金で〝アパート農家〟といわれるモダン住宅を建てたりすることがあるが、彼は目もくれないらしい。

わけを聞いてみると、そんな金があれば土や野菜そのものに、また、土や野菜の研究にそそぎこみたいところであると答えた。一冊のよれよれになったノートをとりだして、いろいろと説明してくれた。

それは日記で、もう十年ちかくもかかさずにつけている。このノートのおかげでいろいろなことがわかるようになった。たとえば野菜がほぼ三年を周期として値の上がり下がりをくりかえしているというようなことである。ある年、キャベツが当ったとする。すると、みんな翌年もキャベツをつくる。翌年、キャベツは過剰生産で値が下がる。つぎの年はみんなつくらなくなる。だからその年キャベツの値が上がる。こういうことが三年を周期としてくりかえされているということがよくわかった。そこで彼は毎年みんなの逆手、逆手をねらって野菜をつくるようになった。

春になると川越あたりまでオート三輪をとばして、遠出をする。街道を走りながら両側の畑を見れば、百姓たちがその年なにをつくろうとしているかということが一目でわかる。そこで家へ帰ってくると今年はなにに力を入れたらよいかということが、たやすく考えられる。

「……私の畑にすごい値がついているということは知ってるが、そんなことを考えるとモノはつくれないんだ。畑仕事をしてるときはてんで頭に浮んだことがないね」

「みんなどんどん転業したい人は転業していったらいいんだよ。私だって転業したくなりゃするよ。だけど私は畑仕事が好きなんだ。だれにも頭をさげずに暮せるしね。いいことが多いんです。だから転業なんて考えたことないな」

「このあたりの百姓は明治からずっと練馬大根をつくってタクアン漬つくって軍に納めて稼いできたんです。ミリタリズムの匂いはここでつけたんだね。戦後はドサクサにまぎれて闇で儲けた。戦後が終ると土地が値上りしてまた儲けた。いいことばっかりなんだ」

「このあたりは土がいいし、水がいいし、東京という大市場がすぐ裏にあるしで、ほんとに恵まれてんだ。百姓のことを生産者っていうけれど、私にいわせれば、加工者ってところですよ。土を加工するだけの手間なんだ。そう思うな」

「百姓してるとたしかに人はよくなる。ほかのことを考えてられないからね。けれどね、これにも欠点はあるんです。人とのつきあいがわるくなるんです。天狗になるんです。天上天下《てんじようてんげ》唯我独尊《ゆいがどくそん》ってのかな。人を人とも思わなくなるんだな。その点は注意しないといけないね」

「私はこのあたりでいちばん年齢《とし》が下なんだけれど、いまとなってみると、そういう最後衛が最前衛になってしまった感じですよ」

ネオンやジャズや映画や料理店やらがひしめく〝東京〟のなかで彼はそういうものを歯牙《しが》にもかけず、ゆうゆうと爽やかなる自信にみちみちてキャベツをつくっていた。金をドカドカ手に入れようと思えば、ほかの人たちとおなじようにいくらでも手に入れられるのに、彼はそうはしなかった。

そうしなかったのは先祖への忠義立てからではなく、土から離れることの不安に縛られたからではなく、また、もっともっと値上りを待とうという打算からでもなかった。ほかの職業では味わうことのできないものを味わいたいばかりにそうしなかったのである。しかも彼は着実に考え、冷静に計算し、巧みにうごく。〝変人〟や〝奇人〟などにある個性主義の狂熱から畑にしがみついているのでもなかった。反逆と自由が、彼のなかでは精密な自己観察の結果からたくみな均衡をとって定着することができたもののようである。

私はこの人の生きかたが好きだ。

腐蝕していない正気の珍しい人を見た、というような気がする。

東京練馬区のお百姓さんは日本全国を見わたしてベスト・ワンなのだそうだ。ここのお百姓さんの悩みといえば、何事につけてトップを切っているために、だれの真似をしたらいいのかわからない、という悩みぐらいのものではないかというのである。日本全国の農村がこのあたりのお百姓さんとおなじ水準に達することを目標にしている。いつ、そういうふうになるかは、まだわからない。関口君は歩きつづけてやまないだろうから、水準はますますあがりつづけるだろう。

師走の風の中の屋台

銀座七丁目並木通りで。

焼きソバ屋の屋台。

「……よッ、ただで教えてもらってよ、すまねぇなァ。そのうち返すからよッ。出世払いってことにしてくれよな」

「いいよ、いいよ。いつもこうして顔をあわせて、知らない仲でもないいんだからね。それより、あんた、本気でやるのかやらないのか、早く肚《はら》をきめなくちゃ」

「よッ、おれが屋台をやるとしてよッ、これはあれなのかなァ、どこへでも好きなところへひいていってもいいのかなァ?」

「そうだよ」

「福島へひいていってもいいのかい?」

「そうだよ。どこへでもいけるんだ」

「山形でもいいのかい?」

「だろうね」

「やるかなァ、ひとつ」

「やんなさい」

「いま勤めてるのが中小企業でよッ、かりにもう十年勤めても退職金規定ができていないということも考えられるんだなァ。だからこないだからよッ、いっそ屋台でもひいてみるかッて考えてるんだな。気楽でいいからなァ」

「環境衛生がどうとか、道路交通取締りがどうとかって、この道もじつはいろいろとうるさいんだ。だけどね、なんたってね、勤め人よりは気楽さ。それはな。魅力だよな。苦労はあるけれど、どんな仕事したって苦労はあらァね。しようがないよ」

「税金はどうなるんだろ」

「事業所得で申請するんだよ」

「事業所得？」

「うん」

「事業って、なによ」

「これよ」

「屋台がか？」

「そうよ」

「屋台も事業っていうのかね」

「それでいくといいんだ」

「なるほどなァ。屋台も事業っていうのか。へええ」

「屋台も事業だ」

「好きなとこどこへでもいけるんだね？」

「まァね」

「勉強にもなっていいよナ」

「気楽だわ、とにかく」

「よッ。もっといろいろ教えてくれよなッ。なんしろいまの会社は中小企業でよ、なんしろ先《さき》行《ゆき》おっかなくていけねえの」

「おいくら？」

「あ、どうも。六十エンです」

「それで、よッ……」


神宮外苑の森蔭で。

よしず張りにビニール幕をひっかけてかこったおでん屋台。

「なににいたしましょう？」

「バクダンとゴボウ巻き」

「私、大根」

「おや、同性愛だ」

「いやァん。どうして？」

「大根が大根を食べる」

「バカ」

「練馬大根はもっと寒に入ってからのほうがおいしいっていうけどさ、君はどう？」

「失礼ね。私、九州なの。とれたのは鹿児島よ」

「おッ。あなた鹿児島？」

「ええ、そうなんです」

「桜島大根ですよ」

「あそこからはちょっと離れたとこ。でも、桜島大根って、直径二十センチから四十センチくらいになるのもあるのよ。そりゃあ、すごいんだから、もう」

「直径四十。うわァ」

「大きな声ださないの」

「お宅、それでいつもモテるんですか？」

「いやいや、それがねえ」

「おれは長崎です。よろしくね。なんとかの縁だってね」

「桜島大根、桜島大根」

「京都のべったら漬は聖護院《しょうごいん》とかいいますが、あれも大きいけれど茶うけなんかにいいですな」

「九州者《もん》にいいのは名古屋だ。大阪も悪くないけど、名古屋はもっとよかったな」

「あら、そうかしら」

「うむ。名古屋だ。まず、言葉があうんだな。よくキャアとかナモとかっていうけどね、あれは年配の人がいうだけなんだ。若い人はもっと短くいうんだ。なになにしてちょうだいというところをちぢめて、なになにしてチョというのだ。チョとね。そういうのだ」

「あそこは大通りに屋台がずらっと並んでいて、八丁味噌《みそ》で煮こんだドテ焼なんかあったりしていいですね。パリのブールバール・キャフェが日本にくるとああなるんだな。あの雰囲気《ふんいき》だ」

「なになにしてチョというのだよ。なになにしてちょうだいとまでいわない。チョと、いうのだ」

「おめえは長崎で、おれは函館でよッ、それが毎晩こうして酒くらって仲よくもつれてんだからなあ、人間ッてなあ」

「バカッ」

「函館はイカうどんがいいですな。イカをこう千切りにして、どんぶり鉢《ばち》に入れて、カッカッカッとワサビ醬油《じょうゆ》でかきまぜて食べますね。うまかったな」

「コンニャク」

「はいはい」

「ナイフくださいな」

「はいはい」

「切ってやろう」

「ウン」

「いいねえ、このお二人」

「いやァん」

「これから千駄ヶ谷です」

「これはまた率直ですな」

「寒いからおでん食べてエンジン温めてるんです。ぬかず三発ですよ。でもないか」

「ドテ焼ってなァに?」

「ドテ焼、ドテ焼」

「牛の筋をコマ切れにして串にさして味噌でコトコト煮るんですよ。名古屋は赤味噌でやる。大阪では白味噌でやります。トロトロしながらコリコリしてうまいですよ。パリの中央市場界《かい》隈《わい》にもない味だなあ、あれは」

「今夜はアベックが多い」

「土曜の夜だからな」

「いや。雨上りだからでしょ」

「コンニャク」

「食べるなア、君は」

「好きなんだもン。だけど、東京のコンニャクってみんなこう白いのね。田舎のはもっと黒くってブリブリしていたと思うんだけど、こちらへ来てから、そんなの食べたことないわ」

「九十八パーセントまで水だといいますね」

「まア、ひどい」

「ハンペン」

「はいはい」

「ねぇ、おじさんよ、このあたりの森にはずいぶん変なのがいるんじゃないのかね」

「そうでございます。いわゆる覗きが多いようですね。四十歳、五十歳の立派な身なりをした紳士の方がアベックを覗いて歩いていらっしゃるようでございますね。このところぐっとまたふえたようですよ」

「いやだァ」

「お前さんのことじゃないよ」

「ここ二、三年、毎年ふえているようでございますね。自家用車でのりつけたりなどして、ほんとに立派な身なりをした紳士なんですよ。これが、こう……」

「皇居前広場はどう？」

「よく知りませんが、しかし、あのあたりのおでん屋はボリますよ。これだけは御注意しておきます。一回きりのお客さんなもんだから足もと見るんですね」

「つみれ」

「はいはい」

「お酒」

「はいはい」

「さア、いくか」

「いよいよやるですか」

「ええ、もう、ね」

「バカ、もう酔ってる」

「おじさん、お愛想《あいそ》」

「はいはい。ここまできて喧嘩することないでしょう」

「知らないッ。さきいくわよ」

「早いね、もういくの」

「バカ」

「さよなら」

「サヨナラッ」

「お気をおつけになって」

「あてられたなあ」

「ゴボウ巻き」

「はいはい」


新宿歌舞伎町で。

吹きさらしのおでん屋台。

「バカもんッ！」

「はげしいね、この人」

「ノーテンファイラッ！」

「ノーテンは脳天と書く。ファイラは壊了と書く。頭がこわれたというんだ。頭がこわれたとおっしゃるのだ。ホーリーチンツァイライ？」

「ノーテンファイラッ！」

「またいってやがる。バカもん。ファントイメイティコツイ」

「おれは戦争中、予科練でパイロットでガーッとやってた」

「予科練でガーッと。なにをガーッだ。赤トンボか、ゼロ戦か」

「バカもんッ！　こう見えてもおれは戦争中にブン屋でガーッとやってたのだ」

「いそがしいね、この人。予科練でガーッ、ブン屋でガーッ。どだい、いそがしいよ」

「貴様ッ、やるかッ!?」

「なにをよ」

「キンタマしめてこいッ！」

「しめなくても小さいや」

「小さかったら大きくするッ」

「いいよ、いいよ。大艦巨砲主義はもう二度とごめんよ」

「貴様ごとき若僧になにがわかる。混濁の世に我一人というのだ。世は一局の碁なりけりというのだ。ベキラのフーチに波騒ぎというのだ。知らんだろう、バカもんッ」

「今度はミカミタカシだ」

「ミカミじゃないッ！」

「ドイバンスイをミカミタカシがもじって昭和維新の歌というのをつくったのだ。知らんのか、バカもんッ！　おれは相対的読書人ですよ。なんでも知ってる。なんでも知ってるがなにもできんです」

「ノーテンファイラッ！」

「そう、そう」

「ちょっと、ちょっと。今晩は冷えるじゃない。あなたそんな恰好で、何時頃までここにいるの、毎晩」

「そうねえ、朝の三時頃かなァ。四時頃になることもあるしねぇ。きまってないけどね」

「冷えるじゃない？」

「そうなの、そりゃァ、冷えるの。でもねぇ、バーやキャバレーに勤めたらさ、やれお化粧代だ、やれドレス代だとかさ、いろいろかかるでしょ。差引勘定したらいくらも残らないでしょ。だからねぇ、それならいっそこれのほうがいいかと思ってね、やってるんだけど」

「わかるわ」

「わかるわよ、ほんとに」

「タネやダシはどうするの、自分で毎日つくってるの？」

「ううン、こりゃあね、一カ所でつくってるところがあってね、そこから買ってくるの」

「配給だね、つまり」

「つまりそういうことね。バケツで買いにいくの」

「バケツでぇ？」

「そうよ。でもそれ専用のなんだから、きれいだわよ。よく洗ってあるし」

「おれは戦争中、予科練でガーッとやってたんだ。ヨドゴの出身でよ、おれ」

「ヨドゴってなんだ？」

「知らねいな、田舎者め。淀橋第五小学校ってぇのだ。ブン屋でガーッとやってたのだ。バカもんッ！」

「まだいってやがる」

「寒い、寒い」

「ほんとねぇ、冷えるわァ」

「イカくれ」

「はい」

「お酒よ」

「はい」

「あら、本を読んでるのね。坪田譲治、『子供の四季』。へえッ。あんた、これ読んでるの？」

「読んでるわよ」

「おもしろいの、この本」

「べつにどうってことないんだけどさ。ひまだからね。だからまあ本でもってとこね」

「文庫本なのね」

「安かったのよ、だから買ってきた。古本屋でね、二十エンなのよ」

「お愛想して」

「はい。千二百エンですね」

「おめいらは知らねえだろうがおれは戦争中、パイロットでよ。ガーッとやってたんだぞ。おめいら、ソーシァル・キャピタリズムって知ってっか？」

「横文字に弱いの」

「あら、あのお客さんと一緒じゃなかったの？」

「一緒じゃないわよ」

「あら、どうしよう。百六十エンのところを千二百エンももらっちゃった。みんな一緒だと思ってたのよ。追っかけてこよう。ちょっとお客さん、わるいけど番しててね。たのみますうッ……」

「食べちまうわヨ」

「いっちゃったわヨ」

「あら、バカもんも消えた」

「冷えるう」

「今夜は冷えるう」

石焼イモの屋台。

「おじさん、イモおくれ」

「はい。どんなところにしましょう。大ぶりなのか、小ぶりなのか」

「中ぶりでいいよ。よくこんな時間に客があるね」

「結構いらっしゃいますよ。バーの女給さんなんかが新宿あたりから帰ってくる途中でお買いになるんです」

「一人になると、イモを食べるのか」

「お客さんと二人の方もいらっしゃいますよ」

「さしむかいで食べるんだな」

「そうなんでしょう」

「寝床に二人で入ってさしむかいでイモを食べるんだな」

「そうなんでしょうね」

「熱いねといったり、フフフフと笑ったりしてるんだろうね。ほら、手がこんなに熱くなったといって頰っぺたにあてっこしたりするんだろうな」

「こまかいですね、お客さん」

「それが商売なんだ」

「へえ……」

「おやすみ」

「おやすみなさい」

小さな灯から人びとの声は生れて、凍《い》てついた暗い未明の空へ細い煙のようにもつれあいつつのぼっていくのである。

遺失物・八十七万個

この号が今年（六三年）の最終号になるので、シメクリにふさわしいような題材はないものかとさがした結果、飯田橋の「遺失物収容所」（正確には警視庁総務部会計課遺失物係というおそろしく長い名前だが）へいくこととなった。

いままでに私が行った国では、イスラエルがいちばん小さい。総面積が四国ほどしかなく、人口は二百万である。それでも国連に席を持ち、空港には完全ジェットの長距離旅客機を持っている。東京の人口は一千万なのだから、人口だけからみると、立派な独立国を五つもかかえこんでいることになる。

この一千万の人間がじっとしているのならべつだが、世界一のあわただしさで、血相変えて、右に左に、東西南北へ走りまわるのであるから、その体からはじつにさまざまなものが遠心分離機にかけたみたいにとび散るのである。とび散ったものはネコババされたり、交番にとどけられたりするが、とどけられただけでもその数字はちょっと想像を絶するものがある。

傘………九万九千本
銭入れ……九万二千個
衣　類……六万着
風呂敷……四万八千枚
本…………三万五千冊
帽　子……三万三千個
万年筆……二万八千本
時　計……二万七千個
弁当箱……二万一千個
眼　鏡……一万四千個

そのほか、カメラ、食品、玩具、靴、装身具、なかには携帯禁止のドスや日本刀やピストルなども含めると、東京じゅうの百貨店という百貨店をひっくりかえしたみたいな光景となるのである（この数字は六二年のもので、六三年のはまだ集計されていない。毎年一割ぐらいふえるというから、もっと大きな数字がでるだろう）。

「落シマシタ」といってとどけられるのが物品だけで四十七万点、現金ではじつに五億五千万エンというとほうもない数字である。そして、いっぽう「拾イマシタ」といってとどけられるのは物品で八十七万点、現金で二億八千万エンである。拾った現金が落した現金の半分ぐらいにしかならないが、この差、二億七千万エンは、ああらふしぎ、どこに消えたのでしょう？

……

東京の空気はどういうわけか物を蒸発させやすい性質を持っているが、それでは、物をおとしたときにあきらめてしまわずにとどけた場合、どれくらいが手もとにもどってくるものであろうか。これも数字がでていて、現金では一億五千八百万エンが、おとした人のところにもどされている。五十六パーセントである。約半数がもどっている。蒸発したのが二億七千万エンで、拾われたのが二億八千万エンである。してみると東京では性悪説と性善説がほぼ同じくらいの強さで対面しているわけである。正直な人の数は、想像するよりはたくさんであるようだ。すくなくとも私にはちょっと意外であった。おとしたらさいごだと私は固く固く思いこんで暮してきたのである。いまこれを書きながらも、そう思っているのであるが……

駅でいうと池袋、新宿、渋谷、上野あたりがいちばんよくおちるから用心しなければいけない。中央区、台東区も多い。件数がいちばん多いのは、私鉄や国電が入り乱れる池袋界隈で、現金がいちばん多いのは銀座、築地、新宿、渋谷界隈である。ちょっと離れたところでは立川駅も摩擦が多いから、注意しなければいけない。

だいたい統計でいくと、東京都内では、雨の日であると一日に傘だけで六百本がおち、なにやかや含めると、年間通じて一分間に一・四件、たえまなしにどこかで、なにかが、人体から逃走しつつあるというのである。収容所では法令によって届け出があってから六カ月と二週間はちゃんと整理して保管しておくが、それが切れると拾った人に権利があるとしてそれぞれの届け出者にわたす。国鉄構内で拾われた物は国鉄のものになる。私鉄の場合には社長のものになる。

収容所の薄暗い、裸壁の、荒《すさ》んだ廊下には、何百本となくコウモリ傘がつめこまれていて、おびただしい数の傘の柄には、「五島昇」と判コをおした板きれがついていた。みんな、かれがおとしたのかと聞いてみると、いや、そうではなくて、みんな東急の駅や電車のなかでおちたものだという。

五島昇はこんなにボロ傘をもらってどうするつもりだろうと聞いてみると、社内で競売するか古物商に払下げるかするのだろうという。この収容所でも引取手のない物たちは、収容期限が切れると、年に二回ほど古物売買許可商を呼んで公開、競売するそうである。

飯田橋にあるこの収容所は、もとはなんでも少年保護院かなにかであったらしく、ひどく壁が厚いのである。荒涼としていて、壁は剝げるままだし、窓はやぶれている。廊下、部屋、棚、階段、いたるところに人体から逃亡した物たちがおしあいへしあいひしめいていて、歩くのにも体をよこにしなければ歩けないほどである。物たちはすべて日付札をつけられて日付順に並べられ、つめこまれている。乾いたような、湿ったような、汗くさいような、カビくさいような異臭がたちこめている。

コウモリ傘。唐傘。男物。女物。ビニール傘。木綿傘。子供傘。財布。定期入れ。ドル入れ。蟇口《がまぐち》。巾着《きんちゃく》。腹巻。背広。ズボン。チョッキ。パンツ。シュミーズ。ストッキング。靴下。足袋。腰巻。ステテコ。和服。浴衣。お召し。裾模様。羽織。ビニールの風呂敷。木綿の風呂敷。唐草模様の風呂敷。アブストラクト模様の風呂敷。本。本。本。本。本。本。本。帽子。中折れ。鳥打。ベレ。正ちゃん。ハンティング・ベレ。最新式万年筆。最古式万年筆。セルロイド製。プラスチック製。金属製。パーカー。パイロット。無銘。万年筆。万年筆。万年筆。万年筆。時計。セイコー。ロレックス。時計。時計。弁当箱。大きいの。小さいの。四角いの。平べったいの。丸いの。楕円形の。アルミ製。折畳式。眼鏡。プラスチック製。セルロイド製。ベッコウ製。フォックス。ロイド。ふちなし。角型。下駄。靴。カメラ。カメラ。カメラ。ドス。匕首。日本刀。ゴボウ剣。ヨーヨー。がらがら。キューピーちゃん。ダッコちゃん。クマさん。コブタちゃん。名物なんとかせんべい。水戸納豆。名物なんとか饅頭。一升瓶。ポケット瓶。缶詰ビール。納豆。ウニ。塩辛。ずううううッと見ていくと、廊下には電気洗濯機や、扇風機や、パチンコ台や、それからオートバイが数台、裏出口のコンクリートの床にはマグロが一本、ごろりとひっくりかえっていた。

物たちよ
八十七万個よ

きみたちは
手もなく足もないのに
鳥より速くとぶ
キツネより速く人から逃げる
大いなる都の
こそこそする影
舌うちと
ため息を生む
ちょこまかした叛逆者よ
きみたちは
人に使われるために生れ
人の隙《すき》をねらって逃げた
恋の法悦
手形の戦慄《せんりつ》
タイムレコーダーの冷笑
月賦の白い歯

飲み屋のツケと
ママさんの横顔の恐怖
満員電車の行方《ゆくえ》知らぬ憎悪
エロ漢の指の意地汚さ
がみがみ女房のあさましさ
とろ作《さく》亭主のやけくそ酔い
小便垂れの赤ン坊
こましゃくれた小学生
参考書に夢中の中学生
受験勉強に狂う高校生
世わたり、酒ぐせ
閥を指折り数える大学生
しかめつらの偉いさん
あめりか一辺倒の村政治屋
靴底ほどに面《つら》の皮厚い大御所
そのけちんぼの権妻《ごんさい》ども
権力にゴマするいんてり茶坊主

おお
物たちよ
ちょこまかした叛逆児よ

きみたちは
私たちをだしぬいた
駅で、道で
便所で、喫茶店で
露地裏で
赤坂で、池袋で
だしぬいた

駈けて、運ばれて
集って
八十七万個

しかし

きみたちの
この衰えは何であろう
廊下で、階段で
小部屋の木棚で
鉄扉で守られた小部屋の
小さな
幾つものひきだしのなかで
段ボール箱のなかで
傘よ
カメラよ
靴よ
時計よ
ユニヴァーサルよ
ローヤル・スイスよ
ダイヤよ、ヒスイよ
きみたちは
ことごとく蒼《あお》ざめている

乾き
褪《あ》せている
皺《しわ》だらけになり
眼を閉じている
息をとめている

止まり
錆《さ》び
こわばっている
時価六十万エンの
ダイヤをちりばめた
ロレックスも
ここの裸壁の裸電灯の下では
いろ失った廃《すた》れ物としか
見えぬ
きみたちは死んだのだ
人の体から離れた瞬間に
死んだのだ

叛逆の光輝は
その瞬間にしかなかった

人の薄暗い皺だらけの脳膜に
泡のように浮んでは消える
その思惟《しい》の影よりも
きみたちの命は脆《もろ》く
はかない
おお
八十七万個の
きみたち

物よ
唐傘よ、毛糸の胴巻よ
ダッコちゃん

ついにきみたちは

人を離れては生きられない!
影のような
きみたちの
朽ちた憂愁の堆積

薄暗い廊下を、天井まで山積する大小無数の物たちをかきわけて一階から二階へと、ぐるぐる、カタツムリの殻のなかを歩くようにして歩いてゆくと、一つの小さな部屋のまえで案内の係員の人がたちどまった。

「ここは何です?」

「イハイがあるんです」

「イハイって?……」

「ホトケですよ。イコツもあるんです」

「オコツをおとすのもいるんですか?」

「いますよ。わざとおき忘れていくんじゃないでしょうかね。持って帰るのがめんどうなんじゃないかと思いますね」

「よくあるんですか?」

「ちょいちょいありますよ」

窓のない、まっ暗な小部屋のなかに入ると、線香の匂いが鼻にきた。よくよく眼をこすって、すかし見た。コンクリート壁をちょうど仏壇ぐらいの大きさにくりぬいて、段がつくってある。おやと思ってすかし見ると、その段のうえにいくつもの位牌や遺骨の箱がならんでいた。そのまえにはちゃんと造花が二輪左右にたててあって皿にはリンゴやカキなどがきれいに盛ってあった。

よれよれの制服は着ているけれどきれいにひげを剃った一人の中年の係員がやってきた。手に茶碗を持っている。見ていると老人は暗いなかで器用に仏壇の茶碗に半分だけ自分の茶碗から茶を半分そそいだ。なにをしているのだと聞くと、時間がきたから自分のお茶を半分ホトケにやったのだと答えた。午前と午後に一回ずつ読経をしてお茶をかえるのがわたしの役だと、老人は暗がりのなかで笑って説明し、よごれた廊下へでていった。

係員の人が笑って説明した。

「これもみんな遺失物ですよ」

「造花もですか？」

「そうです。おとしもので間にあわせたんです」

「果物もですか？」

「果物もです。位牌も、果物も、造花も、みんなおとしもののなかからとって間にあわせたんです。私が死んでもこんなに果物はあげてもらえないですよ。ここへきたほうがホトケさんはぜいたくできます」

「この遺骨や位牌はこれからどうなるんですか？」

「行先がわかりませんから、拾った地区の係官のところへもどってそれから係官はその区の無縁墓地へ持ってゆくんです」

「六カ月と二週間たってからですか？」

「そうです」

ふたたび私たちは乾いたようなカビくさいような物たちの死臭のたちこめる廊下へでて、田ンぼの畦《あぜ》道のような細い隙を傘をかきわけつつ出口へもどってゆくのである。あなたは安心してよろしいのである。肉親にどんなにあなたの骨が厄介がられて満員電車のすみっこに捨てられても、この小さな暗い部屋のなかで少なくともあなたは造花と果物と茶を眺めることはできるのである。

さようなら。

一九六三年。

東京タワーから谷底見れば

東京は私たちが想像しているよりは意外に〝緑の都〟であるということを書こうと思う。人ごみと自動車と煙霧のなかで私たちは血まなこのワラジムシのようになって暮しているので、なかなかのみこみにくいイメージなのであるが、空から鳥の目で見おろしてみると、東京は意外に〝緑の都〟なのである。

いつか私はヘリコプターにのって東京の空をあちらこちらさまよい歩いたことがある。屋根瓦の果てしない干潟《ひがた》、無数のマッチ箱の乱雑なひしめきあい、とめどない大地の皮膚病、つまり、あらかじめ覚悟のものが眼に映った。幾本かの幹線道路が見えるだけで道らしい道はどこにも見えず、厖大《ぼうだい》な苔《こけ》の群落のように人家の屋根がおしあいへしあいになっている。そこへ海沿いの京浜工業地帯の煙突から、黄いろいのや、赤いのや、見るからにいがらっぽそうな、毒どくしい化学煙がもうもうと吐きだされて、いちめんに流れている。

ヨーロッパの中世の寓意画ではペストがたいていの町の上空を蔽《おお》う黒煙として描かれているけれど、ここでは鮮明な黄煙や赤煙が、そびえたつ無数のセメント製や金属製の男根からもくもくと吐きだされているのである。

放埒《ほうらつ》さと災厄のこのような印象はすでに地上で幾千度となく覚悟のうえのものであって、何事にもおどろいてはいけないぞと脳膜を象の皮みたいに厚くして暮している私は針を刺されたほどにもおどろかずあわてず、ただうっすらと眼を開いて、おお、ミジンコのような人類よ、緩慢なる自殺の洪水よと、高遠なる諦念の静けさをもって空と土のあいだをさまよいつづけたのである。ナメクジに似たその無感動は、すでに知りつくしているものを見せられたにすぎないのだという事実からたちのぼったアクビの一種であった。

けれど、やがて、一つの新しい発見が象皮病にかかった脳膜へ水のようにしみこんできた。

(東京ニ木ガアル!……)

私はおどろいて、眼をひらく。

皇居や神宮外苑や青山墓地や新宿御苑などに緑の大きな群落はあるけれど、私をおどろかしたのはそれではなかった。黄煙、赤煙がもうもうとたちのぼる工場地帯のセメントの塀《へい》にしがみつくようにして建てられた、まるでその塀の汚点か垢みたいな小さな人家でも庭を持っているのである。いや、〝庭〟というよりは、とにかく灰か黒かに色が変って、土とも化学渣《かす》ともつかなくなったような土にその家の人は一本の木を植えているのである。よくよく覗けばその木も枝や幹の色が変って、死んでしまい、去年のお祭に使った造花のように埃だらけである。しかしその家の人は土を持とうとし木を持とうとしているのである。

都内に人家が何戸ぐらいあるものなのか、見当がつかないが、工場、官庁、百貨店、ビル街、団地アパートの群落などは全面積のごく一部であるにすぎない。あとは無数の人家がフジツボのようにおしあいへしあいくっつきあっているのである。そのフジツボたちが空から覗きこむと、みんな庭をつくろうとし、木を持とうとしているのである。住居の建坪を切りつめてまでして庭をつくろうとしているのである。かりにそこに木が一本しかなくても、都内全体としては、何百本、何千本、何万本という数字になるから、空から見おろすと、〝緑の都〟が煙霧の底から浮びあがってくるということになるのである。中野、世田谷、杉並、大田、練馬、板橋などの郊外区のほうへゆくと、ますます緑は濃く、広く、そしてますます道は薄く、細くなり、ついに見えなくなるのである。

ひょっとしたら建築法規で人家には庭をつくらなければならないという法令ができているのであるのかも知れない。が、そのときの私は、日本人と自然ということについて、あらためて考えこませられたのである。庭というもの、土や木というもの、緑というもの、それが東京の家の細胞核みたいなものになっているのである。四角になったの、三角になったの、ネコのおでこぐらいしかないのからカバの背中ぐらいのまで、その細胞核は大小形状無数であるが、いずれも核であり命であることに変りはなかった。

ヨーロッパ人たちやアメリカ人たちは都会における自然とは並木道と公園のことだと思いこんでいる。個人の自然は窓ぎわのゼラニウムの鉢しかない。石の町のなかでは個人にはひとにぎりの土を持つことも許されていない。土や木や緑や庭を個人が持てるのは都心からはるかに離れた郊外や別荘地区だけである。細胞核をとりもどそうとあせる彼らはパリやニューヨークやロンドンから遁走《とんそう》する工夫に夢中になっている。けれど私たちは東京のドまんなかで個人の家で土を見ようとすればいくらでも見られるのである。私たちは異様な〝贅沢〟を味わっている。東京は工業都市、行政都市、商業都市であるほかに、奇妙な表現に聞えるかも知れないが、別荘都市でもあるのだ。

奇妙な矛盾がここからでてくるのである。煙霧の底であえぎつつ自分の寝室の坪数を切りつめてでも庭をつくろうとする私たちは、それほど自然を尊重しながらも、公共の自然ということになると、手のひらを返したように冷淡であり、粗暴である。たまさかの並木道や公園の汚れかた、傷《いた》みかた、衰えかたは何事であろう。そして一歩家のなかへはいったときの、部屋や庭にしみこみ、ふるえている清潔さや繊細さや意識や秩序感覚など、この二つのものの矛盾ぶりは、何事であろう。私たちは自然を溺愛し、自然を侮蔑しているのだ。世界無比を誇ってよい私たちの清潔さや繊細さや美意識や造形感覚や自然愛などは、つまるところ、利己主義の温室のなかでしか息ができないのであるか。

ネールが日本へ来て、悪路を全身で味わったあげく、日本の道路ほどわるいものはほかに考えられないという呻《うめ》きを吐いた。日本の道路のすさまじさを批評するときにきまって引用される言葉である。なんの修正もなしに、そのまま私はこの言葉をうけとるしかない。インドの道路が日本のよりいいのはインド人が作ったのではなくてイギリス帝国主義の遺産じゃないかと皮肉をつぶやいてみたい気持がないわけではないのだが、だからといって道路のために日本が植民地化されたほうがよいとは爪の垢《あか》ほども考えない。けれど、明治以来の積年の軍国主義がアジア全域から真珠湾、アリューシャン列島の北端にいたるまで膨脹、暴発、のたれ死をしながら、ついに盲腸のさきっちょほどもない日本列島の道路一つ作れなかったというのは、なんという精力の浪費であろうかと思わせられるのである。

ヒトラーがアウトバーンをつくったのは戦争をヨーロッパ大陸内でひき起すことを考え、ロシア、東欧、中欧、西欧、南欧、四方八方へ陸続きで迅速に暗黒の情熱を運搬しようという計算からだったが、日本は海のなかの孤島だったので、海岸沿いに工業基地と軍事基地、ゲンコツと男根をふくらます工夫にふけっただけだった。国内の道路などはどうでもよかったのだ。海岸沿いにゲンコツと男根をつなぐ幹線道路があればそれで足りると考えていたのだ。離れ島の民族の膨脹衝動が悪路を結果した。これは世界にあまり例がないと思う。大陸ではコハクや岩塩や絹が道をつくったということがある。また、シーザーがアッピア街道をつくり、ナポレオンがパリをつくり、ヒトラーがアウトバーンをつくり、また別の形では、フォード会社のベルトコンベアがそのまま工場のそとへ流れだしてハイウエーになったというようなことがあった。けれど日本だけは膨脹衝動が道を生まなかった唯一といってよい例外ではあるまいか。いや、その膨脹のものすごさにくらべて血を運ぶ血管がこれほど細くてあぶなっかしいという奇妙さが唯一といってよい例外ではあるまいか？……

東京が首府として負わされている機能のものすごさにくらべて道路の全面積はてんでお話にならないぐらい小さなものである。鈴鹿サーキットを計画したグループの一人である私の畏友《いゆう》、坂根進という男は、ある日、せせら笑って説明してくれたことがある。

「いまに自動車の面積だけで東京の道路全部が埋まってしまうようになる。自動車をとめておくだけでギチギチいっぱいなんだ。だからどうするかというと、法律を新しくつくって、朝から晩まで二十四時間のべつ幕なしに自動車を走らせつづけるようにする。一台でもとまったらもうあがきがとれなくなるからね。自動車を持っている人は一秒の止みもなしに走らせつづけ、寝るのも食べるのも仕事するのもみんな自動車のなかでする。便所つきのデラックス・カーもできるようになるぜ……」

呆《あき》れたことだと思うのであるけれど、そういう彼自身はせっせとオートバイやスポーツカーの設計にふけって余念がないのであるから、つけるクスリがない。

東京の空をぶらぶらクラゲのように漂いつつ考えたのである。この都は無数の関節に一つずつの心臓を持ってうごいている。なにかのしぶとい下等動物のようなものだが、結局は機能も人口もときほぐして地方へ疎開させるよりほかあるまい。

このままだと海へはみだしてしまう。しかし、それでも、この町自体はもっともっと道路をつくるよりほかないのであるから、どうしたらいいか。どこから道路をつくる面積をひねりだしてくるか。個人の庭を提供するわけにはいかないか。東京都内にある個人の家の個人の庭は、全部集めたら、かなりの面積になるだろう。それをみんなが、涙を呑んで公共のために提供するというわけにはいかないか。

そして、そのかわり、個人の庭を道にとかして、住居を高層アパートにしてしまうかわり、公園と並木道をすばらしいものにする。自分の家の庭がなくなれば、日本の公園や山は、ずっときれいになるだろう。

そしてほんとに石の町に暮すときの緑のよろこびがどんなものであるかということを、いまよりもっと鋭く深く理解できるようになるだろう。庭をとりあげられるのがイヤな人は、しようがない、どこか地方の風光明媚な町へいって暮してもらうことだ。

けれども、ああ、日本人から庭をとりあげるなんて、そんなことができるだろうか。何人が納得するだろうか。庭のなかから家のなかへダンプカーがとびこんできてもじっと目を細めてお茶をすすりつつ庭土を眺めていたいという私たちから庭をとりあげるなんて、そんな革命に誰か賛成するものがあるのだろうか。

それは、ほとんど、公開をはばかるような、バカげた破壊思想、民族の伝統と社会の安寧秩序を乱す、のろわしきダンプカーのごときものであるか。フランス人やドイツ人やアメリカ人やイギリス人がやったことをどうして私たちがやれないか。なせばなる、なさねばならぬなに

に四回、一日に六十四回往復していることになるか。いま工事をしている佃新橋が八月頃に完成したら渡船はいらなくなるので、自分も陸《おか》にあがります。

「それからなにをするって？　さあね。年も年だし、子供も大きくなったんだから、これだけ働いたんだし、もう遊ばせてもらってもいいんじゃないかと思ってるんだがね（顔なじみらしいすし屋のおっさんが、金利で食うんだ、金利でと、笑いながら声をかけると、船長は笑う）。冗談いっちゃいけない。金利なんて。お前さんみたいに漁師をやめてたんまり補償金をもらったわけじゃないよ。この先生たちはそりゃにぎってるんだから。こちとらは話が違わあな（すし屋のおっさんは笑ったまま答えない。せっせとすしをにぎりつづける）。

「この渡船場は、もとは佃島の地元の人たちが共同でやってたんです。伝馬《てんま》でね。漁師が交代で順番制で漕いでいた。それが大正十五年に都に買いあげられてからいまみたいなスチーム（蒸気船）になって、無料になったんです。それまではいちいち乗船賃を払ってたんです。トモのところに箱がおいてあって、チップをくれるのがいたりすると一人が声をかけるんだ。船頭ッ、もらったよッ、礼いってくんなというんだね。すると船頭が、ありがとうござんしたというんだ。地元の連中が遊びにでかけて夜遅く帰ってくると、向う河岸《がし》から大声で呼んだもんです。それも、ただオーイ、オーイといったんじゃあだめだが、トキヤーイというと船頭が起きて舟を漕ぎだしてくれた。トキヤーイというんです。そういうと、ああこれは地元の人間だとわかって、舟を漕ぎだしてくれたんです。

「その頃はいまみたいに十五分ごとに舟をだすというんじゃなくて客がたまればだすというぐあいだったから、舟を待つあいだ渡船場で漁師たちは魚河岸へいったつもりだといってコレを(手つきをしてみせるので……)そう、そうコイコイをやったり、チョボをやったりして遊んだもんです。昔はそういうのがここではさかんだったね。よくシャモを飼って賭けをやったですよ。戦前は二十軒ぐらいもあったかな。そう、闘鶏です。おかみさん連中にしかられてすっかり廃《すた》ってしまったようだが、いまでも一軒飼ってるようだな。あの家は何とかいったな。都内じゃあ遊べないから、千葉、埼玉、茨城のほうへいって遊ぶんでしょう。一回千エンとか三千エンとか聞いたようだな。そう、そう、タクシーにのってシャモを運んでいくんです。これはバカにならない遊びだ。あの家は何とかいった。四十何年もシャモを道楽に飼いつづけてるんだ。商売は魚の行商だが、シャモを道楽にしてるんだ。おれのとこは女房が理解してくれるんだといって、いばってたようだぞ。

「佃島は摂津から家康が漁師を運んできて開いた土地で、三十何人かの大阪の漁師がはじめたという土地なんで、いまだにここ独特の言葉があるんだ。佃言葉というのは独特のもんだ。大阪弁なんだね(早口にペラペラとやるので二回、三回、ゆっくりと繰返してもらう)。ナニ、アンドルマ、ミロマカー、アンナコトシテケツカル、ミネマカー。言葉の尻に〝カー〟というのをつける。アンドルマというのは、あいつで、ミロマカーというのは、見ろやいというようなことです。ミネマというのは、やっぱり見ろやいってことだな。あいつあんなことしてるぞ、見ろ、見ろっていってるんだな。それをそういうんだ。ケッカルというのは大阪弁だよ。いまでもそういってるもんな。東京のドまんなかにこんな古い大阪弁がのこってるんだからおもしろいもんだよな。いや、いや。子供はだめだ。子供はもう使わない。年よりだけだ。ここの年よりは妙な癖があって、銭湯へ泳ぎにいくと冬の寒い晩でも着物着ないで、着物かかえて、フンドシ一本で家へ帰っていくな（すし屋のおっさんは、そうだ、そうだとうなずく）。冬の晩の九時、十時という時間にだ。フンドシ一本になって歩いてる。

「佃煮、佃煮っていうけれど、あれは漁師がはじめたもんなんでね。しょっちゅう潮風にあたって舌がバカになってるからああいう辛《から》い煮〆めでなきゃピンとこないんだ。いまの佃煮はやたらに甘いけれど、昔はもっと辛かった。ミリンや砂糖を使わないで生醤油《きじようゆ》で小魚を煮たもんだった。それがいまは照りをよくするためとかいって、なんでもかんでも甘くしちゃう。それに、あれだ。佃煮、佃煮といっても、いまは水が荒れて魚のサの字もないんだから、みんな八郎潟や浜名湖や霞ヶ浦あたりでとれた小魚なんだ。それを地元に技術をもっていって工場たてて煮たやつ、出来あいのやつを持ってきて、ここで売ってるんだよ。いくらか手直しをしている家もあるようだけどね。こう水が荒れてはしようがないね。白魚を宮中に献上にいくのが習慣だったけど、あるとき天皇が、東京で白魚がとれるのかってスッパぬいたもんだから行事をやめにしたというじゃないか。

「そりゃあここらの水はおちぶれたね。戦前は冬など底まで透いて見えたよ。カキがびっしりくっついていたりした。こんなセイゴが（といって指を二十センチほどひらいてみせる）いまの渡船場のところにウヨウヨ泳いでて、それを釣るやつらがいっぱいなもんで、しょっちゅう、じゃまだ、じゃまだ、船がつけられねえってどなったもんだ。白魚、フナ、ウナギ、ドジョウ、なんだってとれたけどね。ここらじゃあ〝ボサ〟といって杉の枝を水に沈めといてウナギをしゃくったね。それに、また、竹筒を沈めといて夜なかに這いこむウナギを朝になってしゃくいとったりもしたよ。これは〝ポーポー〟といったな。そう、そう、竹筒ッポをちぢめて、〝ポーポー〟といったんだね。とにかく水がきれいだった。夜になると渡船場の板や柱を食う鉄砲虫の音がムシムシ、ムシムシって聞えたもんだが、いまじゃそいつらも消えてしまったからな。冬は水が腐らないからまだいいけれど、梅雨時や夏にきてごらんなさい。水が墨汁みたいになって、メタンガスがポクッポクッ、パチッ、パチッ、ゴボッ、ゴボッと泡たてててそりゃもうひどいもんです。川いちめんに夕立がふったみたいになりますよ。

「渡船場で自殺するというのが一時流行《はや》ったことがあるんです。昭和十年頃かね。私も助けたことがある。朝の十一時頃に、川の中程まで船をだしたときに、落チターッという声がしてね、ふッと見たら、娘さんがとびこんだんだよね。赤い着物を着てたもんだから川にパッと大きな真ッ赤な花が咲いたみたいに見えた。それが顔をあげて船が寄ってくるのを見てるんだ。船が寄っていくといそいで顔を水のなかにつっこむ。そうやってふわふわ浮いてるんです。これは世田谷あたりの娘さんで、あとで新聞を見たら、失恋だというんです。カギでひっかけて助けあげたんですが、ずっとあとになってまた新聞を見たら、いいぐあいに結婚して子供をつくってうまくいってると書いてありましたよ。

「……ええ、人命救助で二回、永年勤続で二回、表彰状をもらいましたが。

「とにかくそのころは渡船場が評判になって、よく自殺にやってきたんです。電車にのったり、バスにのったりして長い振袖のなかにこう、石とか、重たいものとかつめて、体が沈むように工夫してから、はるばるやってくるんです。やっぱりそれも流行で、三原山が評判になったらパタッと止《や》んだ。妙なもんだね。パタッとそれっきりになった。

「三原山のつぎはどこへいくんだろうと見ていたら熱海が流行りだしたね。いまはガスやら劇薬やらが流行っているようだ。こう水が汚くなったら自殺する気にもなれないよ。ここではなア。自殺する気にもなれないよな。

「……いや、きません。

「助けた人でもお礼にきた人はいません。

「ええ。一人も……

「はずかしいよ、そりゃあね。やっぱり。テレくさいよ。そういうことは……

「戦争中は南方戦線に召集されてやっぱり船に乗ってたんです。第三船舶輸送司令部というんだ。ジャカルタでオランダが逃げしなに沈めた船を引揚げて、その船に船長として乗った（インドネシアの人情、風物、果物のことなどがしきりに話題となり、すし屋のおっさんも衛生兵でインドネシアにいたことがわかり、かつ筆者も昨年の夏にバリ島へいったことがあるので、大いに話がはずんだが割愛することとする。記憶力旺盛で向学心のさかんな船長は〝テレマカシ〟《ありがとう》、〝スーダラ〟《友だち》、〝パッサル〟《市場》、〝イカン〟《魚》、〝マカン・スダカ〟《メシすんだか》などのインドネシア語をくりかえし、日本語とよく似ているではないかといって興がった。ついでにインドネシア人と日本人とは顔がそっくりだということを思いだして、私たちはハッキリと南方の血が入っているという意見を述べた。同感なり。眼鏡はずしてバリ島の渚をパンツ一枚で歩いていたら私はインドネシア人にインドネシア語で道をたずねられたことがある。ついでにいうとエルサレムの裏町でユダヤ人からヘブライ語で話しかけられたこともある。いったい日本人には幾種類の血が入ってるのであろうか）。

「それからつぎはベトナムへいった。英仏連合軍の食糧を船で輸送したんだ。メコン河を上ったり下ったりして、プノンペンからサイゴンまで往復したんだ。あのあたりでは日本が負けたらすぐさま独立戦争がはじまって、現地人のゲリラがフランスとたたかいだしたんだ。日本兵で現地人のパルチザンに入っていったのがずいぶんいると聞いたよ。なにしろメコン河の岸で鉄砲さ打《ぶ》ってるゲリラをとらえてみたら、陣地の構造が日本軍そっくりだったり、持ってる鉄砲に菊の紋が入ってたりするんだからな（すし屋のおっさんがのりだしてきて、インドネシアでもまったくおなじであったと話しはじめる）。

「現地人のゲリラはいまでもそうらしいけれど、すごく元気があって、強くて、組織がしっかりしてるらしいんだな。フランス軍はたじたじとなったようだ。ところが、あるときプノンペンで町の喫茶店に入ったら、どうも日本人くさいのが一人しょんぼりとすみっこにすわってるのがいたので、寄っていって日本人かと聞いてみたら、そうだというんだ。日本へ帰らないのかと聞いたら、帰ろうにも帰れないというんだな。どうしてだと聞いたら、深入りしすぎてもう離してくれないというんだ。ただの喫茶店みたいに見えるけれど、あれでどこかのすみっこから見張られてたのかも知れんな。その男は現地人の女と結婚して現地人になってしまうつもりだとかいってた。そのあたりだけでも六十人くらいの日本兵がゲリラに入ってるとかいうことだったよ。そうか、元気でなといっておれはそのまま別れてきたんだけどな。ずいぶんたくさんの日本兵があのあたりで現地人に帰化したんじゃないかな（すし屋のおっさんは相づちをうって、そうだ、それはきっとたしかなことだという）。

「佃新橋ができてもタクシーがたくさんやってくるだけで、町はあまり変らないんじゃないかと思いますね。ここはほかの町とちがうんだからね。

「ここの出で世田谷や練馬やらに散っていった人でも祭礼になると帰ってくるんです。二十年も会わなかったのがひょっこりあらわれて渡しにのってくることがあるものね。ヤァ、ヤァどうしてるって話しあうんだけどね。こちらはずっと渡守りをやってるから町の人の顔はみんなおぼえてるんだ。こちらが忘れていても向うがおぼえていたりするし、佃じゃうっかり人の悪口はいえないというのもそういうことなんだ。みんな親戚縁者の関係があるんで、うっかり悪口がいえないんだね。外から入ってきた人でも暮しが気安いもんだから土地に根をおろしてしまうするから、みんな知りあいになってしまうね。

「ここの祭りはおもしろいんだよ。百五十貫くらいもあるミコシをかついで川のなかへ入っていってね。昔はチリメンのハンテン着て入ったんだが、川からあがるときにはすっかりちぢんでつんつるてんになったもんだ。仙台平《せんだいひら》の袴《はかま》で入ったりしたのもいる。いまは木綿の着流しだけどね。もう、そりゃあ、たいへんなさわぎになるんだ。〝若い衆《しゅ》〟というのがあって、子供、中子供、新若い衆、世話人などと階級をつくっていて、それがミコシをかつぐ。これは土地っ子だけで、よそ者は入れないんだ。今年は渡船場もなくなるしするから、佃新橋ができたときはこちらからと向うッ河岸の鉄砲洲からと、両方から渡り初めをやろうかって話が進んでるらしいんだね。

「もう最後だ。

「佃も変わりますよ。

(船長がそうつぶやくと、すし屋のおっさんもだまってうなずいて、アルミの薬缶《やかん》から茶を茶碗にそそぐ。船長は腰をあげ、ていねいに挨拶して、家へ帰っていった)

寒風吹きまくる労災病院

労働福祉事業団というところで『労災補償　障害認定必携』という本をだしている。三百七十七ページもある本で、人体のあらゆる部分について、頭のさきから足のさきまで、どう傷ついたときはどう値をつけるかということが細大もらさず書いてある。

これは自動車屋の部品のカタログみたいなものである。労働者が現場で仕事をしていて怪我をすると労災保険というものをもらう。半身不随や失語症や両足を失うとか両手を失うとかの重傷では年金をもらい、それほどでないときは一時金がでることになっている。それがパーツによってみんな値段がちがう。一級から十四級まであって、ちゃんと分類されて値段表になっている。それがこの本である。労働省の補償課員たちと各地の労働基準監督署の職員たちは毎日この本と首っぴきである。

この年金や一時金はそれぞれの職場の平均賃金の何日分を支払うという計算法で支給されるので、おなじ小指をおとしても給料のいい仕事場で働いていた人と、わるい仕事場で働いていた人とでは値がちがってくる。定価というものがないのだ。算定法は㊀だけれど値は㊀ではない。大企業の大工場で働いている人の小指と中小企業の町工場で働いている人の小指とでは、おなじパーツであっても値がちがってくる。また、使用人五人未満の零細企業では事業主が労災保険に加入する経済力を持っていないことが多い。そういうときには小指はさらに安くなるだろう。苦痛がおなじなのに値はこのように不平等である。どういうわけだ？

年齢と仕事場で千差万別の値がでてくるのだが、試みに全日本の平均賃金で換算して人体値段表をつくってみると、つぎのようになった。

(男子労働者の全国平均では日給が約九百エンである。物価倍増とわれらの自尊心の立場も考え、ちょっと高く千エンと踏んでみた)

◉**年　金**（一級〜三級）

目玉二コ　二十四万エン

失語症と顎《あご》ガクガク　〃

半身不随　〃

両腕肘《ひじ》から上　〃

両足膝《ひざ》から上　〃

両手の指十本　十八万八千エン

失語症か顎ガクガク　〃

◉一時金（四級〜十四級）

両耳聞こえず　九十二万エン
顎ガクガク舌レロレロ　〃
腕一本肘から上　〃
足一本膝から上　〃
片腕ぶらぶら　七十九万エン
両足ぶらぶら　〃
両足の指十本　〃
片腕の関節二コ　六十七万エン
片足の関節二コ　〃
キンタマ二コ　五十六万エン
片手の親指と人さし指　〃
片足の指五本　四十五万エン
脾臓《ひぞう》又は腎臓《じんぞう》一コ　〃
鼻　三十五万エン
女の顔のひどい傷　七級

男の顔のひどい傷　十二級

えげつない書きかたになったけれど官庁用語を私流にくだいてみたらこうなった。この『障害認定必携』はほかに皮膚、内臓、人体全部について微に入り細をうがった評価法を紹介していて、じつに有益である。ここに書き出した表は氷山の一角にすぎない。著者は判定にあたってつねに冷静、沈着であらねばならぬことを説いている。片足の指五本は両足の指十本の正確な半額ではなくて少し高いことや、おなじ顔のひどい傷でも男と女とではたいへん等級がちがうことなど、科学主義が機械主義ではないのだということを示していて、心暖まる思いである。

大森に労災病院はあり、どんとぶつかれば倒れそうなバラック二階建、廊下には寒風ひゅうひゅう吹きこみ、壁には雨が地図を描いている。院長は近藤駿四郎氏といって脳外科では日本屈指の名医、英・独・仏三カ国語をよくし、文学、哲学に造詣深く、風采《ふうさい》いたってあがらないが気骨満々、用語ざっくばらんべらんめえ、病院では峻烈正直《しゅんれつせいちょく》をきわめ、料理屋では明察寛容、京都へいってお墓を見てまわっていたらほのぼのしてきてついにおれも則天去私の心境をなつかしむようになったかと、洩らされる。しかし、その言葉の尻から、いまの日本の大新聞はまったく読むに耐えぬ、旗を失ったと烈《はげ》しく率直な糾弾の言葉も浴びせられ、わが友丸徳記者はメモをとりつつシュンとなってうなだれた。

でさわってみると、彼の頭には骨がなくて、まるでタコの頭のようにぶわぶわしていた。皮膚のすぐしたで脳がどきん、どきんとうごいている。針一本さしただけでたちまち流れだしてしまいそうだ。砕けた骨をどう縫合のしようもないのでとってしまったらこうなったという。戦争中に中学生の私は無数の死体を見て人間のもろさということばかり教えられ、覚悟はできているはずなのだが、やっぱりたちすくんでしまった。死とか、こうしたことは、一時大量に浴びせられてマヒすることはあっても、いつも新しくよみがえってくるものなのだと思う。その夜は酒場を四軒飲み歩いたが、家に帰ってみるとやっぱり手のひらに脳の脈動がしみついていた。

近藤先生はいった。

「……病院で見てると人生は弱肉強食、適者生存だけだぜ。むきだしの生存競争なんだ。それ以外になにもないわな。それを百も承知の上で旗をたてるんだわ。チェホフもクローニンもモームもそうした。モームは旗がない、旗がないというが、そうやってじつは別の旗をたててるんだぜ。おれはバカといわれても自分なりの旗をたててるんだ」

「土にしっかとつきささっていますか。倒れませんか?」

「つきささっているようだ」

先生は言葉少なに、しかし確信をこめてそういいきった。久しくそのようにはっきりした言葉を私は人から聞いたことがなかったのでしばらく顔があがらなかった。先生は〝則天去私〟

だとか、鑑真《がんじん》の木像を味わいに展覧会に何日もかよったなどとおっしゃるのだが、熱い騎士の一人なのである。そしてどこにも旗を見つけられないでいる私はうなだれて茫然《ぼうぜん》としているばかりである。そして、また、あのタコのような頭になった青年はこれからさきどうなるのだろうと考えて茫然とするばかりでもあった。

ぼくの〝黄金〟社会科

　こないだ新聞社のおじさんがやってきてぼくに宿題をしているかと聞きました。ぼくの顔さえみたらそう聞くのです。おじさんは若いけれどまるまる太っています。銀座のネズミみたいだというとおこります。

　またテレビをみてるんだろうというので、テレビもみてるけど宿題もしてら、こないだはちがいだなにもたれて一晩に六枚もワークをつけたんだぞといいました。すごい、すごい、それじゃあ、うんこをみにいこうとおじさんはいいだしました。

　先生が学校でつめこんだのを家へかえってからだすのが宿題で、給食とおなじことだ。健は給食を学校でたべて家へかえってからトイレに入るだろう。それなら宿題をするみたいにだしたものがどうなるのか、みとどけなければいいかんじゃないか、というのです。おかあさんに聞いたら、新聞記者のおじさんは足で書くからいい勉強になる、いってきなさいといいました。

　いきましたのは神田三崎町の投入場と大手町のポンプ場と山王下の下水見学場と砂町の処理場と小台の処理場と月島にあるうんこを海へすてる舟の事務所です。とちゅうで元気がなくなったので二日かかりました。これでうんこのことならたいていわかったから健は〝べんつう〟になったのだとおじさんはいいました。せんにぼくがマンガばかりよんでいるのでマンつうだといったこともあります。ぼくはマンつうでべんつうだそうで、ゆうべん大会にでたらきっと勝つぞとおじさんはいいました。

三崎町の投入場はにぎやかな町のまんなかです。神田川が流れています。倉庫みたいですが、天じょうは高くて、ガラスばりで、鉄骨で、ちょっと体育かんみたいです。床はコンクリです。ところどころ穴があいています。バキューマーが何台も何台もひっきりなしにやってきては穴のなかに太いゴム管をつっこむのです。そうやってうんこをすてます。

コンクリの床のしたはコンクリのすごく大きなタンクになっているということです。穴をのぞいてみたら黄土いろの水がすごいいきおいで流れていて、すごいにおいでした。うんこはおもいからほっておくとよどんでしまう。かるくしなければいけない。そこで神田川からポンプで水を一日に何十キロリットルとくみあげてうすめるのだと所長のおじさんが説めいしてくれました。あんなに速くうごくのは水でうすめられたときのはずみがついているからです。わかった、わかった、ハイボールにしてるんだとぼくがいうと、おじさんは、毎晩おれはのんでるんだぞといいました。

ベルトコンベアがタンクのなかからいろいろなものをひっかけてあがってきます。ゴムぐつをはいたおじさんたちがそのモロモロをまんが（筆者注・馬鍬《まぐわ》のことか）でコンベアからかきおとします。まるで壁土をねっているみたいでした。すごいにおい。目がちかちかしてきて鼻がつんとなってしまいました。天じょうのへんでシュウシュウと白いけむりが吹きだしていて、所長のおじさんが、あれはにおい消しのエヤーウィックだといいました。ぼくの家のトイレにもあります。ボタンをおしたらスカッーとでるやつです。水洗にするよりこのほうが安いからといっておかあさんが買います。おかあさんはけちんぼだからお金があっても安いものを買います。もし足が一本しかない人が死んだらこんなかんおけをつくると思います。

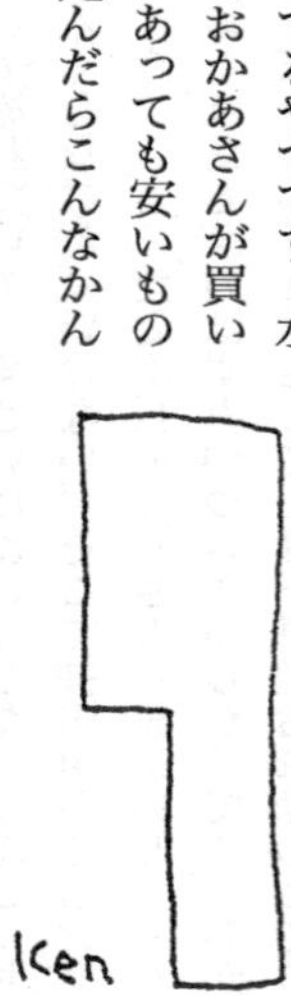

　ここで大きなじゃまものをすくいとってからうんこはほかの下水管からきたのといっしょになって芝浦の処理場へいき、きれいにされて太平洋へいくのだそうです。けれど、東京は台地がたくさんあるから、土地の高い区からきたぶんは芝浦へいきおいよく急行でいきますが、土地のひくい区からきたぶんはよどんでしまう。元気がなくなって下水管のなかでどんよりしてしまう。そこでどこかですくいあげ、エイヤッといきおいをつけてやらなければならない。ドッといきおいをつけて芝浦へとばしてやらなければいけない。そうしないと下水管がうんこの池みたいになっちまう。大手町にあるポンプ場がこれをするのだ。

　大手町にはガラスと鉄でできた新しいビルがたくさんあって、外国からえらい音楽家がくるとおかあさんはぼくをつれていきます。道はでこぼこではありません。土や木はどこにもありません。ピカピカ光るホテルや銀行ばかりなのです。みんなきれいな服を着てあるいています。ひげもそってるしくつもきれいです。シャツもぴんとして、光っています。外国人か日本人かわからないような人がたくさんあるいています。そういう町のまんなかにうんこのポンプ場があるというのでぼくはすっかりたまげてしまった。

二階だてのへんな小さい役所のなかに家ぐらいもある大ポンプが何台となくあっていっせいにぶうううううんとうなっていた。ああ、これがうんこを直球でとばしてるんだな、とぼくはおもった。一歩入ったら、また目がちかちかしてきた。奈良づけかくさやの工場へ入ったみたいです。おじさんはあたりをクンクンかいで、ローマのチーズ屋にそっくりだとつぶやきました。家へかえっておかあさんにそういったら、キャアッ、いっぺん外国へいってみたいなあとためいきをつきました。

所長さんがでてきていろいろと話を聞かせてくれました。ここでもやっぱりにおいに困っているらしい。電話ちょうをみて香水会社をよび、くずの香水をドラムかんで持ってきてもらったこともあるそうです。それをまいたところがにおい消しにならないで、あべこべによけいすごいにおいができて大さわぎになったことがあるそうです。アメリカ製のでやってみたこともあるがどうも日本のうんこはうまくいかないようだといいます。いまにここに地下だけで五階もある三菱のビルができてすっぽりとポンプ場をかくしてくれるそうですが、そのビルは東洋一だといいます。おじさんはよろこんで、また東洋一が一つふえますかといって所長さんと話をしていました。でもそのビルができても地下でうんこをとばすことだけはやめないそうです。なにしろ、もう、古くからあるんで、いまさらあれで、どうしようもないんだ、と所長さんはいいました。

暗い地下室へおりると二つの大きなうんこのプールがあります。さきの三崎町でハイボールになったのがここへくるのです。プールのはしに大きな鉄のくしがあってじゃまものをくいとめ、ろかします。ひっかかったものをトロッコではこびだします。スコップでつみこむのです。泥もあります。ゴムぐつをはいたおじさんがやっていました。りゅう酸のかめをかいだみたいなすごいにおいがギリギリと胸からおなかいっぱいにつまり、たちまちぼくは鼻つんになってしまいました。これは下水道局の下うけの会社の人がやるのですが、一日に千五百エンの日給だそうです。夏の日なんかはにおいがしみついてどうしようもなくなるそうです。

機械をうごかすのは下水道局の人ですが、これだって一日たったの百エンのちがいがつくだけだそうです。おじさんは青い顔をして生きるってたいへんなことなんだといいました。

いろんなものが流れてくる。なんでも流れてくる。人間のさわったものならなんでも流れてくる。人間の体のなかをとおったものもとおらなかったものも、イカのゲソでも赤ン坊でも、ハンドバッグでもえろしゃしんでも流れてくると所長さんはいいました。一分間に七十二コもゴム長が流れてくるといいました。一分間に七十二コですかとおじさんが聞くと、ええ、そう、一分間に七十二コ、朝の十時ごろがいちばん多いようですなと所長さんがこたえました。二人はわらっていますが、いったい朝の十時ごろになんだってゴム長をそんなにたくさんトイレにすてるのか、ぼくにはさっぱりわかりません。庭の土にうめたらモグラがかぶってでるからなあといっておじさんはまたわらいました。

東京の下水道は二割とちょっとぐらいしかないそうです。トイレを水洗にしてる家は少ないのです。だからバキューマーでくみとりをしなければいけません。そのくみとったぶんも六割ほどが海へすてられて、科学的にきれいにされるぶんはわずかなのです。だから砂町でも小台でも広いところにプールやタンクや工場がたくさんあってすごく科学的なのでぼくはとてもイカスとおもったのですが、新聞社のおじさんは腹をたてて、こんなことはなんの自慢にもならないといいました。はじめにちゃんと下水をつくってから東京をつくらなければいけないのに、目さきのことに追われたり戦争なんかしたりしてお金をムダ使いしたから、こんなものをつくらなければならなくなったんだといいました。

海へすてるのは大島あたりまでもっていくのだそうです。東京湾で一千トンくらいのオイルタンカーにだんぺい舟からつみかえてもっていきます。大島あたりには黒潮の本流が流れています。舟からすてるとしばらくのあいだは太平洋にもっくりと黄いろい島が一つできたみたいにただよっているが三十分もすると、すっかりなくなってしまうそうです。

舟の事務所のおじさんのいうところでは、すてたうんこを原生植物というのがたべ、それを動物プランクトンというのがたべ、それをイワシがたべ、それをカツオがたべ、それを人間がたべるのだそうです。黒潮は大島から金華山沖をまわってサンフランシスコへいき、金門湾に入ってゆくそうです。家へかえっておかあさんにいうと、それがほんとの黄禍《こうか》だわねといいました。新聞社のおじさんは、この世のすべてのものは流れるけれどけっして消えることがないのだ、ただ形とにおいが変るだけなのだといいました。たしかにそうだとおもいます。ぼくは一つかしこくなりました。学校の先生ももとはプランクトンかカツオだったのかもしれんともいます。

砂町は五万つぼもある広い島ですが、夢の島とおなじで、ごみでできたものなのだそうです。ここでは下水とうんこの二つをきれいにします。うんこだけで三百万人ぶんをこなすそうです。下水はきれいにして水と泥にわけ、水は送りかえして工場用水に使います。泥は栄養分が多いのでミカン山へもっていくそうです。工場の敷地のあちらこちらに泥がすててあって、そのあたりの草は冬だというのに青あおしていました。うんこのかがくぶんかい（筆者注・化学分解のことか）メタンガスの熱をつかうので土があたたかいせいでもあると場長のおじさんがいいました。このメタンガスも三百万人のうんこからとれるのだそうです。すごくでっかい銀いろのガスタンクがあってピカピカ光っていました。してみると、うんこだとおもうからきたない気がするので、鉱山や油田だとおもえばいいのだなとぼくはかんがえました。東京は油田です。テキサスやサウジアラビアとおなじです。いくらとってもとりきれないガスの油田です。日本は天然資源がないといいますけれど、そんなことはないとぼくはおもいます。

場長のおじさんにつれられて工場をあちらこちらみてあるいていると、大きながらんどうの部屋がありました。すごく大きいのですが、そこだけがらんどうで、なにもないのです。場長に聞くと、これはダイナモをすえつけるためにとってあるのだといいます。ダイナモって発電機のことです。火力ですかと聞くと火力は火力だがガスでまわすのだといいます。なんのガスですかと聞くと、メタンガスだといいました。なぜいままわさないのですかと聞くと、いまはまだガスの分量がたりないからだめなのだ、日本人がもっとアメリカ人のようにいいものをたくさんたべるようになるとガスもよくでてダイナモがすえつけられるだろうと場長はこたえました。いつになったらそうなるのですかと聞くと、いつかはわからないがきっとそうなる、きっとそういう日がやってくるにちがいないとおじさんはいいました。家へかえっておかあさんにいうと、ほんとにダイナミックなこうそう（筆者注・構想のことか）だわ、夢とごうりしゅぎね、感心しちゃったといいました。

処理場からでてきた水は、びっくりするくらいきれいになるのです。のんでのめないことはないそうです。砂町の場長は大臣に聞かれたのでのんだことがあるそうです。小台の処理場のほうりゅうこう（筆者注・放流口のことか）のまわり二メートル四方ぐらいには魚が集ってきて住みついています。これは荒川に流れこんでいて、荒川は工場の汚水でシジミ一コ住めないくらいよごれ、インキみたいです。しかし、この二メートル四方にだけは魚がうようよ住んでいるのです。フナ、コイ、クチボソ、ドジョウ、ウナギなどです。タナゴやキンギョみたいに

実業家でもその頃は三十一文字《みそひともじ》をひねる風習が広くあったと思われるのにこれはまたなんとも下手くそ、ぶざま、役場の町長さんの色紙のほうがよほど気がきいているかと思われる。前後の事情を考えて心静かによくよく読めば、おのずからオヘソのあたりから赤いとも黒いとも知れぬ笑いがたちあがってくる。この名歌のつくられた翌年、早くも例の米騒動が起って血の雨が降った。神託はあっけなくメッキの皮が剝《は》げた。

山根氏の説明によると、いまの工業倶楽部は〝ヘソ〟にすぎないそうだ。半生をここですごしてきた人がそういう。昔は機能を果したがいまは痕跡であるにすぎないということである。労働問題は日経連でやり、経営問題は経団連でやるというぐあいに機能がわかれていったので、それらの生みの親である工業倶楽部はすることがなくなって、純然たる社交クラブになったのだという。会員は現在、千五百名ほどであるが、毎年四十人ほど死んでゆくので補充する。会員になりたくてなりたくて足踏みしている人が四百名ほどもいる。よくよくこのオヘソには魅力があるらしい。ふられてもふられても立候補する人もある。

誰を新会員にするか。誰をオヘソのゴマにして誰をしないか。この資格審査をするのが専務理事の人たちである。

石坂　泰三君（理事長）
足立　正　君
石川　一郎君

菅　礼之助君
向井　忠晴君
小島　新一君
中島　慶次君
諸井　貫一君
安川第五郎君

事務室でもらった紙にはそう印刷してあった。なぜかわからないがここでは神様を君づけで呼ぶことになっている。そういう習慣なのだそうだ。この親密さと不可触選民ぶりとが楯の裏表として奇妙な対照である。

オヘソのなかへ入れてもらうにはどういう資格があればよろしいのかといろいろ聞いてみたが、これは専務理事たちの話しあいできまることであるという。新会員希望者を点検し、情報を交換しあい、その会社の成績や資本などを眺め、旧会員とのつながりぐあいを指折りかぞえて決定するのであろう。

「いや、資本金の多少はあまり問題にしないようです。むしろその人の人格、教養、識見などが問題になるんで、この点はきびしいんですよ」

「どういう人がおとされるんですか？」

「たとえば、人をだましたとか、借金を踏みたおしたとか、前科のある人だとか、そういうのはいかんようですなあ」

「けれど、強盗ナニガシという仇名《あだな》をつけられた人がいましたけれど、これも会員だったのでしょう？」

「彼は会員になってからあとで強盗ナニガシになったんです」

「会員になってから除名されるということはないんですか？」

「いままでのところその例はないようですね」

山根氏はにこやかに笑ってそういった。

氏によれば、ここの会員はみんなきびしくおごそかで狭い門を突破した人たちで、人格、識見、教養、閲歴などの点で終身名誉をあたえられた英国風紳士ばかりのように聞えた。けれど、氏は、また、しばらくお茶を飲んで話をしているうちに、いまの日本の財界人というものは、〝哲学なし、信念なし、道義なし、ものを読んで考える能力もなければ、時間もなく、意見はすべて秘書に書かせ、聞きかじりの耳学問、してることといえばやたら人と会っていそがしがっているだけです〟といいだした。朝から晩まで人と会って話をし、夜になれば一晩に三つも四つも赤坂で宴会をまわり、日曜日になればゴルフをするか常磐津《ときわず》をうなるか、せいぜい下手な茶碗を焼くぐらいが道楽で、そのゴルフも宴会もすべて会社の金、お邸も会社の物、ほんとに自分の金で自動車と運転手を抱えてるのは何人もいない。哀れきわまるといえば哀れきわまるが、なんといってもしゃべって走りまわっているばかりで本を読まないからそのお脳の薄い

こととき たらお話にならない。つくづく日本の前途が思いやられる。

ボロくそ。ミソくそ。いまのいままでの〝人格〟と〝識見〟の英国風紳士方はどこへ消えたか影も形もなくなった。いったい誰がそんなふうながらんどうなのか、氏はコテンパンに〝一般的風潮〟をたたき嘆くばかりで人名をちっともいわないからこちらにはさっぱりわかりかねた。

〝マスコミ〟がいかん、〝マスコミ〟がいかんという批判に似たところがある。だから、私としては、ここの会員もがらんどうのヘソのゴマばかりなのかとも思い、いやいやここだけは別なのであろうとも思うよりほかないのである。

「……私は自由主義者ですからな。なんでもいいますよ。おこられたって平気です。どうお書きになっても結構です」

氏のいうままに私は書きとっている。〝一般的風潮〟を書きとっている。嘘や想像はまじえていない。しかし読みかえしてみると、言葉は痛烈だがなにかよくわからないところもあるようだ。誰もこれを読んで痛がらないだろうと思う。氏の自由主義は聞いていると奔放で愉快になってくるが、ウイスキーぬきのハイボールというようなところがあるようだ。

氏は中老の紳士であるが、三十歳の頃からここで番頭を勤め、一家は音楽家ばかりの芸術家一家である。実業家も本を読まないが芸術家がいちばん本を読まないと嘆く。このあいだの日曜日、トインビーを読んで、その史観に感動した。戦前、憲兵隊で吊しあげられたことがあり、戦後、GHQで吊しあげられたことがある。自分は自由主義者であるから、いいたいことはなんでもズケズケいうことにしている。のんきにここに勤めてるつもりだが眼底出血があったり、なにやかやと故障が起る。かるくビールを飲まないと食欲がでない。のんきなつもりでもキンタマが吊りあがってるのだろうと思う。部下は総勢百四十人ほどだが、組合はない。給与は商工会議所とおなじで丸の内界隈で最低だそうだ。経団連は財界のお膝元だが組合員は最先鋭で、ここにも労組をつくれと誘われたことがあるがことわった。組合をつくるならおれがやめるといった。伝統的な〝人の和〟の〝なにものか〟が失われることを恐れるのだそうである。ここの女子職員はお嫁の売れ口が早いという。人が来ないので職安にたのんだことがあるが、職安があまりの給与の安さにおどろいて三千エン、サバを読んで(筆者注・高くいったのである)希望者にいったため、まわしてもらってからこちらでことわった。資本主義のそもそもの本質は質実剛健、勤倹正直のピューリタニズムにあると近頃深く思うようになった。近代の経済学はいたずらに分析主義に走ってこの人格と道義を忘れたから、今後はこの面を大いに鼓吹したい。(そういって氏は私に『新生活』というパンフレットをくれた。読んでみたが社長族のおきまりのお談義ばかりで、正しく美しく大きな言葉ばかりならぶので眠くなってしまった。いい秘書がいないのじゃないかと思う)。

工業俱楽部、工業俱楽部というので屋上から一階までみんな覗いてみたが、とくにどうということもなかった。会員以外の方々の入室又は同伴は御遠慮被下度《くだされたく》候という山根氏創案の候文《そうろうぶん》のある談話室に入ってみたが、つまらないカーペットが敷かれ、隅っこに小さな酒場があり、テレビがあり、パルプ週刊誌やパルプ総合雑誌をおいた棚があるだけだった。四、五人の老人たちがおごそかな顔つきで雑談をしたり、テレビを見たりしていた。ティファニーの大きな柱時計が広間の隅っこにあって、これは、時間、日、月、すべてが一目でみられる仕掛けなのだそうだが、山根氏はもちろん、ほかの誰も読みかたを知らないのだそうだ。

〝時計バカリガコチコチト……〟という次第である。

社交クラブらしいところはどこにあるのだろうかとさがしてみたら、おや、おや、碁会所が二部屋だけあった。

（宮島清次郎以来の〝質実剛健、勤倹正直〟の〝ピューリタニズム〟の伝統なのである。私自身は、経済学に暗いのだけれど、ドイツ人の資本主義、アメリカ人の資本主義、フランス人の資本主義というものがあるだろうと考え〝ピューリタニズム〟がその唯一無二の本質であるとはかならずしも感じられないのである。すくなくとも日本風の人格美学で理解する〝ピューリタニズム〟と本来のそれとはたいへんちがうだろうと思うのである）。

財界のことをよく知っていて裏面に深く通じていると思われる一人の人物を紹介してもらい、いろいろと話を聞いてみたが、だいたいのところは山根氏の話とおなじであった。ただ、この人のいうところでは、山根氏とちがう点が一つあった。この人のいうところでは、たしかに工業倶楽部は、いまではヘソにすぎないかもしれないけれど、それを中心にして財界の神様たちが一つの〝ハイ・ソサエティー〟（高級社会）の雰囲気をなんとかしてつくりだしたいと考えているのではないかということだった。経団連や日経連は経営者なら誰でも自動的に加入できるが工業倶楽部はそうはいかない。お金ができれば名誉がほしいという自尊心の原則にしたがって倶楽部員たちは選ばれているようである。私がいった。サロンがないからこそ日本はここまでのびてこれたのではありませんか。それをどうしてとめるのです。その人が答えた。まったくそのとおりですが、いまや新しい貴族団をつくろうとしているのじゃないでしょうか。

理事長の石坂泰三氏や諸井貫一氏に会ってとりわけ資格審査のことなど聞いてみたかったのだが、神様たちはいそがしすぎてとうとう会えなかった。〝幽霊の正体見たり枯尾花〟という気がするが、いっぽうやっぱり工業倶楽部は〝謎〟として私の内部にとどまるようでもあった。

酸っぱい出稼ぎ　東京飯場

朝、五時半に起されて山谷へいった。二日酔いと睡眠不足で体のあちこちがきしみ、足がふらふらした。前夜おそくまで都内某所に沈没して安岡章太郎と二人、シャンソンの鳴きっくらをしていたのである。ゴリラのように吠《ほ》え、ウマのようにいななき、オケラのようにすすり泣いたのである。酒場の壁が粉ごなに砕け、ピックルスが一瓶のこらず腐ったところでひきあげた。おかげで頭のなかにどんよりと青い濃霧がたちこめている。彼が万年二等兵のときにつくったという奇抜な厭《えん》軍エロ数え歌の一節、二節がとりとめもなく浮いたり沈んだりする。

山谷の住人たちが、毎日、〝手配師〟に買われて都内の建築現場へ動員されているというので、行ってみた。都電の泪橋《なみだばし》の停留所のあたりにたくさんの立ちん坊がいた。ゴム長、地下足袋、ねじり鉢巻き、ジャンパー、印半纏《しるしばんてん》。灰いろの荒涼とした朝のなかで肩をすくめ、影のように立っている。もみ手したり、ふるえたり、町角にミカン箱を積んで焚《た》き火《び》しているものもある。『道路法規を守りましょう。物置じゃありません』と書いた警察の立看板が電柱にもたれていたりする。

頰《ほお》の赤い、素朴な顔つきをした長身の青年が一人いた。彼は〝風太郎〟ではない。仙台の近所から東京へ出稼ぎにやってきたのである。田舎にも金華山の漁港あたりでカマボコをつくったりサンマをひらいたりする仕事がないわけではない。一日六百エンから七百エンにはなる。しかし、東京の建築現場のほうがいい手間賃がとれると聞いたし、田舎では顔を知られていてなにかとうるさくわずらわしいから東京へでてきた。山谷では宿賃が安いと聞いたのでここの簡易旅館に泊って毎日はたらきにでているのだ。仕事場は毎朝手配師がやってきて世話してくれる。手配師は労賃から一人頭百エンから二百エンぐらいを世話料としてカスる。トラックにつめこまれ現場へいくこともあるが、このところはバスでいく。仕事がつらくて三カ月体がもてばいいほうだからいずれ農繁期になったら田舎へ帰るつもりだ。

方言がつよくてよく聞きとれないが、おおむね青年はポツリ、ポツリとそのような話をしてくれた。仲間はいないらしく、一人で町角にたたずんでいた。しばらくするとジャンパーを着た手配師がやってきた。青年は手配師と顔なじみらしく、ちょっと目で合図して、バス停留所のほうへ去っていく。帽子をぬいで、ていねいに挨拶して去っていった。後姿を見送るとおなじ仕事場へいくらしいのがどこからともなく集り、十人ほどが一団になっていた。

小さな、きたない食堂に入って「豚汁・ライス・五十エン」をどんぶり鉢で食べていると、中年の男が一人入ってきて酒を飲みはじめた。こちらが新顔だと見てとったので、いいところを聞かせてやりたくなったらしい。朝からイッパイやれるなんてえらいもんじゃないかと誘うと、一日はたらいたら一日遊ぶのがおれの主義で、今日は雨が降ってるから後楽園か浅草へでもいこうかと思ってるところだという。しばらく話をしていると、いつまでもこうしちゃあいられねえから、近日中に百万エンで焼きソバの屋台をだそうと思ってるんだといいだした。どうやら本物の〝風太郎〟らしい。そんな無邪気なホラを真顔で吹くのは心が渇いているのだ。なにか話をしたいのだ。聞いてもらいたいのである。やせた小男で、ゴム長に防水ジャンパーというういでたち。ひげはきれいに剃っている。もう二年ここに住んでいるという。いきたくなったらどこへでもいくがここがいちばん気楽でいいといった。

中年の一人者だが、小さな、まるい、ちょっとびっくりしたような茶いろの瞳を覗いてみると、毒がなくて澄んでいた。この男にはどことなく子供っぽいところがあり、のんきな怠けものらしいその横顔はひどく私を刺激した。うらやましくなってきた。世間ノ奴ラハウロチョロ働イテオルカと朝からイッパイひっかけて見くだしてやるのはさぞや気持がいいだろうと思うのだ。（……いずれ山谷でそうやって暮してみるつもりである。じつはこういうのが私のオハコなのである。しばらく忘れていた。身を捨ててこそ浮ぶ瀬もあれ、谷のドングリ、という）

近頃は飯場のことをそうは呼ばないで、〝寮〟だとか、〝宿舎〟だとか、〝合宿〟などと呼んでいる。三宅坂のところにオリンピックの高速道路をつくるための大群落がある。大建設会社が四社ほど入り三千人からの労働者が住んでいて俗には〝飯場部落〟と呼ばれている。鉄骨二階建の組立式バラックで、いつでもとりこわして移動できる仕掛けである。夫婦や子持ちで働いている人もあるので、一階にはそういう人が住み、二階には一人者が住んでいる。道を歩いている人をからかってはいけないからと窓に目かくしの板をうちつけた棟も一つあった。ある棟をのぞいてみると一階は台所になっていて、田舎そのままの原始的なカマドがあり、大釜がかけられてあり、裸電灯がぶらさがっている。東京のまんまんなかにいるのか蔵王の山のなかにいるのかわからなくなってくる。棟の〝班長〟の労働者がパッチ一つになって赤ン坊を抱き、火のおちかけた七輪でキンタマ火鉢をしながら、ああ、現代である、アフリカの猛獣狩りの記録映画をやってるテレビをじっと見ていた。

二階は一人者たちの部屋であるが、薄いベニヤ板の壁がむきだしになっていて、鏡もなければ火鉢もない。ミカン箱が机がわりに一つころがっている。裸電灯がぶらさがっている。壁には映画雑誌からはぎとったヌード写真や少女スターの写真がはりつけてある。ヌードはみんな日本女ので、西洋女のは一枚しかなかった。荒涼としたタタミのうえに岩手の山奥からきたお百姓さんが二人寝ころんでいた。私たちが入ってゆくと、起きあがって迎えてくれた。タバコを吸おうとしたら直径三十センチくらいもある金属の巨大な灰皿をだした。よく見ると自動車の車輪についているホイール・キャップである。道におちてたのを拾ってきたのだそうである。

「……悩ましい写真がはってありますなあ」

壁をさしてからかったらお百姓さんはだまって笑い、しばらくじっとまじめな顔つきで考えこんでいてから、家内と遠くはなれているので、こうやって写真で思いだしてはなぐさめているのだという。三カ月か四カ月、長くて半年、それ以上一年もはなれていたらこじれてダメになるともいった。まじめなまじめな顔つきでヌード写真を見つつそうつぶやくのである。

東京のあらゆる飯場ではたらいているのは日本全国からやってきた農閑期のお百姓さんたちで、あらゆる地方の人がいるが、とりわけ、秋田、新潟、青森、岩手、山形、福島、東北の人たちが多いのである。九州の人たちも多い。話をしていると二人が仲間に入ったが、これは別府と大分からきた人たちであった。べつの建築会社の下請をしている組の飯場が杉並区清水町にあるのでいってみたがそこは秋田県の人が多い様子であった。みんな縁故でそれからそれへとイモヅル式につながってやってくるので、いきおい同郷者がかたまることになる。

人びとは、毎日、朝八時頃から夜七時頃まではたらく。休憩は昼一時間である。拘束十一時間、実働十時間である。工事場によってちがうが、日給は千二百エンから二千エンくらいまで。ホテルの工事などは値がよく地下鉄工事がいちばん安い。けれどもモグラをしていると暗がりだからサボりやすいということがある。同時に落盤や崩潰《ほうかい》という危険も高まる。手袋、タバコ、酒、地下足袋、ゴム長などは会社が大量に買いこんで割安に売ってくれる。宿舎で使うフトンは賃貸ししてくれる。一枚につき一日七エンである。三枚使うと二十一エン。食費が三食で二百エン。日給千二百エンの人は手取りが千エンぐらいになる。食事は飯場によってちがうが、どんぶり大盛り一杯盛りッ切りのところもあるし、オカズはいけないが御飯だけならいくら食べてもよいというところもある。けれど、だいたい一日の食費は二百エン見当であるらしい。

三食で二百エンだ。

「……いくら大量に買うから安くなるといっても、二百エンじゃあ、タカが知れてるでしょう？」

「そうです」

「ミソ汁にワカメがちょっぴり、福神漬かタクワンがついて、サンマかアジの開きが一枚か一枚半、こんなところですか？」

「そう。そうです」

「仕事ははげしいんでしょう？」

「そうです。朝から晩までのべつ幕なしにはたらきます。食って寝て風呂に入るだけがたのしみです。雑談するのもフトンに入ってするんです」

「休日は何日ありますか？」

「月に二日です」

「そんなにはたらいていたんでは、将棋、マージャン、花札もやれんでしょう」

「現場から帰ってきてメシを食ったらそれっきりですね。なかに好きなのがいてやってはいますが、たいていはドタン、バタッ、グーッです」

「ミソ汁とサンマ一枚でよく体がつづきますね」

「ええ、まア、なんとか……」

そういう話をしていると、さきにヌード写真のことをいった中年の岩手出身のお百姓さんが（……この人は自分の田舎のことを〝岩手でもいちばんの田舎だ〟といった）ひくい声で、自分の子どものときには、くにではヒエ、アワ、ドングリを食べるばかりで、米の飯など年に何度か食べるきりであったという話を短く、口重く話した。けれどその語調は、現状を肯定しているのでもなく否定しているのでもない語調である。

大分からきた人は、子ども四人を田舎にのこし、夫婦二人で飯場に泊りこんではたらいている。奥さんは盆と暮れ、年に二回帰郷するが、彼は年にせいぜい一回帰るだけである。秋田の人に聞いたら新婚早々で東京へでてきた若者が何人もいるという話である。あれを聞き、これを聞いた。なおあれがあり、なおこれがあった。この人びとは農閑期になると東京へでかけ、農繁期になると田舎へ帰る。それも体を休めに帰るのではないのだ。田舎へ帰れば帰るで、これまたタネまき、田植、草とり、刈入れ、朝から晩まで、のべつ幕なしにはたらかなければいけないのである。農閑期、農繁期、東京、田舎、いつでもどこでもミミズのようにモグラのように日本人ははたらかなければやっていけないようなのだ。

どこの阿呆が〝レジャー・ブーム〟だの、〝バカンス〟だのとうわつきやがる。昔、坂口安吾が、声を嗄《か》らして、日本人よ、堕ちよ、堕ちよ、堕ちたそのあげくにさとれと、いま読みかえせばヴォルテールのような明るさと健康さで叫んだことであったが、いまの私としては、朝から晩まではたらきつづけるよりほかにいたしかたない日々をうけ入れながらも、遊べ、遊べ、徹底的に遊べと書きつけたい気持がわいてくる。

（身を粉にしてはたらくことがたのしいのだというマゾヒスティックな〝快楽説〟に私は賛成しないのである。どれだけのんびり怠けられるかということで一国の文化の文明の高低が知れるというのが私の一つの感想である。この点では日本は〝先進国〟でもなければ〝中進国〟でもなくハッキリと、〝後進国〟だと私は思う）

杉並のお邸町のただなかにある飯場の一棟で、すごい秋田弁で、私は、ある〝班長〟から、飯場労働者は渡り鳥みたいに自分の〝自由〟をあてにして団結をしないからほんとの自由を手に入れることができないでいるのだという、素朴だが痛烈な批評と、〝五反百姓でもいまは東京サいかねば食っていけねェだ〟という二つの言葉を聞いた。大分の人はこういうことをいった。自分の田舎《くに》では都会へ出かせぎにゆく家ほど裕福である。田舎では人柄や職種で人格を判断してくれない。どんな山奥へいっても、どれだけ金をかせいできていい恰好をしているかということだけで、こちらを尊敬したり、軽蔑したりする。早い話、田舎をでたときとおなじ服で田舎へ帰ったら畦道で出会っても誰もあいさつしてくれない。それがどうだ。ちょっといい服をしてたらたちまち挨拶をしてくれるのだ。だから東京の飯場では、田舎へ帰る一カ月前になったらみんな必死ではたらき、それまで遊んでいたのをすっかりやめて、仕事がおわったら宿舎へ帰ってチーンとおとなしく寝ている。パチンコもしなければ、飲みにもでかけない。ひたすら田舎へ着て帰るニシキを手に入れるためなのだ。金、金、金、この世はすべて金なのだ。

「あなたのところはどうですか」

岩手の田舎から今日東京へきたばかりだという、金時さんみたいに頰の真っ赤な若者がせんべいブトンの山にもたれていたので聞いてみたら、若者は、しばらく考えてから、重おもしく幼なげに、

「おんなじだァ」

と、ひとことつぶやいた。

私は大阪生れの大阪育ちで、農村のことはほとんどわからないといってよい。都会趣味を気どる人を見るとボロばかり見えて軽蔑したくなる。ところが、汗水たらして手足を使って苦しんでいる人を見ると、頭から尊敬したくなるのである。

二十代の農村の人はみんな会社員になりたがる。三十代、四十代のはたらき手は農閑期に体をやすめないで東京へでてきてしゃにむにはたらく。農繁期になれば田舎へもどって、またしてもしゃにむにはたらく。飯場の人たちはみんな年齢を聞けばびっくりするくらい老《ふ》けた顔をしている。一冬《ひとふゆ》あくせくはたらいてたまるお金はわずかなものである。毎年、毎年、東京へでてこずにはいられない。女房や子供と眠い目をこすりこすり書いた手紙一本でつながるきりである。日本の人口の三割強を占める農村ではなにごとか、ふたたびつらいことが起りつつあるように思えた。〝出稼ぎ〟の現象はあまりにも深く日本国の背景に食いこむ酸っぱい現象であると思えた。そのことは痛く感じられた。いつかもっと深く覗いてみたいと私は思った。

夫婦の対話「トルコ風呂」

私の妻は二十三歳のときにそれ以上年をとらないという決心をした。だから、いまでも二十三歳である。今年の二月に赤いバラがひらいて〝子供〟から〝娘〟になったという年頃の娘が一人あるけれど、妻はやっぱり二十三歳なのである。たまに聞いてみても、うるさいナ、二十三というたら二十三や、とはっきり答えるから、いよいよ二十三歳である。

だからなにも知らないでいる。文化はその国の主婦が一日のうちに子供のために浪費する時間が少なければ少ないほど高いのだという意見を持っているので、朝から晩まで子供のまわりをうろついて勉強勉強といったり、ピアノのレッスンをしなさいといったり、そうでなければ台所でゴキブリと競走するかPTAに出席して雄弁をふるうかというような暮しかたはなにもしないのである。たまにハクキン懐炉《かいろ》をおなかに入れてスキーにでかけるほかはボウリングもしないし、ダンスにもいかない。つぎからつぎへとでる世界文学全集や美術全集を買いこんでせっせと読み、チェーホフに青い共感の嘆息をついたり、ルノアールの中間色の微妙さに酔ったり、アジャンタの洞窟の浮彫りの女体の異様なエロティシズムにうっとりしたりしながらクコ茶をすすっているのである。

彼女の夫は十九歳の朝以後年をとらなくなったと、かぼそい主張をしていて、いつ見ても、小説が書けない、小説が書けないとこぼしている小説家である。近頃妙な肥りかたをしてきた。小説が書けないくせに生れつき好奇心だけが旺盛で、バルザックや西鶴やドス・パソスがそうだったのだと弁解しながら、せっせと大東京のあちらこちらに首をつっこんでまわり、なにやらかやらとチョンの間かいま見の見聞録を書きつづり、今週はトルコ風呂をめぐり歩いて海綿みたいにふやけてしまった。

妻は軽蔑し愛惜しながらその奇妙な突撃精神を眺めているうちに、垣根の上にすわっていることができなくなって、かわいい男がかわいそうだと思いだし、世界文学全集をおいてたちあがった。よっしゃ、私《うち》が助けたげる。眼鏡をはずして午後の三時頃に家からかけだして、新宿歌舞伎町のトルコ風呂にかけこみ、青菜に塩みたいな知性の結晶がトマトにホルモン注射したみたいな感性の結晶となり、十八歳の童女みたいな、青森リンゴみたいな赤い頰をして夕方家へ帰ってきた。


「……どうだった?」

「ええもんや。全身がすっとした。体のあちらこちらから毒が流れて羽根みたいに軽うなったわ。もっと早《は》よう教えてほしかったなあ」

「女の子は親切だったか?」

「田舎からポッと出の子が行先に暮れてこういうことをするのやろと思《おも》て、なんや知らん、こう、大力無双の少女が出てくるのかと考えてたんやけど、意外に細い、やせた、青白い子がでてきてね。見るからに都会の澱《おり》がよどんでるという感じやったけど、いろいろつらいことを話しおうてるうちにすっかり仲ようなって、えらいていねいに揉《も》んでくれはった」

「どういうふれこみでいったのだ?」

「大阪から毎月、東京の息子や孫を見にあがってくる気楽な商店街のおばはんやというふれこみでいった。部屋にはいるなり千エン札をだして(筆者注・本誌支払いの取材費なり)、私《うち》は大阪で現金主義や、これでよろしゅう揉《も》んどくなはれと、はじめにポンと札さらけだしたんや」

「人間が人間をいつわって試す権利が許されているのかな」

「寝棺みたいなとこへおしこまれて蒸されたわ。はずかしゅうなるくらい汗と垢がでてきてね。いやもう、全身ぬらぬら、私はこんなに汚かったのかと、つくづくはずかしなったわ。日本の風呂というのは、うわっつらの汗を流すだけで、偽善やね。そう思た」

「おれは風呂嫌いだ」

「一月《ひとつき》ぐらい入れへんでも平気やからね。ええかげんにしとくなはれや」

「日本人が無責任なのは日本酒と風呂に入りすぎるせいやと思うことがあるな」

「また。ヘリクツ！」

「亡びた文明の遺跡の発掘を見てみろ。みんな風呂場からはじまってるぞ。ローマのカラカラ浴場がそうだ。風呂に入りすぎる奴は弱くなって亡びるぞ」

「元禄時代は湯屋と湯女《ゆな》の取締りで幕府がさんざん手を焼きましたけど、この遺物がでてこんのはどういうわけです？」

「風呂桶が木製だからみんな腐ってしまったんです。火事もありましたしね。いや、元禄が現代にそのままつづいてるから、元禄の遺跡というものはないのだ。そう考えるべきだ」

「寝棺のなかに蒸気を入れてブーッと蒸してくれはった。そしたら体がぬらぬらしてきてね、垢のでることというたら」

「浅草のトルコ風呂経営者に聞いたら、ふつうの日本風呂で一里歩いたくらい、トルコ風呂なら三里歩いたくらいのアブラをしぼりとるんだそうだ。ガマみたいなものだ。湿式より乾式のほうが金はかかるけれど、効果はいいといってた」

「私のいったトルコ風呂は湿式と乾式と両方どちらでもやれるというて、やってくれた。おかげでクタクタになったわ」

「そのあげく〝お水取り〟だ」

「あほらし。私は女でっせ。女のどこからお水を取ります？」

「………」

「あほ！」

「おれは何度もトルコ風呂へいったが、いつもいちげんの客なのでお嬢さんは出来あいの身上話しかしてくれなかった。何度もかよわなければとてもほんとの話は聞かしてもらえないのだ。とくに男のお水取りをするときどんな気持がするか、ということなど」

「それは聞いた」

「聞いたか？」

「腕や足を揉むのとおんなじやと彼女はいうのやね。たまにはきれいな体をした男がやってくることがあって、そういうときは、やっぱりきれいやなあと思うけれど、それと一緒に暮したいと思う気持とはまるで別物やというてた。どんなみすぼらしい持物をしててもほんとに愛したいと思《おも》たらそんなことはなんにも気にならないというたはった。あんたも自信を持ちなさい」

「………」

「若い独身の男の子なんかはきっとお酒を飲んでやってくる。ひどくはずかしそうに部屋に入ってきて、コナしてもらったらそそくさと帰ってゆく。だから、若い男の子ってのは意外に臆病で気が弱いのよって彼女がいうてたわ。それにくらべたら中年男はおなじ酒飲んでてもいやらしいことをいったりしたりして、でれでれと始末におえないというてた」

「それはそうだろう」

「もう一ついかんのは芸能人、文化人やね。これはもう体も貧弱なら持物も貧弱なくせに、コトがすんだとなったらいじましいやらけちくさいやら、そのくせ傲慢《ごうまん》でどうにも鼻持ちならないと彼女はいうてたわ」

「男は女の体を見たら興奮するけれど、女が男の体を見たってどうってことはないのだ。例外の人は別としても一般的にはそうだろう。女の子が解剖ゴッコなんてしないものね」

「女流作家の小説を読んだらそうでもないようやけど」

「彼女らは男の文体で、男の発想法で、女や男を書こうとしてるのだ。おれはバカにするだけだ。女独自の感じかたというものを教えられたことがない。エロ本読みのセックス知らずというものだ。あさはかな、しらじらしい背のびと無知傲慢があるだけだ。岡本かの子以来、日本にはほんとの女の作家がいないとおれは思う。男にも書けるようなものしか書いていない。ついでにいえば男の作家も人間ずれしていなくて、いつもニキビの純粋小説しか書いていないのだ。いい勝負だな。年をとっても若くてもそうだ。おなじことだと思うな」

「演説はやめてんか」

「やめた」

「お客さんは風呂に入ってええ気持やが彼女らは寒い。お客さんがうだって風呂からでたらええ気持になれるようにつめたくしてあるからお嬢さんらは寒いわけや。昼の二時、三時頃から朝の三時、四時頃までやってる。十二時間、十三時間、労働するわけや。いくらチップをもろても体は五年つづいたら奇蹟や。いつも蒸気のなかで蒸されてるねんよってに、そうは長うつづかんというてた。三日に一日休んで、それもなにしてるかというと、ただゴロ寝するだけやというてたわ。友達と二人で中野にアパート借りて暮してるというてた。私を揉んでくれた子は二カ月か三カ月かに一度、飛行機で神戸へ帰って、お母さんと会うのだけが楽しみやというてた。私の想像したとこではトルコへくるまえに相当、バーやキャバレーで男苦労をしてきた子らしいけど」

「いまなにがほしいのだ？」

「ほんとに碇《いかり》をおろせる家庭だけがほしいとロマンチックなことというてた」

「疲れたんだな」

「ほしいのは実力と愛情だけや、と彼女はいうてた。トルコさんをして、お水取りでもしてお金ためてほんとに自分を愛してくれる男がほしいというてた。持物なんかどうでもええのやで。ほしいのは愛情だけや、とわかった、というてた。家庭を持ちたいのやね。BGや奥さま族やマダム族なんか、男のオの字も知らないでシャアシャアと澄ましかえってる女なんかを、心の底から憎んでいるのに、やっぱり家庭を持ちたい、というてた」

「年とった男がいうのとおなじことを若い娘がいってるのだな」

「家へ帰ったら奥さんなんか見向きもしないような中年男のくせにここへ来て、わざわざチップを払って肩を揉んだろかといいだすのもいるそうや」

「責任を持たなくていいやつに対してだけ人間は寛容になるんだ。外人に対してこれだけ親切な国民は日本のほかにいないが、日本人同士は知らぬ顔だ。それと似たようなものじゃないか。責任がなければ愛想よくなれるのだ」

「トルコ風呂は入浴料が八百エン、マッサージ料が三百エン。合計千百エンや。最低千百エンいるのや。ほかにチップやお水取りやとなったら、二千エンから二千五百エンぐらいいる。本番は五千エンとかいうてた。若い男の子が月に何回もいけるというとこではないわ」

「パリのトルコ風呂は毛むくじゃらの男が柔道みたいなマッサージをして四千エンぐらいふんだくった。旅館で風呂へ入るには九十エンぐらい払わなければならなかった」

「へへえ、聞きはじめや」

「だいたい日本はサービス業は世界に冠たるものだということになってるんだ。二千エンで男の子が蒸されて、ゆがかれて、揉まれて、そのうえコナされて耳垢をほじって靴下をはかせてもらえるってのは世界のどこにもないのだな」

「なんでや？」

「人間が安いからだ」

「トルコ風呂は高いと外人もいうやないか？」

「一日に五回も入るイスラム教徒のトルコ人だけがそういうのだわ。彼らは斎戒沐浴《さいかいもくよく》が目的で健康や女が目的じゃない。トルコ人には日本のトルコ風呂は高すぎる」

「えらい勉強したね」

「ひやかすな。こういうトルコ風呂が流行《はや》るのは結局のところ日本の貧しさだ。田舎のポッと出の女の子がコネも縁故もなくて都会の会社に入ってBGになる。収入はタカが知れてる。貯金もろくにできない。いい金ヅルを持った男の子はみんないいところの娘と結婚してしまう。バーやキャバレーにでると、空気はわるいし、肺は痛むし、お化粧代の、ドレスだのとバカ銭かかる。とられるばかりでなにものこらない。そこで考えに考えたあげくトルコ風呂にやってくる。ここなら口紅もドレスもいらず、裸で稼ぐことができる。チップで月に五、六万は最低稼げるだろう。税金もないしな。近頃は同業者が多くなったのと物価倍増とで彼女らも苦しいだろうが、ほんとに日本の若い娘が自力で金をためて人生のカラさ、甘さをさんざん味わったあげくにほんとの独立を考えようとなったらこれよりほかに道がないだろうな。三年勤めたら三十万エンの結婚資金ができるというのは生糸女工員のための最近の広告だけれど、月収にすればわずかなものだ」

「体を汚さんでもすむ」

「くだらんこというな。体なんかいくら汚したっていいじゃないか。きれいなつらしやがってどれだけ男のことも知らず無知傲慢で澄ましかえってやがる低能高級女が多いことか。十年結婚しても、セックスのセの字も知らずに平気でいやがる。日本のいかさまハイ・ソサエティなんてセックス知らずの鈍感女のヒステリーの井戸端会議にすぎないんだぞ。やつらがどんなに無学無教養かなんて、君は知らないんだ」

「また演説や」

「わるかった」

「私としてはトルコ風呂がもっと安うなって、ほとんど銭湯ぐらいに男も女も楽しめるというようなぐあいになってほしいと思うだけや。健康にはこれほどええもんもないと思うしね」

「それはそうだ」

「トルコ協会の名誉会長は大野伴睦やそうやけど、私はこの人が本気で政治家としてなにを考えてるのかさっぱりわからんわ」

「おれにもわからんわ。とぼけたような顔を新聞で見るだけだ」

「トルコ屋となんぞあるのんとちがうか、と考えるのは、私が疑いぶこうすぎるのんやろか」

「そうやろな」

「正直なトルコ屋さんがめいわくするやろな」

「正直も不正直もよろこんでるやろ。かつぎだしてなにか献上すればなにか返ってくるんだからら」

「世間ではトルコ風呂は悪の温床やというてるらしい」

「深夜喫茶やトルコ風呂やボウリング場がなくなっても不良少年はどんどんでてくる」

「しかしオリンピックで外人がたくさんきて、変なところを見られたくないというので、トルコ風呂もヤリ玉の一つにあがってるらしいけれど、なんやしらん、あほらしい話やないか。なんでそんなにお体裁ぶらんならんのや。ありのままを見せても、ええやないか」

上野動物園の悲しみ

上野の動物園にいく。

寒い、晴れた日で、春は空でドアをひそひそとたたいているがまだ体を見せていないという天気だった。木は葉をおとして、煙霧で黒くなった裸の腕で青空に粗いレースを編んでいた。

頭や肩からきつい乾草《ほしくさ》の匂いをたてる子供たちがたくさん群れ、ヒツジに紙を食べさせたり、コンクリの岩山をかけまわるサルを批評したりしていた。ところどころ毛がぬけて寒そうなのにサルは傲慢《ごうまん》なそぶりで歩きまわり、ボスがやってくると一目散に逃げる。バナナやミカンはていねいに皮をむいて食べるけれど、ドロップやセンベイなどはちらともふりかえらず手ではねのけ、知らん顔である。生れて間もない裸ン坊の子ザルまでがそうした。すっかり贅沢になっている。

いつ来ても動物園はどうしてこうかなしいのだろうかと感じさせられる。どこからともなく憂愁がにじんで、額にしみこみ、酸のように心を錆《さ》びさせる。上野の動物園もかなしいが大阪の天王寺動物園もかなしいところだった。とりわけ心が疲れているときには木や道や檻《おり》のなかからたちのぼる憂愁が重くて、動物園をでたとたんにぐったりと弱るのをおぼえさせられた。なにかのはずみに精神は〝見る〟ということは〝そのものになることである〟という作用をおこすことがあるから、動物園に入ったとたんに私は幽閉された動物になってしまうのかもしれないのである。私たちはおなじである。私たちは幽閉されたブタであり、ヤフーである。いつもうすうす感じていることをここではむきだしにして教えてくれる。そう考えたら、なにやら、この正体の知れない憂愁の説明がつくようではないか。

何人もの飼育係の人や獣医に会って話を聞いたところでは、いろいろと奇妙なことがおこっているらしい。この人たちは毎日毎日、動物と肌でふれあって暮していて、なにげなく見物人にまじって檻のまえにたってもたちまち動物が顔を見つけ、おでこや耳のうしろをかいてくれといって体を檻にすりつけてくるそうである。餌《え》にしても病気にしても、この人たちはいつもああだこうだと心を砕いて面倒を見てやっている。しかしこの人たちがどんなに努力しても不自然な状態におかれた動物たちが不自然に適応しようとして奇妙な変形をおこしてゆくことは防げないのである。生きのびるための工夫がそうさせるのである。いわば〝知恵のかなしみ〟とでもいうべきものである。

リスの歯はほっておくと、どんどんのびる。野生のリスは手あたり次第の木をかじって歯をすりへらし、みがく。ところが動物園の小さな檻のなかには木が一つ入れてあるだけだし、まわりは金網やガラスやコンクリートであるから、リスはだんだん不精になる。歯がのびっぱなしになる。そのため、あるリスは、歯がどんどんのびてくちびるをつきやぶって一回転し、それがもう一回くちびるのなかに入ってくちびるをつきやぶるということになってしまった。そのようなリスは見たところちょうど鼻やくちびるに輪をはめている原住民とそっくりな顔である。

オウムはもともと原産地の藪《やぶ》のなかでは群れをなして暮し、日がな一日ペチャクチャ、ペチャクチャとおしゃべりをしないではやっていけないという性質に生れついている。それがとつぜん文明国の動物園につれてこられ、一羽きりでほっておかれるので、いらいらしたあまり、くちばしでむやみやたらに羽をぬいて裸になってしまう。脱羽症というそうである。なかには幽閉症が進んで失語症になるオウムもでてくる。アメリカの鳥類学者が頭をひねって考えこんだあげく、鏡をオウムのまえにおいてみた。するとオウムは鏡に映る自分の顔を仲間だと思いこみ、ペチャクチャとおしゃべりをはじめた。その結果、脱羽症はなくなったそうである（二十世紀の西欧文学はすべて内的独白の文学であるという事実をちょっと思いだしたくなるではないか）。

ビーバーも妙なことになった。彼は動物のなかでいちばん勤勉な動物だと考えられている。朝から晩まで水のなかを走りまわり、木をなおし、枝を拾い、草を集め、泥をすくって、ダムをつくる。びっくりするくらい巨大なダムをつくるのもいて、ちょっとした発電所ができるくらいなのである。まるで日本人や中国人のようによくはたらく。それが動物園では、きたない水のよどんだコンクリの池に入れられるのでダムをつくる必要がなくなり、サツマイモやリンゴを食べて昼寝ばかりするようになった。不忍池《しのばずのいけ》のほとりにいってみると、まるまる太ったのがいっしょうけんめい〝孫の手〟みたいな黒い小さな手でわきのしたやおなかをポリポリひっ掻いていた。

アリクイはドゴールをいささかデフォルムしたような恰好をしている。鼻だけが水道管みたいにのびている。つよい爪でアリの巣をたたきこわし、四十センチもある黒い舌で白アリをペロペロ舐《な》めとるというのが南米にいた当時の暮しであった。ところが、動物園の地下室の台所へいってみると、ゴム長をはいた若者がいっしょうけんめい先生の餌をつくっている。アルミのボールのなかでミンチにした馬肉と牛肉と卵をかきまぜているのだ。タタール式ビフテキというものだ。これは馬肉をミンチにしてよく練り、コショウ、ニンニク、トウガラシ、卵、ときには肉桂《にっけい》などをかきまぜて生のまま食べるもので、ヨーロッパ人がよろこぶ。銀座の高級ドイツ・レストランへいくと一皿が八百エンである。それをアリクイが食べるのである。若者に聞いてみると、アリクイはすっかり満足してしまって、あるときテレビ局へ出演につれていったところが、わざわざ白アリをゴマンと用意したのに見向きもしなかったという。

ライオン、トラ、ヒョウなど、猛獣類もおかしくなっている。飼育係の人がアフリカの記録映画を見ると、これがおなじライオンかと思いたくなるそうである。動物園のは運動不足でぶくぶく太り、顔つきもだらしなくて、いやはやと思いたくなるのだそうだ。餌にはクジラの生肉をやるが、これは安くていつも入手できるのと脂肪分が少ないためだそうで、ブタみたいに太ってもらっては困るから選んだということである。それでも野生のにくらべたらこちらは栄養疲れがしてぶくぶくし、野生のは剽悍《ひょうかん》、鮮鋭、軽快、くらべものにならないそうだ。動物園で飼われるようになってからは愛の生活に大きな変化がおこり、野生のときとまったくちがって、毎月一週間から十日、定期的に発情するようになったという。いちいちアフリカからとりよせるライオンというものはなく、みんな日本やアメリカやイギリスで生れたやつばかりで、いまやライオンについては子が一頭、五万エンか六万エンかというダンピングぶり。百獣の王もイヌ、ネコなみになった。いや、血統によっては、イヌ、ネコのほうが絶望的に高価である。

東京はスモッグがひどいので、白鳥がカラスになり、白クマが黒クマに変りつつあるという。いわれていってみたら、なるほど、コンクリの岩山とあまり色の変らないのが質屋に入ったオーバーみたいなのを着こんでうろうろしていた。鳥類には鼻毛がないのでとりわけみじめなのだそうだ。フィルターがないので吸いこんだ煙霧がそのまま肺へいってしまう。ペンギンを南極からつれてくると上陸して三日もたたないうちに肺にカビが生えて死んでしまう。鳥を解剖してみると、肺がまっ黒になっているそうだ。サルでもまっ黒になっているそうだ。学者たちは〝炭粒沈着症〟とこれを呼ぶことにしている。

セメントの宇部はかつて単位面積あたりの煤塵《ばいじん》降下量が全国一だったとかいう町で、ここのサルは鼻毛がのびていたという。煙霧を防ぐためにサルの鼻毛がのびてきたというのである。日本獣医学会でもサルに鼻毛があるかないかということで論争があったそうだ。私は一人の小説家にすぎないけれど、〝適者生存〟の原理からすると、動物園の動物たちはどんどん新しい防衛機能を発達させなければ生きてゆけないだろうと思う。これからさき、何千年か何万年か、原爆がおちなくて地球が生きのびられたら、動物園ではアフリカやアマゾンやシベリアを知らない動物たちが繁殖し、原産地ではすべてが絶滅してしまうにちがいない。すると、ツメもなく、ヒゲもなく、ブタみたいに太った、鼻毛ばかり生えたトラやライオンができてくるのではあるまいか。いくつもの世代を重ねるうちに鼻毛が獲得遺伝となって百獣の王を飾ることになるだろうと思う。そのとき彼らは檻の向うから、文明を笑うとものしるともつかない、涙にうるんだような、涙の乾いたような、澄んだガラス玉に似た瞳をまじまじと瞠って私たちを眺めることであろう。タテガミのかわりに鼻毛をぼうぼうと吹きだしたライオンがあなたをじっと眺めるであろう。そのときあなたは笑いだすのであるか。うなだれるのであるか。

檻の説明板を読む。

『ライオン。食肉目。ネコ科。ヒョウ亜科。蚊取線香ヤ歯磨ノ王様トシテ知ラレ、主トシテ、ニューヨーク、ロンドン、ベルリン、パリ、東京ナドニ分布スル。意地悪ナ象徴派詩人ハ威風堂々タル無能者トシテ詩ヤ散文ニ書キタテヤタラ不当ノ印税ヲムサボリ、惰眠スル。無知ノナセル傲慢ナリ。性質、温和。妥協的。好色』

霊長類の類人猿となると、もっと堕落がこみ入ってくる。野生のサルが流行性感冒にかかって大量死亡したという話はまだ読んだことがないけれど、ここのサルたちは風邪をひくそうだ。

体質が似ているので人間とおなじ風邪をもらってしまうそうだ。まずいことに暖房装置が一室の空気をほかのすべての室に送りこんでしまうので風邪はたちまち伝染してしまう。今年もみんな風邪をひいた。人間のをもらったので、今年の風邪は鼻水がでないで咳ばかりでるのだそうだ。

チンパンジーやオランウータンやゴリラなどがここにはいるけれど、なかでもゴリラがいちばん神経質で、いらいらしている。チンプの雄《おす》はどういうものか自分で〝お水取り〟することだけをおぼえてしまって、雌《めす》をふりかえらない。雌はいろいろと口説《くど》いてみるが、向うむいて〝自家発電〟ばかりしていてどうしようもない。あるときアフリカ映画『モガンボ』をチンプのオリのまえで上映してみたことがある。これは猛獣映画であるが、元ハリウッド女優、グレース・ケリー、現モナコ大公国王妃がゴリラと共演していた。チンプはグレースがでてきてもなにもいわなかったが、ゴリラがウォーッと吠えてでてきたら、とたんにちぢみあがってすみっこへとんでいった。識者たちはこれを認識の行動と考えることにした。

現実としてか、虚構としてかわからないが、チンプはとにかくスクリーンのゴリラを認め、おびえ、反応した。してみるとお水取りしか知らない向うむきのチンプをこちらに向けさせるには、正しい主題を綿密に描き展開した映画を見せてやったらよいのではないかという冷静な想像が識者のあいだで生れた。その際、映画は、かならずしもチンプ同士の抱ッコチャンでなくても人間のそれでもよいであろうという想像がおこなわれた。

わざわざ本を読んで人形の写真を見せてもらわなければわからないというたよりない人間が何十万といて、ただの町医者をベスト・セラー作家にしてしまう時代なのであるから、正しく自然な帰納法の推理力だというべきである。

ゴリラはとりわけ人間たちが彼の顔を見て卑猥《ひわい》、低劣、蒙昧《もうまい》な叫び声や笑い声をたてるので悩んでいる。なぜこういう笑いが自分に向って投げられなければならないのかがわからないのである。そのため彼は狭いガラス窓張りのコンクリの小部屋のなかでいらいらし、憎悪や絶望の火をむらむらとたぎらせ、痛烈きわまる簡潔明快な批評精神の帰結であるが、ダダダダダーッと下痢を起してしまうのである。ゴリラは神経性下痢でやせる。彼としてみれば、人間のたてる蒙昧なる狂騒に対して、〝見やがれッ！〟とばかりひりだして、自らはそのあげくに衰えてゆくのである。そのためにゴリラ用の特製トランキライザーが発明された。目下のところこれはベルギー製であって、一回分が約六千エンもする。これをむりやり飲ませてゴリラの不定愁訴をおさえようと人間どもは苦心している。

見にいくと、ガラス窓張り、コンクリの小部屋で、ブルブル（親分・アフリカ語）は、窓辺に群れてキャッ、キャッ、と騒ぎたてる老若男女どもをにらみつけ、さげすみ、憎み、絶望におちこんだあげく、ゆがみなりにゆがんだ、そのくすぶりかえった顔のなかに行方知れぬ焦燥を燃やして、うろうろのそのそといったりきたり、寝たり起きたり、あぐらをかいてみたりそっぽを向いてみたりして、無視の行動にでようと苦しんでいた。不自然、独善、下劣、おためごかしの人間のぬきがたい悪のために苦しんでいる全獣類のため、とつぜん彼はむっくり起きあがると、雲古の山のなかから読み古してぼろぼろになった一冊の旧約聖書をひろいあげ、その顔にただよう奇怪な憂鬱の気品と威厳をこめて、あの朗々として魅力にみちたアフリカののど声で、一節を読みあげはじめたので、私はすっかりおどろいてしまった。

「……ああ　哀《かな》しいかな　古昔《むかし》は力のみちみちたりし此畜類《このけものら》　いまは凄《さび》しき様《さま》にて坐し寡婦《やもめ》のごとくになれり　嗟《ああ》もろもろの民の中にて大いなりし者　もろもろの州《くに》の中に女王たりし者　いまはかへって貢《みつぎ》をいるる者となりぬ　彼よもすがらいたく泣きかなしみて涙面《かほ》にながる　その恋人の中にはこれを慰むる者ひとりだに無く　その朋《とも》はこれに背《そむ》きてその仇となれり　ゴリラは艱難《なやみ》の故によりまた大いなる苦役のゆゑによりて擄《とら》はれゆき　もろもろの国に住《すま》ひて安息《やすみ》を得ず　これを追ふ者みな狭隘《はざま》にてこれを追《おひ》しきぬ　シオンの道路《みち》は節会《せちゑ》に……」

そこまでエレミア哀歌を朗読してきたゴリラは、声をのんでガックリとうなだれ、お椀のようなくちびるのはしに針金の切れっぱしをのせて、たててみたりたおしてみたり、一人で遊びはじめた。

憂鬱な交通裁判所

錦糸町は東京の下町の一つだけれど、そのはずれに公園や運河がある。公園には炭の木のような木が生えているが、春ともなると煤《すす》と砂埃でよごれきった枝からちらと新芽が覗く。運河はどろりとした廃水をよどませ、泥の匂いがたちあがる。製材工場か製紙工場でもあるのか、材木がたくさん浮いている。両岸には大小さまざまな工場があって、うなったり、しゃっくりしたりしている。

公園と運河のあいだに区役所のような建物がある。三階建だが、古い建物で、黒ずんだ灰いろの壁は古ぼけ、老いて、こわばっている。窓もよごれていて、にごった光がよどんでいるところは病んだ眼のようである。そのみすぼらしい建物はどんな権威を持たされているのか、毎日毎日、朝早くから、数知れない種類の乗用車やトラックやオートバイなどを付近の道路にずらりと並べる。アリのようにかけつけてきた車のなかから運転手がうっとうしそうな顔つきでのろのろおりて、玄関の階段をあがって消える。季節にすると三月と九月、週のうちでは金曜日、一日のうちでは午前中がいちばん人が多く、しばしば建物の内部からはみだした人が長い長い行列をつくって道路で順番を待っているのも見られる。

待っている人びとの顔は老若男女さまざまであるが、こまかく観察すればどの人の顔もうっとうしそうにしているのがわかる。額が憂鬱で重くなっている。しばしば眉をしかめたり、一人で舌うちしたり、いらいらして読みかけの週刊誌をたたきつけたりしているのも見られる。しかし、この群集は一人一人はどうやら不満の火を燃やしているらしいのに、みんなおたがいに知らぬ顔でむっつり黙りこんでいる。競馬場の群集でもなく、野球場の群集でもない。どこか従順である。憂鬱で無力で従順である。しいて例をほかに求めるとしたら、夕方になって競輪場の門から流れでてくる群集の顔だろうか。たたかいすんで日が落ちて、汗のひいたつめたい体を抱いて、よどんだまなざしで、寡黙に、しかしおびただしい数で暗い空のしたにあらわれるあの群集にちょっと似たところがある。

このちっぽけな、みすぼらしいよごれた、虫食いのクルミの穴のように荒涼とした廊下や階段を持つ建物が、じつは東京で自動車を走らせる人びとの聖地なのであって、〝交通裁判所〟なのである。墨田簡易裁判所という。人びとの従順と憂鬱と皮膚《ひふ》の外へとびだすことのない不満はそれで理解できようというものである。聖地であれば従順なのがあたりまえだし、裁判所であれば憂鬱になるのがあたりまえだし、〝交通〟となれば〝待つ〟とくるのが地球の表皮の正しい反応である。待たされておびえてばかりいる私はここへきていらいらしている人びとを見てなにやら心なごむのをおぼえる。わざわざ歩行者優先のマークのついたところでも命惜しさにたちどまって、つまり、こちらが法を曲げてまでして土下座してやってるのに感謝の挨拶はおろか、ツンと澄まして傲慢にふんぞりかえってとんでゆく連中の横顔を毎日毎日、私は交差点で見せつけられている。とりわけオカラみたいな脳しか持っていないおしゃれの青小僧どもがスポーツカーをとばしていくのを見かけると、この田舎ッぺいの猿真似野郎、シラミのようにひねりつぶしてやりたくなる。トラックやタクシーの運転手は追い使われて生活にくたびれきっているのでなんとかこらえようと私は思うが、歩行者優先マークのあるところでおずおずたちどまっている私にタバコよこぐわえで泥水ひっかけてとばしてゆく小僧どもの顔を見ると、どうにもこうにもたまらなくなってくることがある。

よだんはさておき。

この墨田簡易裁判所は主に交通違反をした人びとを呼び集めて罰金をとるのが仕事であって、ぶつかった、ひしゃげた、血が流れたというような事件は刑事犯の対象となるので別のところへおいでを願う。ここで扱うのは、スピードを超過したとか、左へ曲るのを右へ曲ったとか、駐車してはいけないところへ駐車したとか、軽くキッスしあったとか、無免許運転をやったとか、そのほかいろいろの、いわば交通戦争のなかでの軽犯罪を犯した人びとから罰金をとって訓戒を垂れるのが仕事なのである。つまりお酒に酔って道を歩いていて立小便をしたとか、青い純真無知な少女のお尻を通りすがりにつるりと撫でたとか、飲み屋で人をなぐったとか、なんの愛も憎しみもないのにただ巡査の顔を見ただけでなぐさめつつからかいたくなったとか、いわば一般市民生活にあってはそういった種類に属するような性質のことをハンドルにぎっていてついついやっちまったというようなことをここでは調べて罰金をとる。

一日のうちに、だいたい二千人から三千人の人がこの悲しみの門をくぐる。三階建であって、一階は警視庁、二階は検察庁、三階は裁判所というぐあいになっているのである。みんなはこの建物がすべて裁判所のように思いこんでいて、待たされたり、じらされたりした恨みつらみをみんな裁判官のせいにしようと考えているらしいけれど、それは正確ではない。警察は警察、検察は検察、裁判官は裁判官というぐあいに、それぞれの領分をもって、あなたのおずおずとさしだすピンク色の票を調べているのである。

それは、あなたが女友達にちょっとでも早く会いたいために右へ曲ってはいけない道を右へ曲ってしまったために、たまたまいくつしていた巡査に見つかり、いろいろ聞かれてそうですとか、いいえとか、すみませんとか答えて鉛筆でしるしをつけられたあげく運転免許証をとりあげられた、その票なのである。このピンク色の票に書きこまれた巡査の鉛筆の跡がすべての判断の基礎となる。あなたがよほどのお金持であって弁護士をやとって抗弁、否認、抵抗できるゆとりがあるか、たとえお金持でなくてもふと町角や酒場で耳にした〝やるといったらどこまでやるぞそれが男の生きる道〟というような、せりふの勇壮さにしては節《ふし》がなっちゃいないほどたよりなく濡れしょびれた歌の一節、二節、それにそそのかされて抗弁、否認、抵抗にでたとしても、結局のところ違反の現場状況は巡査の書きこんだものだけをたよりにして判断するほかないのである。

票は四連式で四枚一綴りになっていて、警察、検察、裁判所、一階から二階、二階から三階へとベルト・コンベヤーでつぎつぎとハンコをおされ、書きこまれして送られてゆき、とどのつまり、罰金何千何百エンを支払われたしということになって、票にくっついてマイクで呼びだされつつ一階から二階、二階から三階へとあがってきたあなたは、さいごにまた一階へおりて、いやだ、いやだといってダダをこねる財布のチャックをむりやりひらいてお金をだすということになるのである。この窓口のうしろには日銀の代理で三和銀行が金庫を持って出張してきている。あなたが〝螢の光〟をうたいつつさしだしたお金はその金庫にさらいこまれ、日銀へ直行する。つまり国庫へそのまま、いっちまう。あなたは一日に三千人の立小便仲間がひきもきらずに払ってゆくお金を眺め、それから、あなたがさんざんいらいらセカセカしつつ待たされた一階、二階、三階の廊下のことを思いだす。壁はむきだしで薄暗く、廊下の両側に板張りのベンチがあるだけで、まったくそれは荒涼としていてクルミにあけられた虫の穴の跡のようである。ラジオもなければテレビもなく、人いきれがむんむん、タバコの煙がもうもう、ひどい日には便所へいくこともできないほどぎっしりたてこんでいるのである。

「……バカにするなッ！」

「ウマじゃねえぞ！」

声のあがることもある。

この難民船みたいな貧困と、窓口にひきもきらず流れこむ千エン札のことを考えあわせ、あなたはつい短い結論をだしたくなってくるのである。つまり、裁判所は罰金をそのままポッポへないないしてハッピー・カム・カムなのじゃあるまいか、おれたちをコンクリ穴で立ちん坊させながら……そういうふうに、ついついあなたは思いたくなるのである。

なにしろこの建物には一日に二千人から三千人の人間が出入りし現金にして六百万エンから七百万エンの罰金が流れこむのである。年間を通じてざっと十六億エンから十七億エンの収入がある。人呼んでこの建物を、〝バッキンガム宮殿〟というほどである。バッキンガム宮殿。罰金嚙む宮殿。このブタ小屋をね、宮殿とはね。庶民はつねに痛烈ですなあ。

しかし、あなたの焦慮の感想は短絡しすぎているのである。いくら一日に現ナマで罰金が七百万エンころがりこんでも、それはすべて国庫に直行し、汗水たらしてはたらいている役人たちのポケットにはいっこうもどってこないのである。国庫にもどった十七億エンは道路だの、造船だの、自動車だの、海外貿易振興を口実にイザとなれば〝肉だんご〟（〝日の丸〟のことをアメリカ人がそういっていると、アメリカ人が私に教えてくれた）にもたれかかって救ってもらうことをアテにしている重要産業へ焼石の水のようにジュッと吸いこまれ、また、汚職かなにかで、ジュッと吸いこまれ、跡形もなくなるのである。

ためしに検察官を見ようか。この宮殿で朝から晩まではたらいている検察官たちは一日のうちに仕事を処理しきれないので三時間、四時間、いつも残業をすることになっているが、それだけあくせくはたらいても、残業手当がでるのはその二分の一か三分の一の時間に対してだけである。あとはすべて、乞食なみの、ただばたらきなのである。検察官の一人がじかに私にそういったのである。そしてその検察官は、私に、〝記事をよく書いてください〟といった。そんなに毎日つらい思いをしてただ働きしていながらなぜ事実を事実として伝えられることをおそれるのだろうか。なぜ貧しさやつらさをそのまま貧しさやつらさとして直視しようとしないのだ。あなたは検察官ではないか。事実を事実として〝検察〟するのがあなたの職業ではないか。なぜ一人の貧しい小説家ごときに媚《こ》びなければならないのか。

「……するとこういうことになりませんか。罰金をとる方もとられる方も窓口の向うとこちらでおなじようにイライラしているのだと、こういえませんか？」

「そういえないことはないと推測できる余地がないとは誰にも断言できないと考えられる許容性があるのですから、そうもハッキリいいきれないとはしても、とにかく私たちは仕事をしています」

裁判官は書類だけの略式裁判で六人、これは窓口の呼出しであって受験生のそれと大差ないが、ほかにわざわざ被告を別室にちょっと格式張って呼出す〝即決裁判〟というものもあり、この裁判官は一人である。私は傍聴にいってみたが、すべての被告が裁判官の読みあげる訴文をそのまま率直にみとめ、さっさと罰金を払って逃げていった。

三階は裁判所になっている。面会を求めると、白髪温顔の上級裁判官が一人やってきたが、この人はどういうものか、ニコニコつやつやと笑いながら必要以上のことはこちらの洒落《しゃれ》や冗談にものらない厳格さをたえず保っておられて、さすがは人を裁くだけのことはあると思われる慎重な厳格居士であった。ときどき口をすぼめてひかえめに、ホッ、ホッ、ホッと笑った。私は大学では法科に籍をおくだけはおいたけれど、こんな笑いかたしかできないようならやっぱり裁判官の道に進まなくてよかったとつくづく思った。

思うに東京ではトラックであれオートバイであれ、とにかくモーターがついて陸運局に届けられている〝うごき物〟の数字は、じつに、毎月、一万台である。毎月毎月、一万台の自動車がふえつつあるのである。一年を通じてこの〝うごき物〟の氾濫のために一千人の人間が死に、五万人の人間が負傷をしている。自動車屋はどんどんマスプロする。道路はそれほど多くはならない。生活はいそがしくなるいっぽうである。

してみれば、駐車違反などは立小便みたいなもので、どんどんふえるいっぽうではないか。つかまるやつはたまたま運がわるかったのだと思うだけのことである。見つかるか見つからないかというだけの問題で、みな違反を犯している。いや、犯さずにはやっていけない状態にあるらしい。とするといったい裁判所はなんのために存在するのであるか。

私がおおむねそのような意味のことをたずねると、白髪童顔、キリキリきびしくニコニコおだやかな紳士は、長嘆息して答えた。

「……私は一日三百件も扱うんです。なにがなにやらわからないけれど、とにかくそういう根本的なことは考えないで、ただ夢中になって毎日の仕事を果しているだけです。それだけでせいいっぱいですよ。家に帰ったら本も読めません。寝るだけです」

実業家に会っても、政治家の秘書に会っても、作家に会っても、女優に会っても、経営者に会っても、サラリーマンに会っても、いつも私はこの答えだけしか聞かされないような気がする。ときどき東京の生活と意見、この都の声とはただこの一語につきるのではないかと思わせられることがある。なんとみすぼらしい、いたいたしい声ではないか。そしてそのまま寝床にもぐりこんでだまってしまう、なんと優しく謙虚な自己抑制ではないか。

一階、二階、三階と廊下を歩きまわってみると、むんむんつめかけて憂鬱に黙りこんでいる人びとは十人が十人といってよいほど貧しくみすぼらしい人ばかりであった。一説によればちょっとした人たちはみんな警察にコネを見つけてすませてしまうのだそうだ。なんのコネもツテもない人たちだけがここへやってきて一日を棒にふる。

練馬鑑別所と多摩少年院

非行少年のことを知りたいと思って練馬の東京少年鑑別所へいったところ、所長には会えたけれど、少年たちと話しあうことは禁じられた。作文、感想文、日記などは見せてもらえないかとたのんでみたが、やっぱり禁じられた。内部の写真をとることも禁じられた。所長はざっくばらんで率直で、二時間近く会って話をしてくれたが、公開は法務省からの指令で禁じられているのでどうにもならないのだといって嘆いた。

それでは家庭裁判所で少年たちが調べられているところを傍聴してみようと思ったが、これもダメだった。しかたなくて八王子まで走り、多摩少年院へいってみたが、ここでもやっぱり少年と面接することは禁じられた。法務省に泣きついて、やっと少年たちの作文集を借りだすことだけできた。

私は見たまま、感じたままを書く努力をするだけで、故意に煽情《せんじよう》的な文章は書かない。かすかなかすかな自分の名にかけてもそういう文章を書けないのでありますが、と説明してみたが、やっぱりダメだった。書かないでほしいとことわってから見せても作家なら書かずにはいられないだろうし、またそれでこそ作家というものであろうから、やっぱり見せるわけにはいきませんと家裁の判事がいった。アタっているところがある。ホメているような、ケナしているような、たいへん上手な弁解である。

あちらからもこちらからも閉《し》めだされて私は不満と憂鬱を味わった。動物園のお猿からもらったらしい、しぶとくて冷笑的な、いくら薬でおさえても這《は》いだしてくる風邪がこの徒労で鼻から頭へのぼったようだった。家の勉強部屋のすみっこの寝床にもぐりこんで、うつらうつらしていると、なにやら自分がドブネズミになったような気持がしてきた。

赤い、小さなひよわな鼻さきを土管からちょっぴりだしてあたりをうかがいつつ恐れと驚きになよなよ身ぶるいしてたちすくんでいるにすぎないドブネズミが、都会の汚濁の必然的産物であるこの小心な動物が、なぜ人びとに拒まれなければならないのであるか。

いつ見ても頭から汚水を浴びてぶるぶるしているこの小動物が、じつは心の底でひたすら美しきもの、善きものを求めてあがいていないと、どうしてお役人たちはいいきれるのであろうか。

法務省は、マスコミと、少年たちのガラスのような心を恐れている。私は拒まれたけれど、その気持には賛成する。一日に一度自殺を考えないやつはバカであるという、イギリス人の諺《ことわざ》があるが、これは〝マスコミ〟なるものが地上にあらわれてからの諺ではないかと私は思う。いまの日本の〝マスコミ〟とはハイエナとカラスとオオカミを乱交させてつくりあげた、つかまえようのない、悪臭みなぎる下等動物である。おためごかしの感傷的ヒューマニズムと、個性のない紙芝居じみた美意識と、火事場泥棒の醜聞あさり、ナマケモノぐらいの大脳とミミズの貪欲《どんよく》をかきまぜてでっちあげた、わけのわからないなにものか儲《もう》かるものである。正体はつかめないとしても、接したらたちまち顔をぬれ雑巾で逆撫でされたような気持になり、自殺を考えたくなる、なにものかである。

マスコミに刺激されて少年が非行をはたらくのだというマスコミ自身の恥知らずな御託宣にほとんど私は賛成しない。それは彼らの行動の暗示や触媒となったかも知れないけれど、その本質ではない。ただ彼らは経験や知力や財力や忍耐に欠け、非行成人たちのようにずるくたちまわったり、かくしたりすることができなかったまでではないのか。彼らの砕けた心が砕けなかった心より下等であるなどと、誰がいえようか。砕けなかったのはたまたま鈍感、無知、偽善の糖衣に包まれていたからだとはいえないか。すくなくとも私は少年たちが非行の動機の説明を求められて、〝映画や週刊誌にそそのかされました〟と答えているのを見聞すると、これは言葉の選択に慣れていないか、焦慮のあげくか、過大な〝自己〟を持てあましたあげく精力を使わないで他者に責任をすりかえようとする短い工夫のせいかだと想像する癖を持っている。

現在の所長の責任ではないけれど練馬鑑別所の建物はどうにも頂けないしろものである。

コンクリートの巨大なかたまりが畑のなかにうずくまっている。傲慢、鈍重、凶暴、一目見ただけで脱走したくなってくる。有刺鉄線の高い垣が囲い、いかつい煙突がそびえ、私の経験では、ポーランドやチェコやドイツで見たナチスの収容所をしばらくぶりで思いださせられたといっていい設計であった。

水は器にしたがって形をつくるのだと法務省が考えるのであったら、明日にでも爆破して新しい建物をつくりなさい。これでは逆効果しか生れませんよ。

少年や少女たちの独房には粗末な木の寝台があり、コンクリむきだしの便器と洗面台がつってある。部屋によって壁を灰青色や乳黄色に塗ってあるが、なんともさむざむしく、ざらざらした感じで、ブリキ缶を舐めさせられたみたいな印象である。重い、いかついドアには鉄棒で防備した覗き窓がついている。鍵がかけられている。検挙されて警察から送られてきたばかりの少年や少女が壁のしたにうずくまったり、窓ぎわによじのぼって戸外を眺めたりしていて、埃でにごった小さな覗き窓から片目でその横顔を覗いて歩いていると、いやな、重い気持になってきた。彼ら、彼女らがなにをしたのかわからないけれど、また、どうしてもこういうものをつくるよりほかないのかも知れないけれど私には、酸っぱくて、いやで重いものだった。廊下から廊下、部屋から部屋へ移るたびに鍵輪がガチャガチャと鳴り、鉄枠つきの重いドアがギイギイときしむので、たじろがされた。

「……寝てる子と起きてる子がいるでしょう。どちらかというと寝てる子のほうがいいのです。気持が挫《くじ》けて、反省に入っている。起きてる子はまだ抵抗してるんです。これは手ごわいですよ。男の子と女の子とくらべると、男の子のほうがはるかにおとなしい。女の子でここへくるというのは相当、豪の者なんです。なかなかほぐれないし、しぶとく抵抗してくるのです。男は派手だけれどもろいところがありますよ。簡単なもんです」

そういう説明を聞きながら、ふと私は、戦時中にさいごまで抵抗してねばりにねばったのは大本教《おおもと》と共産党の女性党員であったという事実を考えたりしている。非行少女であろうと闘士であろうと、ギリギリのどんづまりに追いつめられた女はすさまじい持続的精力を濫費して悔いることがない。一度これにぶつかったら、男はただアレヨ、アレヨと眺めているよりほかないのである。猥雑浅薄なモード屋のススキの穂のような指のままに右へ左へ走りまわる彼女らの軽さと、こういう命知らずの執拗さとが、どういう地下水でつながっているものなのか、とうてい私には見きわめようがない。不可解である。じつに不可解である。まさに不可解である。

八王子の多摩少年院へいってみた。ここは広い丘陵地帯に三万坪の敷地を占め、雑木林、畑、谷、丘などが広びろと視界にのびていて、ひっそりと静まりかえり、都の狂騒からは、はるかに遠いかと思われる。悩乱を静めるには持ってこいの場所かと、無責任な訪問者には感じられたりする。小さなさりげない石の門柱に標札がさがっているが、風雨にさらされてほとんど字が消えている。門を入ってゆくと両側にイチョウのあるとろとろ坂の並木道が小さな丘へ這いあがってゆく。少年たちの文集の座談会記事を読むと、この坂は通称、〝地獄坂〟と呼ばれているのだそうだ。

バラック建の粗末な棟がいくつも輝かしい四月の陽《ひ》のなかによこたわっている。田舎《いなか》の小学校か木工場みたいな棟である。一つ一つの窓には鉄格子ではないけれど木の格子がはまってい て、部屋の内部が見えない。事務室へ入ってえらい人に会い、少年たちに面会することはやっぱりダメですかと聞いてみたら、やっぱりダメですという答えであった。院長がいないので、肥ってまじめで人のよさそうな次長に会った。ついこの四、五日前に奈良の少年院から転任してきたばかりなのでよく事情がわからないから、課長に紹介しましょうという。

課長の人が入ってきて、気が弱そうに頭をかきつつ、さしつかえないことだけ話をしましょうといった。善良で、注意深く、子供のことによく心を砕いている人のように見うけられた。上司の指令以外のことはお話できないのです、といって苦笑しながら名刺をとりだした。なにげなく役職名を見ると『分類保護課長』となっている。カブト虫やチョウチョウを管理する博物館みたいだなと思った。暴れん坊にもいろいろのタイプがあるのだからそれを分類し、かつ棟に起居させて保護するのだからこの職名にはなんの不思議もないのだけれど、よくよく眺めかえしてみると、やっぱりどこかおかしいところがあるようだった。

少年を非行の度合いでかりにA、B、Cの三級にわけてみるとC級の少年たちは検挙されて鑑別所に送られてふるいにかけられ、自宅へひきとられるか、民間の篤志家の経営する保護施設などに送られる。B級の少年はいささか手荒いので少年院へ送られ、一年半ぐらいをすごす。A級となると〝施設〟や〝院〟ではおさまりのつかない強豪であるから、少年刑務所にいって頂くことになっているのだそうだ。

この多摩少年院にきているのは二百名から三百名、だいたいB級の少年ばかりで大半が東京都内在住者である。出身地は東北や北陸、各県さまざまであるが、非行をはたらいた当時は東京都の未成年であった。十六歳から二十歳未満、圧倒的に十七歳、十八歳が多い。なにをやったのかと統計帳を繰ってみると、半分が盗み、あとの半分は強姦、脅迫、殺人、傷害などであった。どういうものかこの種の〃粗暴犯〃が年を追ってじりじりふえ、ただの盗みは減ってゆく傾向にある。そして、スリなどはほとんど皆無といってよい。盗みなら盗み、脅迫なら脅迫にしても計画的に時間をかけてやるよりはむしろ突発的、衝動的にやる例が多く、スリのように修練や技術や思考の計算を必要とする非行はほとんどないのだそうだ。

「……どういうわけでしょうか、よくわかりませんが、やっぱりインスタント時代なのでしょうかね。世の中があわただしくて、子供もおちおちしていられないのかも知れませんね。せっぱつまってセチがらいことをやってしまうからすぐバレてしまうんですよ」

出身地区を聞いてみると、住宅地では世田谷区、工業地では大田区、下町では江東方面、だいたいこの三つが多いという。

蒲田や江東方面の非行少年は貧しさや職場の不満などからゆがんでしまったというのが多く、世田谷方面の場合は家庭が物質的に豊かであっても両親が不和であるとか、両親の素行が乱れているとかエスカレーター式に高校から大学へすべりこむはずであったところが成績不良ではみだしてしまったとかいったことでグレるのが多いとのことであった。これは練馬の鑑別所で聞いたのとおなじで、以前は世界各国どこでも少年犯罪は貧困の生みだすメタンガスであったのだが、次第に、圧倒的に、そうでなくなりつつあって、新しい定義と分析に苦しむという。

「……道楽や趣味で非行をやるというのはいませんか?」

「そういうのはいませんね。いたとしてもここへはこないで、少年刑務所のほうへいきますよ」

「なんらかの意味で不満だから爆発するのですね?」

「そうです」

「その動力になる感情はなんですか。孤独、絶望、怒りなんですか?」

「よくわかりませんが、ここへくる子はどれも人を恋しがっているということはいえますよ。とりわけお母さんですね。作文を書かせてみると、みんなお母さんのことを書きますよ」

階級があって、二級下、二級上、一級下、一級上の四級あり、毎月素行によって点をつける。平均各月二十点で、八十点になると一級昇進する。四つの階級をこえるには一年四カ月かかる。人をなぐったら十点減、怠けたりひどい悪口をいったりしたら五点減となる。課長さんに聞くのを忘れたけれど点数制にしたらどの社会でも起る〝密告〟ということがこの少年のあいだにも起っているのではないかと想像する。

　少年をタイプにわけて同類者同士を一つの棟に入れる。自己顕示的攻撃型、気分易変的攻撃型、爆発的攻撃型、情性欠如的攻撃型、無力逃避型の五種ほどに〝分類〟した。しかし、一つの型ばかりを一つの棟に集めるとバランスがとれなくなるから、元気のよすぎるところへしょぼんとしたのを入れて水をさしたり、気まぐれのはしゃぎ屋のところへしんねりむっつりを入れてみたり、いろいろと調合に苦心するのだそうだ。分類保護課長さんは用心深く話をすすめていたのであったけれど、花畑をわたってくる春風に一撫でされたはずみに、ひょいと口をすべらして、

「私たちは〝カクテル〟と呼んでるんですが……」

苦笑してあわてて口を閉じたが罪深い私の耳めは聞きとってしまったあとだった。

少年たちの棟は〝学寮〟と呼ばれ、木工、鈑金《ばんきん》、印刷など、いろいろな種類の工場で自分の好きな技術を勉強することができ、〝技能士〟の資格をとることができるようになっている。たしかにそうした点では、ここは少年院というよりは工業学校のような雰囲気がある。しかし、コンクリ建、鉄格子窓の独房もあれば、各棟の部屋の窓には格子がしっかりはまっているのである。そしておどろいたことには、少年たちは一日にわずか二十九エン五十セン（三食でだよ！）のおかずしか食べさせられていないのである。予算がそれだけしかないという。育ちざかりの子供が一日に三十エンのおかずしか食べていないのである。罪を憎んで人を憎まずの処置がこれか!?……

われらは〝ロマンの残党〟

この都でも隅田川の向うへいったらまだ紙芝居をやっている。荒川、葛飾、足立、北、江東のあたりである。広い東京に散らばってテレビのすきを狙って歩く孤独なパルチザンの数は五十人ぐらいだともいい、九十人ぐらいだともいう。下町ばかりじゃねえぜ。新宿や中野方面にも業者はまだまだいるんだぜ。紙芝居屋の親方はくやしげに誇らしげにそういった。

荒川区のある町の路地奥に小さな、みすぼらしい公園があって、あぶらじみたお釜帽にジャンパー姿の老騎士がチャキをたたいて子供を集めていた。公園はおしっこの匂いをたてる苔の群れといったような貧しい家のひしめきのなかにとつぜん目をむいたみたいにあり、ブランコやすべり台などがあった。くたびれた、ひびわれたアパートの壁にまわりをとりかこまれている。家の窓には物干竿がかかり、物干竿にはオムツがかかっている。壁、窓、物干竿、オムツ、おかみさん、赤ン坊、道、空、四月の午後三時なのに、このあたりではすべてのものにたそがれがしみこんでいる。軒さきでふて寝していた焦げ跡だらけの年増のネコがあくびをすると舌が灰いろになっていた。

子供は手に手に五エン玉や十エン玉をにぎってたそがれのなかを走ってくる。お釜帽の老騎士が手垢《あか》で光るネタ箱のひきだしをあける。赤や白の薄いセンベイ。焼きソバ。メリケン粉を澱粉で固めて水アメで甘くした〝ジャム〟なるもの。天ぷら屋からまわってきた揚げ玉。アテモノ。アイスクリームを盛るトウモロコシ製の盃に赤いシロップをついでもらう子もある。いまどきの舌の肥えた子供がこんなものを食べるのだろうかと目を瞠りたくなるようなものばかりだが、つぎからつぎと手がのびてよく売れているようだった。そしてみんなは口のまわりをよごしてうまそうにむさぼり食べた。

二十五年ほど昔の大阪の町角を思いださずにはいられない。私の頃は朝鮮アメや酢コンブやスルメなどであった。そしてやっぱり、「アタリ」とか「スカ」などと書いたアテモノがあって、一喜一憂させられた。どんな紙芝居であったか、主人公たちをいまではほとんど忘れてしまった。けれど、この原稿を書いているうちに、いくつか思いだした。〝黄金バット〟があったし、〝少年タイガー〟があったし、これはマンガだけれど〝ポンチ〟というのもいたように思う。鼻たれの、眼の速い、いやらしいガキ大将がいてこっそりただ見しようとすると、あ、おっさん、あの子、ただ見やと指さすので、つらい思いをしたものだった。私の父親は小学校の先生で修身教科書に手足をはやしたみたいな人物であったから、紙芝居がおもしろいなどというとチリチリ怒る。母親も合唱して、チリチリ怒る。拍子木の音につられてこっそり家をぬけだすのにひとかたならず苦労した。

紙芝居を見ると私はボーッとなり、霊感むくむくわきたち、いてもたってもいられなくなって家へとんで帰った。そして画用紙にクレヨンでいろいろな絵をかき、物語をつくって、妹に語ってやって聞かせた。どんな絵や物語をつくったものか、これまたすっかり忘れてしまった。きっと南海の孤島だとかキング・コングだとか、少年ターザンだとか、あ、近藤勇危うし、コケ猿の壺、正義の味方・黄金バット、肉弾三勇士、タコの八ちゃん、タンク・タンクロー……などだったのだろう。

妹二人をガラス障子の向うにすわらせておいて私はつぎからつぎへと絵をとりかえ、〝さておつぎはどうなることでありましょうか、また明日のお楽しみ〟、くりかえしくりかえし口上を述べることに夢中であった。いまのように白い原稿用紙をまえにして冷や汗たらたら思案投首《しあんなげくび》というような、そんなことではぜったいになかった。

お釜帽の老騎士は薄暗い、荒れた、木一本ない公園のなかでマンガを一巻、宇宙ものを一巻、ドサまわりの芝居小屋に売られた少女がいじめられる話を一巻、語って聞かせた。それから、判じ絵まがいのクイズというのもやった。いろいろな絵と字の組合わせを見せて子供にあてさせ、あてた子にはセンベイにメリケン粉のジャムをぬって景品としてわたした。

これ何アンだ？
モツが二つだね。

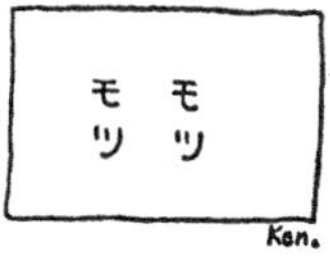

そう、そう。『荷物』だよ。

これ何アンだ?
むつかしいよ。

ゆっくり考えてごらん。『ポスト』からポを引いて、『葉』に濁りをつけて、そうそう、『ボストンバッグ』だね。そこの坊や、ほら賞品だ。君にあげる。

紙芝居は衰退の一途をたどっている。テレビに追いまくられたのである。この大道芸術がさかりの花をひらいたのは昭和六年に『黄金バット』がつくられてからの数年間と戦後の数年間であった。この第二の青春のときにも『黄金バット』はすばらしい人気だったそうである。東京都内だけで三千人、日本全国ではざっと五万人ぐらいも〝バイニン〟（紙芝居の弁士）がいたことがあるそうだ。なにしろそういう人たちに売る駄菓子をつくるだけで二千万エン儲けた英雄がいるというのだから想像もつかない話である。

この英雄は背中にコイの滝のぼり、左肩に牡丹《ぼたん》の花、右肩に桜の花、つまり合わせて〝六三のカブ〟（花札で一番の高目）の強気一点張りの彫物をしていた。お江戸は亀戸の生れ。バクチをしないと全身に小きざみのふるえがでるという特異体質。敗戦で引揚げてきてぶらぶらしているうちにフトしたことから紙芝居の駄菓子をつくることを思いついてたちまち巨富を築いた。それがまたなんとも英雄の時代にふさわしい英雄の知恵を発揮したのである。

その頃、焼け跡では菓子らしい菓子がなにもなかったので、セロハンをストローのように巻いて甘いニッキの汁を入れたものが流れていた。これを〝ストロー・ニッキ〟という。つぎに犬のマークの入ったのが流行《はや》った。〝犬ニッキ〟。するとほかの業者が〝犬より強い虎ニッキ〟というキャッチフレーズでおなじようなニッキをつくった。子供は強いものが好きだから犬ニッキはたちまち負けた。すると犬ニッキは改名して〝清正ニッキ〟になるのである。清正だから虎より強いだろうというのである。よって虎ニッキはやむなく方向転換、〝鬼ニッキ〟となる。それッというので清正ニッキは鬼退治の鍾馗《しょうき》様にお出まし願って、またまた改名、〝鍾馗ニッキ〟となった。

件《くだん》の英雄はこれを見てハッとひらめくものあり、ガリレオ的転回をおこなった。浦安へいって貝殻をトラックいっぱい買いこみ、ブドウ糖をとかしてニッキとまぜたものを一コ一コの貝殻につめこんだ。そして〝貝ニッキ〟と名づけて発売した。これがすばらしいアタリようで、英雄はたちまち地所を買うやら工場を買いこむやらアパートを建てるやらの大発展。ところが乱世の英雄は体質を変えることができなかったので競艇場に入り浸るようになり、たちまちスッてしまった。貝ニッキで儲けた二千万エンをつぎこんできれいさっぱりスッてしまった。そして時代は変り、テレビが出現して、紙芝居もまたダメになる。

英雄が〝貝ニッキ〟という名を思いついた裏にはニッキ合戦を眺めていて、犬より虎より清正より、また鬼より鍾馗様より、なにがつよいといっても女よりつよいものはこの世にねえじゃねいか、だからよ、そこで一発、〝貝ニッキ〟といこうじゃねいか……という深謀遠慮があったのだが、テレビに力道山が現れるに及んで、無念、コイの滝のぼりも六三のカブもいっこうにきかなかった（加太こうじ氏の話による。氏は二十八年間この世界に暮し、紙芝居の作家で画家で親方で、この世界のことならアリの穴まで知りつくしている人）。

いまや紙芝居は水ぎわに追いつめられた。テレビ。ラジオ。少年雑誌。マンガ雑誌。大製菓会社の進出。そこへもってきていまの子供は保育園だ、幼稚園だ、学習塾だ、ソロバン塾だと学校の外でも追いたてられていて、とても紙芝居など見ている時間がないのである。自動車があふれてウカウカ子供の歩ける道がなくなったということもある。台東区竜泉寺町にある親方の家へいってみると、親方は家をアパートに改造し、ひまでしょうがないからといいながら茶の間のテーブルのうえに玩具の自動車をいっぱいとり散らかしていた。アルバイトですかなといったら、なにやら口のなかでもぐもぐとつぶやいたあとで、いや、アルバイトじゃねえ、ひまでしょうがねいからな、といった。

「……こうテレビがでてきたんじゃ、どうしようもないですね」

嘆くがように慰めるがように私がそういうと、親方はにわかに大きな声をあげて、

「いやいや」

といった。

「テレビとの戦争はもうすんだ。おちるところまで紙芝居はおちきったんだ。だからよ。ここ二、三年は業者の数がちっとも減らなくなってるんだ。やっぱり紙芝居は求められてるんだ。おれなんかそう思うぜ。子供は紙芝居が好きなんだ。それが証拠によ、近頃じゃあチャキの音が聞えたらテレビほうりだしてかけてくる子供さえでてきてるんだ。エイトマンだの鉄人28号だのに紙芝居は勝つことだってあるんだ」

私は嘆くような慰めるような声で、つよいことをいいながらしょんぼりした顔つきでいる親方にいった。

考えてもごらんなさい、大人は歌舞伎だ、能だ、映画だ、バレエだというが何百エンも払って大群集にまぎれて遠い遠い席で小さくなって聞いている。役者の声もよく聞きとれないのにきゅうくつな恰好してわかったような顔をしていなくちゃいけない。講談、落語、浪曲、みんなそうだ。ところが子供はたった五エンで、かぶりつきの特等席で、アメ玉なめつつ、大の大人の肉声の芸をたのしむことができるじゃありませんか。生《なま》の声の芸がたった五エンで見られるんですぜ。こんな豪奢《ごうしゃ》なことはほかにありませんぜ。じつに贅沢《ぜいたく》なもんですぜ。テレビに飽いた子供が紙芝居にもどるのは立派な見巧者《みこうしゃ》です。なんといったってこれは生の声の芸なんだ

から、筋からいってもこっちのほうが本筋というもんです。

親方は甘酸《あまず》っぱそうな、うれしそうな、ちょっと煙たいような顔つきで聞いていたが、やがてさびしそうにつぶやいた。

「……戦後の業者はダメなんだよ。昔みたいに夢中にならねいんだ。自分の芸を大事にする気構えがねえんだね。心がけがちがう。昔は夢中になるあまりタクづけしてるときは子供がアメ玉をおくれといってもシッシッと叱ったりする人がいたくらいです。けれど、いまじゃあ、あべこべに子供にせりふを教えてもらっている業者がいたりして、こう不勉強じゃあ、滅びるのがあたりまえさね。勉強する熱が湧かないという気持もよくわかりますがね」

親方は嘆息をつくと、ぬる茶をガブリと飲み、レンコンの砂糖まぶしをちびちびとかじった。

加太こうじ氏の話によると、紙芝居は昔はテキ屋と失業者とが圧倒的に多く、この大道芸術はハッキリと昭和初期の大恐慌が生みだしたルンペン・プロレタリアートの産物だといえるということである。左翼運動や自由主義が弾圧窒息させられると島国の闘士たちは海外亡命できないので紙芝居のなかに亡命した。

戦後は引揚者や闇屋などが手あたり次第にとびこみ、レッド・パージされた人びとが、ふたたびもぐりこんできた。自動車がないので、運転手だった人もたくさんきた。

しかし、朝鮮戦争後、日本の景気が回復するにつれて運転手はタクシーにもどり、闘士たちは仲間のつてをたよって去っていった。闇屋は正業に帰り、引揚者もどこかへ漂着、吸収された。いま紙芝居をしているのは、たいてい六十歳くらいの老人で、どこへいくにもいきようのない人たちだけである。枯葉の吹きだまりなのである。

いま私たちが季節のない町の荒涼とした公園で聞く声は枯葉の舞う音である。土に帰る日までのしばらくのたゆたいの時間に、枯葉は毎日重い自転車をひいて東西南北に向って散ってゆき、埃にまみれた若葉たちに話しかけているのである。正義、平等、愛、非道、悲哀、夢、異国、黒い心、赤い怒り、蒼い不安、奔放な幻想や、ほどける微笑や、よどむ涙などをぼそぼそと語る疲れたモグラの声は子供をかつは笑わせ、かつはおびえさせ、煙霧で錆《さ》びた空のしたでどこへともなく吸われてゆく。

戦前、戦中、戦後をとおして何百人、何千人、何万人かの追いつめられた日本の大人たちが、生きのびたい一心で書きまくり、物語り、議論したり沈思にふけったりしながら、薄暗い屋根のしたでつくりだした絵の群れは、日本全国の町と村を歩きまわって帰ってきた。手垢と唾と傷で、それはなにか湿った粘土のように重い。血を流したように泥絵具が閃き輝く。

親方の家の土間の棚につみあげられた、おびただしい数の絵の堆積（トラックに五台か六台分あるそうだ）には、なにか、すさまじい執念と虚無がこもっているように感じられる。生きたい一心で発揮された力の堆積なのに、それは見あげると、たじろがずにはいられない圧力を発散する、異様にして怪奇な記念碑ではあるまいか。

紙芝居がやがて全滅したときには、これらの数万枚を焼いたり捨てたりすることなく国立図書館か美術館かにナフタリンで丁重に保護して収蔵するよう、私は提案したい。

口八丁の紳士——予想屋

馬走る頃であります。

府中だ、中山だ、淀だと数万の群集が週末ごとに競馬新聞片手に流亡、転戦をつづけています。ダービーだけで昨年は七万五千名、一昨年は八万二千名の人間が迷い出しております。この亡者たちがみついだ金は一日で昨年が八億七千万エン、一昨年は十億三千万エン近くでありました。

私、じつは競馬のこと、まったく知りません。バクチ心起る少年期後期より青年期前期にかけてはいわゆる〝戦後〟のいいところでございまして、食うに食えず、飲むに飲めず、世の中はチャッチャメチャクチャ、額に汗、パンに涙の塩して、ただ生きのびる工夫にその日その日眼がくらんでおりました。旋盤見習工、パン焼工、英会話教師などしてかぼそく息をついて暮していました。その頃も競馬はあったのですが、私のまわりには誰も教えてくれるものがいませんでした。私自身も、からいパンを食べすぎた結果、この人生に〝大穴〟などあってたまるものかとかたくなに思いきめるようになっていたのです。だから競馬、競輪、なにも知りませんでした。

別種の魅惑の穴には十八歳の晩秋、パン工場の宿直室で、朝まだき、徹夜あけのむらむら、なまづかれのわかだちというもので戦争後家の青い顔した小さな女《ひと》となにやら怪しくなってしまいましたが、その後彼女は行方知れずになりました。わがむさくるしき童貞は浮子《うき》のようにどこかへ流れてしまいました。海は広いな、大きいな、であります。

かくて〝穴〟にしぶとい夢を抱かなくなった私は、花札、麻雀《マージャン》、競馬、競輪、競艇、およそことごとくのバクチの誘惑、たまゆらの昂揚、人生の濃縮、決定的瞬間というものから遠ざかることになってしまいました。バクチをする人はしばしばバクチをしない人よりは弱点が多くて、人間としてなじめる人が多いのですが、私の住む小さな世界はそこから離れていたのです。私はその人たちが好きでした。けれど、その人たちは私のところに入ってこようとはしなかった。いや、入ることは入ってもすぐなんとかいって出ていってしまったのです。オレは遊ぶことを知らない人間なんだと考えて何年も私は自分の偏狭さが憂鬱だったことを思いだします。

競馬や競輪を試みなかったわけではないのです。私も何度か競馬場や競輪場へつれてゆかれたことがありました。けれど、競馬は馬についての予備知識があまりにたくさん必要とされたし、競輪については亡者たちの姿のあまりの悲惨と荒廃に私は耐えきれなかったのです。じっさいそれはぬれ雑巾《ぞうきん》のおびただしい塊《かたまり》とでもいうよりほかない群集なのです。

たたかいすんで日が暮れて、競輪場の門からぞろぞろと這いだしてくる群集をごらんなさい。どの男もこの男も猫背、伏眼、汗にまみれ、埃に犯され、がっくりとうなだれて、それが何十、何百、何千と、ただ黙々と、せかせかと、あてどなく、一人一人ばらばらで行進してくるところに正面から出会《でく》わしてごらんなさい。なにかどぶ水がいっせいにあふれだしたのを見るようで悲惨、憂愁、夕空のしたのこの氾濫はなんともすさまじいものであります。

一人の若い予想屋さんと話をしていますと、おもしろいことをいいました。競馬場でも競輪場でもどうしてこう入口が坂になっているのだろう、というのです。入口が坂になっているから客は足速くトットと馬券を買いに走るが、レースがすんでみると、おなじ坂をのろのろぐずぐずとあがらなくちゃいけねえ。あの坂はどこでもああなっている。あの坂はどこでもそうなるようにあらかじめ設計したものだろうか。気軽に誘いこみ気重に追いだすのだ。

どこの競馬場でも競輪場でもそうなっているそうである。入口が坂になっている。だから、入るときは速いが、出るときはおそい。のみこむときは速いが吐き出すときはおそいのだ。

「……それはつまり、アリじごくということじゃないのかね？」

私がたずねると、若い予想屋は、なにごとかをとつぜんさとったように、そうだ、そうだ、そうかも知れねえといいました。

府中にしろ、中山にしろ、淀にしろ、いや、あらゆる競馬、競輪、競艇の場内、場外にあって予想屋というものが、あなたの迷える心をひきこみます。予想屋とはなんですか。それは吠えたて、おびやかし、なだめ、すかし、呪い、訴え、あなたの迷える心をその場その場の呼吸で乗るか乗らぬかにさそいこむ手八丁口八丁の紳士たちであります。いや、あるいは、手八丁口八丁の若者たちであります。

彼らはじつに弁舌さわやかにまくしたて、黒を白といいくるめ、白を黒といいくるめます。それが彼らの生業なのであります。生きるための、わざなのであります。彼らはあなたにあらゆる言葉を口説《くど》いて予想を売ります。あの馬にしようか、この馬にしようかと迷い漂うあなたの心を一つの方向に決定させるのが彼らであります。

けれど、どんなつよい甘やかしのせりふ、どんなえげつないはげましのせりふを聞いても、あなたは、〝予想ハ予想ナノダ。本番デハナイノダ〟という覚悟と知識をわきまえておかなければなりません。予想は予想である。空想である。現実ではない。証拠ではない。その現実でもなければ証拠でもないことをあなたは現実でもなく証拠でもないことと知ったうえで買いこむのです。だからあとでどんなに予想がハズれてもあなたはドナリこんではいけないのです。それ以外はまったく無意味です。どこへもドナリこんではいけないのです。あなたの心に対してだけドナリこみなさい。それ以外はまったく無意味です。

〝コノ鯛は生キテイル！〟と叫ぶ魚商人の言葉をあなたはまさか本気で信じているわけじゃないでしょう。タイは決定的に死んでいる。しかし、死んでからの時間に早い遅いの差はあるだろう。その差によってタイは〝死んだ〟り、〝生きた〟りするまでのことである。それを本気で生きたタイだと思いこむのがバカなのである。

予想屋はあなたに〝予想〟を教える。ありとあらゆる口舌《くぜつ》をつくして〝予想〟を教え、いつも、それがついに決定的な〝結果〟であるかのように説きたて、ほかにどんな〝結果〟や〝予想〟もないかのように説きたてる。けれど、それはついに〝予想〟でしかないのである。だから、頭からずっぷり〝予想〟を百発百中だと信じこんで買いにかかる人間は、本来、どうかしているのである。私にはそう思えるのです。

口説かれたままになぜ十が十まであなたは信ずるのですか。予想屋は口説くのが商売なのですよ。その口説きを真にうけてあなたは行動するのですか。ほかのどの人も信じていないのにどうして予想屋だけ信ずるのでしょうか。言葉たくみに訴えたてるにしても予想屋はついに予想屋にしかすぎないじゃありませんか。

なぜあなたが予想屋のカンがはずれたとかアタったとかいって喜んだり悲しんだりしているのか、私にはよくわかりません。あなたは、予想屋はいつもハズレるものだと思って競馬場の門に入っていくくせにそのとちゅうで、きっと予想屋に金を払って今日の予想をたずねていますね。なぜですか。どうしてですか。そしてそのあとでいつもブツブツ文句をいってますね。

これまたどういうわけですか？

三人の予想屋に私は会ったのです。関西の赤穂、中部の大平、関東の大川と三人は名乗りました。めいめいはそれぞれの地方でピカ一の予想屋なのだといいました。関西と中部の親方は五十年配の親方で、関東の親方は三十年配の兄さんでした。けれども三人とも銀座の小さな座敷に呼びこんだらすっかり用心してしまって、誰もろくろく飲み食いせず帰っていってしまいました。そして口上屋の習慣として三人めいめいにしゃべりたいことをしゃべって帰っていきました。

競馬を知らない私が話を聞くのですから予想屋にいわせればチョーコー（客）もいいところ、バテチョー（わるい客）の最たるものでしょう。なにを聞いてなにを書けることやらまるでアテというものがありません。第一、この人たちの話が隠語だらけで、さっぱり聞いていてもわからないのですから世話ありません。あまり隠語が多いので、この原稿のあとにまとめて書きとめておきました。小説家というものは、じつにいろいろなことを勉強しなければならないものです。

予想屋にもいろいろあります。競馬の場内で情報を売る人、場外で情報を売る人、またその日その日の情報を売る人もあれば、推計学式に過去のデータを集積してどの日にもあう推理法を本にして売るものもあり、じつにさまざまです。概して私の経験から申しあげますと、場内で十エン、二十エンで情報をチョコマカと紙きれに書いて売るのはあまり頼りになりません。つまり、安かろう、まずかろうという原理です。こういう予想屋のなかには競馬新聞を読みくらべていいかげんなところの情報、それも紙上で公表済みのものをぬきだしてくるのが多い。新聞はたくさんあって亡者の一人一人がみんな全部に目を通しているわけではありませんからそういう商売もできます。

　場外で情報を売る予想屋にも二種類あります。一つはその日その日の予想を売るもの、一つはどの日にも通ずる予想を売るものです。その日その日の予想を売る人間は競馬新聞をすみからすみまで読み、またわざわざ馬場まで訓練を見に出かけたりしてそのあげくに編みだした自分の予想を売るのです。どの日にも通ずる予想を売る人というのは、手がこんでいて、頭を使っていて、言葉はわるいけれど一種の知能犯みたいなところがある。過去何十回、何百回かの馬の成績を記録しておいたうえで、どういう場合のどれくらいの配当金のあてこみにはどういう馬券を買えばよいかということを統計的に数式で割りだしてパンフレットを売るんです。

　この人たちの売る数表は定価が〝六五〇〇エン〟となっているのに買うとなるとにわかにおちて〝二〇〇〇エン〟となるので妙な感じがします。けれど、聞いてみると、この数表は、一発打って百発百中ということは狙わず、何発か打てばそのうちの一発はきっと当って損をしないということを狙ってつくってあるのだそうです。

　〝中部の大平〟氏がそういいました。つまり、最低を狙ってつくった数表であって、あたることはあたるけれどいくらの配当金かということは明示していない。だから、一発打って百四十エンの配当になることがあるかも知れないし、一万エンの配当になることがあるかも知れない。それはそのときどきの運というもので、何人もクチバシをはさむことができない。しかし、この数表を使えば、とにかく〝アタル〟ことはあたるのである。

「……予想屋の暮しは楽なものなんですか？」

「いえ、いえ。予想屋殺すにゃ刃物はいらぬ、雨の十日も降ればよいといいまっせ」

「十日も保《も》たんのですか？」

「保ちまへん、保ちまへん。一日旅すりゃ三千エンとぶ。わしらはあちゃこちゃ競馬場をアテにして旅行するよってにね。それが十日で三万エンになる。とてもあきまへんな。お手あげですわ」

「しかし、いまさき、あんたは千や二千は金に見えないというたやありまへんか？」

初老の予想屋はがっくりとうなだれて、うなずいた。そして、ぶつぶつというのであった。

たしかに千や二千は金には見えぬ。おれたちも一万、二万と張る。これが病気だ。どうしてもぬけない。自前で張るとなるとどんなにこれまで競馬でスッて痛い目にあわされていても、冷静な判断が狂う。つまり、自分のつくった数表にたよりきれないで、二点張り、三点張り、四点張りと、チョッカイを出すようになる。これがいつも命とりになって失敗するのである。勝負のコツは無欲と信念である。儲《もう》けようと思わず、また、コレダッ！　と思ったものを徹底的に買いこむことで、意外の成績をあげたりするものなのである。

ところが、はずかしいことに、十何年もこの商売をやっていて、いまだに自前でやるとなると気がオヨイでしまっていけないのである。予想屋というう予想屋はたいていそうである。だから予想屋は他人の運勢を占っていながら自分は貧乏で、いつもハラハラぴいぴいしている。そのくせ金を金とも思わず、また、女を女とも思わなくなる。あげく夜逃げか、首つりか。畳のうえでは死ねない身分になっているのである。

「……けったいな話でっせ。どう考えてもけったいな話でっせ。病いがいかんのです。病いさえなけりゃいいんですが」

初老の予想屋は顔が陽に焼け、年よりはるかに若い眼をし、いきいきとしゃがれ声でしゃべりながらもどこかうちひしがれたような沈痛な声でつぶやくのであった。

タンカ……口上のことである。予想の効能を述べたあて口上のことである。

オヨグ……あの馬にしようか、この馬にしようかと気持の迷うこと。

ダク……客を集めること。

チョーコー……客のこと。

マブチョー……いいお客。

バテチョー……わるいお客。足もとを見ればわかる。靴がきたない。

マチコ……予想がアタらなかったといって文句をいいにくる客のこと。別にまた、ヤクマチともいう。〝厄待ち〟のことか。

オトシ……客が予想を買うことである。〝オトシにかかった〟というふうに使う。意味はあきらかであろう。

エサ……ナマともいう。金のこと。現金《ゲンナマ》の、ナマなり。

ジミ屋……競馬場で捨てられた馬券を拾い集めてオコボレをしらべる人のこと。おおむねルンペンである。

〃マンション族〃の素顔

高級アパートが流行しているので覗《のぞ》いてみようということになり、都内をあちこち、何軒も見たり、話を聞いたりして歩いた。

この種のアパートは、〃アパート〃といわないで、〃コープ〃だとか、〃コーポ〃だとか、〃アビタシオン〃、〃レジデンス〃、〃マンション〃などという名前がついている。たいてい玄関わきあたりの壁に金色の筆記体の横文字で名前がうちこまれ、輝いている。

家賃を払う式のと、買取りになるのと、二通りある。どちらにしても上の階にいくほどお値段が高くなる。ある〃マンション〃では一階の家賃が五万エンなのに六階では十三万エンである。そして、上の階になるほど人気がよくて、一階では空室がいくらもあるのに七階や八階は全室売切れということになっている。そういう階は建築途中からすぐに申込みがあって売切れてしまうそうだ。あるアパート屋の話によると、〃部屋は雨が降るみたいに上からキマってくるんです〃ということであった。

人間は金に支配されて暮しているから、金持になればなるほど腰かけている札束の高さも高くなるわけだし、女の靴も踵《かかと》が高くなるのである。そして住いも空高く上れば上るほど見晴しがよく、ミミズやワラジ虫のような人間の顔はいよいよ見えなくなるかわりに、屋根瓦だとか、テレビ塔だとか、遠くの京浜工業地帯の煙突だとかが見えてくる。あけてもくれても、そういうものばかりしか見えないのである。

瓦や鉄塔や煙突は動かず、崩れない。金持はこういうものに憧れるのである。彼らは不動の秩序を愛する。自然主義者である。ある部分の自分の心をステンレス・スチールみたいなものに仕上げたがる。

自分の心を風邪をひいたゴムみたいなものにすることに、ひそかなよろこびをおぼえ、高いところから瓦や鉄塔や煙突などを見おろして、人間群を征服したかのようなよろこびを味わいたいのである。

モンマルトルの丘の上へあがって下界を見おろして、〝パリはおれに征服されたがっている！〟と叫んだラスティニャック（注・バルザック「ゴリオ爺さん」）の心を毎日、鉄とコンクリとガラスのなかにうずくまって味わいたいのである。

もし、何を眺《なが》めることをよろこぶかということでその人が判断できるものなら、煤《すす》にまみれた屋根瓦や鉄塔や煙突や、よそのアパートの屋上のオムツなどを眺めてウットリとなるこの人たちはよほど鈍感で、悪しき意味でのよほどの田舎者なのにちがいない。ハイカラを気取って、なんのことはない、ドブを覗《のぞ》いてよろこんでいるのである。

小生の経験によれば、東京がきれいなのは夜空だけである。広大な暗黒の柔らかいビロードのなかにちりばめられた無数のネオンの光輝、乱雑であればあるだけ豪奢な印象をあたえるその光景はたしかにすばらしいものである。それを毎夜、高いところから、安楽椅子に腰をおろして眺めるのは楽しいし、おもしろいし、想像力を刺激されることであろう。あの灯のしたにどんな生が営まれているのだろうかと考えたり、こうして空から眺めると地上には何の悩みもないように見えるなと考えたり、このガラス窓の内側に坐っているオレの孤独は、空のカモメの誇りと純潔と漂流であるなどと考えたりするのである。コンクリートの箱にとじこめられたこれらの昆虫のような人びとに、それだけの神経がのこっているとしたうえでの話であるけれど……。

「阿呆と煙は上へあがる」

どれだけ上の階に人気があるかということをアパート屋がザァマス言葉であれこれと説きたてるのを聞いているうちに、とつぜん妙な諺《ことわざ》を思いだしたが、さしてつよいものではなかったのか、眺めるひまもなく消えていった。

〝マンション〟は英語では〝大邸宅〟とか〝別荘〟とかいう意味だけれど、フランス語では〝駅の宿場〟というぐらいのことになってくる。それから、シャレたつもりの〝アビタシオン〟というのは〝植民ノ住居地〟、〝動植物ノ産地〟というような意味がいちばん小さな辞書に出ているくらいであるから、自分のアドレスを告げるときには、声を小さくなさったほうがいいだろうと思う。外国語が何の羞恥心もなしに、いや、むしろ誇りをもって氾濫しているのは酒場の看板、洋裁屋、広告屋、芸術雑誌、外国文学研究者の論文、空港、旅行業者、それにこのアパート業界であって、みんな似たところがあるように見うけられる。

日本の最高所得者層が〝動物ノ産地〟に住みついて得意顔でいるというのでは自己宣伝にしても少し悪洒落《わるじやれ》におちるのではありませんか。さっそく管理人に申しこんで改名なさいよ。総人口のうち二パーセントか四パーセントかを占めるにすぎないあなたがたはたしかに一種の〝移民〟か珍奇な〝動植物〟なのですから、その棲息地が〝アビタシオン〟と名のられても、あまりふしぎはないのかも知れませんけれど、誇り高き、価値あるあなた方の御人格に傷がつくのではありますまいか。何よりかより気になるその点に……。

たいへんいいお値段である。一区画、四百万エン、五百万エン、千二百五十万エン、三千三百万エン、さまざまある。冷暖房完備、バス、水洗便所、電話は交換台、地震大丈夫、火事大丈夫、なお階下には美容院があるもの、歯医者があるもの、レストラン、喫茶店のついたもの、プールのあるの、屋上庭園があるの、種類と生態はさまざまにある。あるアパート屋で聞きこんだところでは、半数以上が五十歳以上の中小企業の社長だとか、大会社の重役だとかであって、また、親に買ってもらった結構な若夫婦も三十パーセントぐらいはあり、なかに二千万エン、三千万エンというような値のつく部屋は、大会社がクラブがわりに買いとるという傾向も最近はめぼしいという。

赤坂で能なし芸者をからかったり、銀座でフーテンのホステスをからかったりしてドンガラガッチャンと遊ぶよりは、こういう高級アパートの一室を買いとって会社の重役室や応接室のかわりにして、シンミリ、ジックリと話しあったほうがよいとわかりだしたのではあるまいか、ということであった。そういう部屋のドアには、個人名でなくて、会社の名がかかっている。取材の途中で私は、こういうアパートでは老人が多いのでいつ死ぬかわからないから、ちゃんと棺オケ専用のエレベーターがつくりつけてあるということを聞いたので、豪奢なアパートにいくたびに聞いてみたのであるけれど、経営者はみんな、私のところにはありませんと答えた。

青山方面のあるアパート屋に聞いたところでは、金を持っている人間ほどケチンボであって、小さな金にうるさくこだわるということであった。そこでそのアパートではボイラーを各室に分離して備えつけることにした。ボイラー代は月に五千エンであるけれど、こうすれば自分の使った分だけを正確に払えばよいということになって、金持たちは五千エン、トクをしたと思いたがるのだそうである。

また自由が丘のほうのあるアパートの一階で美容院をひらいている美容師の話では、金持の奥さんほどケチンボであって、六本木で店を出していた頃にはバーのママさんやお妾さんやホステスさんがお客でチップをはずんでくれ、コーヒー代、映画代などは楽にチップで浮いたくらいの稼ぎがあったけれど、この高級動物産地へ店を移してからはビタ一文もよろくがなくなったと女の子がコボしているという話であった。日本ではチップを出す習慣がないのであるから、そもそもこれはどうってことのない現象なのではあるけれど、どのマンションで話を聞いても、金持はケチンボだという陰の冷笑が耳に入ってくるので、おもしろい。どこへいってもその下品な噂を聞くのである。なぜ人は金を持つとケチンボになり、金のないやつほどバラまきたがるのか。この心理は作家にとっては興味あるテーマなのだけれど、まだ十年か二十年は私は私小説的に実感することができないはずである。

都内にはもう土地がないので、若い輩が住みつくことはできないのである。甘い親の脛《すね》をひっかじって金を出してもらったトボケた野郎でもなければ、毎年、毎年送りだされてくる大量の若夫婦たちは行くところがない。便所の匂いが廊下から部屋へたちこめてくる四畳半や六畳のアパートの小部屋のなかにうずくまっていなければならない。〝マンション〟はどんどん都心や都心に近く建てられていくけれど、ここに住める人はごくわずかなものである。ほかの人は遠い郊外に散り、通勤に一時間も二時間もオナラや雨の匂いに苦しめられつつやってくるという毎日をくりかえしている。

東京の住宅は八割近くが平家であって、もっとどんどん高層化されて空へのびなければならないとみんないうけれど、空へのびてイカルス（人工の翼をつけて空を飛んだギリシャ人）の真似事ができるのは金のあるやつらだけである。強力な住宅行政は期待される声ばかり大きくて、成果について教えられるところは、はなはだ少ない。ホンコンやマカオや東南アジアや韓国の、ぬかるみに毛が生えたぐらいの住宅事情について、私たちは人類愛的同情にみちた批評文をいくつとなく読ませられるけれど、それらの憂苦の家と毛が三本生えてるか四本生えてるかぐらいの相違にすぎない自分自身の状況については、はなはだ知識があいまいとなり、あいまいな知識しかあたえられないのである。

六本木に〝三河台オーリック〟という高級アパートを建てている若い人物がいた（〝オーリック〟は、フランス語だと、〝aulique〟であって、〝王宮〟とか、〝帝室風〟とかいう意味である）。この人は三億エンで六本木の俳優座の向いあたりに高級アパートを建て、地上七階地下三階、この七月に完成し、いちばん安い部屋で千二百五十万エン、いちばん高いので三千三百万エンで売るという。日本美術家連盟とタイ・アップし、一流中の一流の画家や彫刻家の作品をそれぞれの部屋にふさわしく飾り、この画や彫刻とコミで部屋を売るつもりなのだそうである。つまりそのアパートの竣工式は同時に画の展覧会にもなるわけだ。

画を買いたい人は多いだろうけれど、どんな部屋の、どんな色の、どんな壁にどんな画をかけてよいのかどうかわからなくて困っているから、画の作者自身が選んでくれたらこれにこしたことはないというわけのものであろう。画家の名簿を見ると日本ではトップクラスと見られている人びとの名がずらりとならび、たいへんなものであった。この人は若いけれど、たいへんな精力家でもあり、謙虚でもあり、事務所へいってみたら、そんなすごいアパートを建てるのに女の子たった一人を使っているきりであった。そして、やがては麴町あたりの土地を買収して二十階建の〝高層分譲地〟を建てるのだという計画を話した。坪五十万エンの土地であっても二十階建にすれば二万五千エンになるだろう。そこで外装だけのビルを建て、なかは何坪でも希望にあわせて売り、住む人好き好きの設計によって家を建ててあげるのだという。

いろいろ話をしていると、この鋭い顔だちをした若い実業家は、ぼつぼつとブラジルの田舎で女郎屋を預った話や、ラスベガスで一年半、さいころバクチのさいころふりをしていた話や、ニューヨークのサイトー・レストランで料理の上げ下げの綱をひっぱっていた話などをはじめた。それらの話はひどく孤独だが果敢で若わかしい血がみなぎっていて、私は夢中にさせられた。書きこむ枚数のないのが残念である。

いろいろな豪奢な話を聞き、豪奢な部屋を覗いて歩いて家に帰ると、新聞社から電話があり、またひとつスゴイのが見つかったというのである。

「……原宿にあるんですよ。コープ・オリンピアといいましてね、鉄筋八階建なんです。二部屋つづきにしたら八千万エンになろうという部屋もあるんですね。まだ建築中なんですけれど、もう部屋はみんなふさがったそうですよ。買ったのはほとんど実業家だそうですよ」

「便所はみんな水洗？」

「もちろんでしょう」

「風呂もあるの？」

「あたりまえですよ」

「冷暖房は？」

「完備、完備」

「眺望……」

「絶佳ですよ、そりゃあ」

電話をおろしてから私はこそこそとふとんにもぐりこむ。日本はすばらしい先進国になったらしいぞ。脱税をやってるやつがたくさんいるらしいぞ。老人医学が発達してみんな長生きできるものとわかったものだから、いい気持で買いまくっていやがるゾ。おれはふとんにもぐりこんでシャーロック・ホームズでも読むか。さて、オナラもしたいが、となりの家にきこえるとまずいかね。けれど、どうしてこの国は老人ばかりいばっているのだろう。老人みたいな若者ばかりが、どうして、こう、ノンビリした顔でいられるのだろう。

新劇の底辺に住む女優たち

月　日　朝の十一時頃。おきまりの二日酔いでくらくらしながらも起きだして雨戸を繰り、鳥籠を窓のそとにつるす。ブンちゃんがはしゃぐ声をふとんにもどってうつらうつらしながら聞いていると、にわかに声が騒がしくなり、羽音がにぎやかになった。顔をあげてみてびっくりした。別の文鳥が一羽どこからかやってきて、籠のそとからブンちゃんに話しかけようとしてバタバタしているのだった。

カーテンのかげにかくれて、手だけだして鳥籠を部屋のなかへ入れたら、風太郎は夢中でついてきた。ピシャリと窓をしめ、よろよろフラフラしながらとりおさえて、籠のなかへ入れてやった。たちまちブンちゃんと風太郎は狂ったようなデュエットをはじめ、水をはねるやら餌を蹴《け》散らすやらの大騒ぎになった。

杉並区高円寺七ノ八九五、楓《かえで》アパートに小さな奇蹟がとびこんだのです。大いなる存在がフー子とブンちゃんを憐れみ給うたのです。硫酸の大瓶みたいにいがらっぽいこの東京のどこでこれまで風太郎のようなひよわい文鳥が暮してこれたのだろうかと思う。

こんないい運はうっかり身うごきすると逃げてしまうと思ったので、朝御飯も昼御飯もぬきで、ふとんのなかにもぐりこみ、とりとめのないことをいろいろと考えてすごした。けれど、寝ていては食べられないので、七時に銀座の酒場『プロフンデス』にいやいやの御出勤。

月　日　七月の公演は広末保作『新版　四谷怪談《うらおもてよつやかいだん》』ときまり、今日幹部会で配役が発表された。伊右衛門は南さん、お岩は月さん。私はお岩に一服盛る乳母の役で、これは色気をちらつかせた、いやらしい悪婆ァ。

婆ァさん役は去年の公演からかぞえて二度目。役は役と承知のうえで演技にこれ勤めはいたしますけれど、三度かさなったら承知しませんよ。いくらなんでも。ゆがみますわよ。

月　日　『プロフンデス』に今夜来たお客さんの一人はナントカ会社の顧問。白髪温顔の中老紳士だった。戦時中、ずっと中国にいて、戦後、〝戦犯〟の一人として抑留されていたことがあるらしい。魯迅《ろじん》の話をしているうちに、どうしたことか、ちっとも酔っていないのに静かに涙を流しはじめたので、うろたえた。銀座の客にもこんな人がいるとはおどろきであった。

ダックスフントでもスピッツでもないナントカ種の犬を飼っていたことがあって、中国から帰ってきて家に一歩入ったら何年も別れていたのにワンワンと吠《ほ》えながらとびついてきたのだそうだ。

十一時半にハネる。

地下室で人いきれとタバコの煙りを何時間もたてつづけに吸わされたので、毎夜のことながら、ふとんにころがると、貝殻骨がキシキシと音をたてるよう。これで千五百エンはとてもたまらない。

月　日　『新版四谷怪談』は南北の怪談のパロディーで、筋書からすると女の血なまぐさい執念を喜劇仕立てでからかったものだけれど、正直いって、どことなく作者がほんとのところなにをいいたかったのかよくわからないというところがある。

今日の午後、劇団事務所でいいださんに会った。それとなく疑問をうちあけてみたら、いいださんはいろいろなことをしゃべったあとで、〝作者の発想をぼくなりに翻訳しての話だけれど〟とマクラをふってから、これは近代をひきずった現代を超克するために前近代を否定的媒介として持ってきた作品ではないだろうかという。七音音楽の限界を突破するためにそれ以前の五音音楽を分析しつくした結果、十二音音楽が生れたということであったけれど、そういうものではあるまいかという。

ますますわからない。

いいださんは評判どおりの大学者で優しい人だけれど、いんぎんな口調のどこかには絶望の気配がフッと、匂う。正体はわからないのだけれど、女の直感というもので、ワカル。

劇団のあと、『プロフンデス』へいく。十一時半にハネる。土曜の夜なのでお客が少ない。半ドンで会社が朝のうちに終ってしまうからだ。ガランとした夜の酒場はなにやらすさまじいもので、すみっこでひとりヴェルモットのオンザロックをすすっていると、水族館のガラス槽の底にすわりこんでいるような気がしてくる。朔太郎だったかしら。夜の酒場の壁には、暗い、大きな、緑いろの穴があるとか。

月　日　一週間ぶりに新宿で彼と会う。四谷怪談の筋書を話したら、たちまち閉口したような顔つきになった。キョロキョロとあたりを見まわして、おれ、アバンガルドは苦手なんだ。子供のハシカみたいなもんじゃないかと思っちまうんだ、悪いけど、といった。
ヌーベルバーグもごめん。アンチロマンもごめん。アンチテアトルもごめん。パリの小屋で見たヨネスコ劇はげらげら笑いのコミックだけれど、その面白さの本質はかけあい漫才の面白さであって、たいへんシャレたものじゃあるけれど、一度でたくさんだと思ったそうである。

それを日本の新劇がやっているのを見たら、疎外絶望一点張りのカフカ芝居であったので、またまたグッタリとなったという。そのカフカだって英訳で読んでみたらびっくりするくらいユーモラスなところがあるのに、日本訳だと疎外絶望の一点張りなのでどうしたことだろうと、頭をひねっている。

バカ。

お世辞でもいいからはげましてくれたらいいのに、てんで気がつかない。稽古と公演もふくめて一年たった二十日ほどしか生きない私のことをほったらかして高遠なるギロンにふけっている。

とにかく台本を読んでみてよ、といったら、またキョロキョロとした眼つきになって、あ、読む、読む、といった。

『プロフンデス』は休む。

月　日　お岩の役をする月さんと話をしてみたら、天気晴朗ならず波高しであった。彼女は舞芸から発見の会に合流したひとだけれど、新宿の『ムーラン・ルージュ』で〝四畳半子〟だの〝月待子〟だのという源氏名で出ていたことがある。かたわら早稲田の露文になんとなく籍をおく。〝戦後〟たけなわの頃には宝クジ売りをしたり、花売りをしたこともあった。心臓がたのもしい。ムーランでは見よう見まねで〝ラ・クカラチャ〟をうたったり、『チャタレー裁判』なるエロ劇でナレーションを入れたり、泣く泣く半ストをやったこともあるのだそうだ。ムーランはモーパッサンの『従卒』を『湯浴《ゆあ》み』としたり、シュニッツラーの『恋愛三昧』を『好色への招待』としてみたりする小屋だった。

浅草でシミキン一座に入ったこともある。文工隊にとびこんだこともある。相模原あたりに出かけて百姓家の納屋に寝泊りし、お芋やカボチャをお礼にもらって紙芝居をしたり、小学校の講堂で芝居をうってまわったりする。栄養失調にかかって寝こむ。舞芸にもどり花田清輝の『泥棒論語』で新人賞を受賞する。

すこしツキだしてテレビのアテレコに出る。『ウッドペッカー』の声の吹替えで食べる。『カビリアの夜』など、ジュリエッタ・マシーナの神秘的な悲惨、無邪気の声も演ずる。でも、マシーナ役でハマるのはいいけれど映画の本数が少ないので稼ぎにはならないチコよ、という。『ウッドペッカー』の吹替えにしたって、本でいえば再版、三版になっているのに、声税、つまり版ごとの印税は入らないのだそうだ。去年、池袋でバーを開いてみる。劇団の仲間の女のコが応援してくれたけれど、公演の稽古がはじまると散りぢりになり、それにつれて客も散りぢりになり、とどのつまりツブレてしまう。病気にかかり、半年寝こむ。今年になってからは心機一転、〝飲む・打つ・買う〟の三拍子をテーマにしてみようかと思いたってみる。

あっちこっちそんなにころげまわってきたのに彼女はどこかキョトンとして澄んだところの

ある童女面で、お酒をちびちびと飲み、なにが入っているのかしら、体の$\frac{1}{3}$ほどもありそうなスーツケースをひきずるようにして池袋の暗いビルの渓谷のなかに消えてゆく。

月　日　彼と新宿で会う。深くて、巧みで、圧倒的だった。となりの部屋の声が壁ごしに聞えてくる。怒った中年男の湿った声が、ここまで来てなんだ、というと、若い娘が、いや、いや、寄らないで、とひくくさけぶ。はじめのうちは笑って聞き流していたけれど、果てしなくつづくので、やりきれない陰惨さがにじんできた。

「……いやな声だな」

彼は舌うちをしてそっぽを向いた。

月　日　朝の十時頃、ドアをたたく音がするので起きてみたら、カナエちゃんが大工の道具入れのような袋を肩にひっかけていた。くたびれきったミミズクのような顔をしていた。役の発表があって一年ぶりにありついた舞台が、カスんだような端役であったので彼女は稽古にも姿をあらわさず消息を絶っていたのである。

「……どこにいたの？」

お茶をわかす用意をしながら聞くと、彼女はよろよろとたおれるように部屋のなかへ入ってきて、北海道へ遊びにいってたのよといった。釧路のほうへいき、泥水のにじむ草炭の原野をやたらに歩きまわっていたのだそうだ。阿佐谷の路地で、しばらくまえから彼女はお母さんといっしょに小さな喫茶店をひらいたのだけれど、どうにも経営がこれ以上もちきれそうにないので売りにだそうかと決心したのだそうだ。彼女は私のふとんのうえにすわりこむと、夜汽車でくしゃくしゃになった眼をこすりこすり、熱いバターをたっぷりぬったトーストを食べさせて、とか、『島』の北林谷栄はどうしようもなくうまかった、とか、アラスカへいってエスキモーといっしょにオーロラのなかで暮してみたいといった。

「……どう、ここに寝ない?」

私が誘うと、

「ウン」

彼女はうなずいて、着のみ着のまま、腰まで泥をはねあげたズボンのまま、ふとんのなかにするするともぐりこんだ。そして、眠りにおちこむ一瞬前にひょいと枕から顔をあげて、

「ねえ……」

といった。

「なに?……」

「私、釧路で」

「………」
「遠い沖に儀式を捧げてたのよ」
「………」
気がつくと彼女はもう毛布のなかでリスみたいに体を丸めて、スヤスヤと寝息をたてていた。枕もとにすわってその寝顔を見ていると、流れたアイ・シャドウや煤煙でくしゃくしゃになっているのに膚《はだ》が十八歳の少年のように蒼白く光り、胸をつかれた。

月　日　劇団の幹部会では今度の公演で団員一人に二万エンくらいの切符を切らせようかと相談しているらしい。アタマにきちゃう。本読みしていてもせりふが流れなかったり、きっかけをトチったりして、どうにもいけない。私の心は胃のなかにあるので、ちょっとショックをうけるとたちまち食慾がなくなり、肉がおちてしまう。

大劇団でもお台所は火の車らしいけれど、東京公演してから地方へ持っていくことができるし、労演をスポンサーにつけることができるし、組織をとおして会社や職場に売りこむこともできる。団員一人一人が切符を売ってまわるようなことはもうやっていないらしい。テレビ、ラジオ、映画などにも団員をやすやすと売りこむことができる。

俳優座の人なんかすっかり澄ましちゃって、廊下でプロデューサーとすれちがってもおじぎもしないと聞いたことがある。ゴキゲンなものだから、俳優養成所の入学競争率が三十人か四十人に一人ということになってきて、いよいよゴキゲンである。

けれども私たち中小劇団では話がちがう。まるでちがう。一年に一回、七日間の公演をして、それでおしまいなのだ。あとは男も女も死んだふりをして酒場で働いたり、保母さんをしたり、魚市場で働いたり、ダンプカーの運転手をしたりする。

月さんは酒場をツブスし、カナエちゃんは喫茶店を売りにだす。マスコミに売れる劇団の数は五本の指にも足らず、しかも新劇劇団の数は東京だけでかれこれ八十はあろうかというのだから、私のような暮しかたをしているいい若い女が何百人いることかしらと思う。

しかもあきらめをつけてやめていく人は少なくて、なにやかやいいながらもフラフラ、よろよろしつつ歩いてゆくのである。自分で選びとった道だから誰をうらむわけにもいかないのだけれど、さきのことを考えたら、心も胃もちぢむばかり。ただただ舞台にたって埃と光線と汗のなかでシビれたいばかりに、虚構が現実よりもつよいと知ったばかりに、人まじわりができず、血と肉が青くなってゆく。孤独が眼じりに鳥の足跡をつける。酒場のトイレで鏡にいつまでも見入っていたりして、ふと、死んでやろうかと思う。私なら案外にやれそうだ。ドアのノブをひねるくらいのことのようだ。そのうち、やってみよう。ヤルといったらやりますわよ。

月　日　一時から五時まで本読み。今日の稽古場は豊島公会堂。五時から六時までみんなとペチャクチャ。六時から七時まで銀座を歩く。オート・クーチュールの店（高級衣装店）の飾り窓に眼で穴をあけてまわる。くたくたに疲れ、粉微塵《みじん》に砕けてしまいたい。歩道へネズミのようにつぶれてしまいたい。『プロフンデス』。バカ笑い。駄洒落。がぶ飲み。白い便器の穴をつくづくながめ、〝私〟は東京湾へ流れていったのだナと考える。太平洋がちょっぴり水かさを増す。壁に暗い大きな、緑いろの穴。ブンちゃんと風太郎は藁《わら》の巣箱のなかでよりそって眠りこける。靴と声が歩道をすべってゆく。あと十五分で十一時半。あのコンニャクたち、螢の光といっしょにさっさと消えろ。

世相に流れゆく演歌師

もう遠い、遠い記憶になってしまったけれど、大阪の縁日の見世物に〝カンシャク屋〟というものがあった。金魚屋や射的屋や植木屋や綿菓子屋などはキラキラ輝き、ブウウンとうなり、いきいきしていたが、カンシャク屋は澱みきっていて、光もなければ声もなく、匂いもなければ色もなかった。ただいちめんに素焼の皿の破片が散らばっているだけだった。何銭か払って人は幕を張った暗い小屋のなかに入ると、素焼の皿何枚かをもらい、一枚、一枚、発止《はし》ッとたたきつけて、小屋からでてきた。

浅草にもこういう虚無を売る小店があったそうだが、縁日のことを思いだすと、光輝や喜びにまじってきまってアセチレン灯の匂いのような陰惨さがしのびこんでくる。あるとき道ばたで老人の演歌師がバイオリンをひきつつメソメソ、ぼそぼそと、〝金だ、金だ〟とうたう声を聞いて、子供心に私はふるえあがってしまった。陽《ひ》焼け、酒焼けで顔が渋紙《しぶがみ》色になった演歌師は、よれよれの羽織袴、枯木じみた手でバイオリンをひき、道ゆく人をあざ笑うがごとく、媚びるがごとく、威喝《いかつ》するがごとく、哀訴するがごとく、金だ、金だ、すべてこの世は金だという意味の歌を歌った。

それを聞いていると、ヤケクソの阿呆陀羅経《あほだらきょう》みたいなメロディーはとぼけ果てたお道化でありながら、どうにもこうにも手に負えないものを含んでいて、私はこわくてこわくてならなかった。夏になると川太郎（筆者注・カッパのこと）が便所の底から細長い手をのばしてお尻をピチャリと撫《な》でよるゾという祖父《じい》さんの品のわるい怪談も気味わるいけれど、この演歌師のたたずまいは、どうにもこわくてこわくてならなかった。

演歌師のことを調べ歩いたついでに、あれはどんな歌だったのだろうかと思って添田知道氏の『演歌の明治大正史』（岩波新書）を見ると、金の歌は明治にも大正にもある。子供の私が聞いたのは昭和十年頃だから、大正時代のではあるまいかと思う。作詞は奇才、啞蟬坊《あぜんぼう》である。

金、金、
金、金、
金、金だ
捨児カケオチ
詐欺人殺し
自殺　情死《しんじゅう》
気ちがひ　火つけ

泥棒　二本棒
ケチンボ　乱暴
貧乏ベラボー
辛抱は金だ
金だ、本《もと》から末まで金だ
みんな金だよ一切金だ
金だ金だよ、此世は金だ

この歌はいまでも通用する。歌詞はなにもかも思いあたることばかりで、捨児、カケオチ、詐欺、人殺し、自殺、情死、気ちがひ、火つけ、新しいことのない陽のしたで大地はよごれっぱなしによごれ、いよいよよごれ、私たちは巨大なゴミ箱のなかにすわりこんでいるようである。人の世のつづくかぎり、耳よ、お主《ぬし》はこの歌を聞くべし。

〝演歌師〟という言葉は演説を歌でやるところからでてきた言葉のようである。自由民権思想を広めるための壮士たちのうたごえ運動から生れた言葉である。オッペケペもダイナマイトどんもヤッテケモッテケ改良せも無茶苦茶だ、わからないも、歌詞に見るかぎりは啓蒙主義運動である。思想を歌で広めることを思いついたのは板垣退助だった。パリへいって町角で手風琴弾きが歌をうたいつつパンフレットを売るのを見て思いついたのではあるまいかと臆測《おくそく》されている。けれど、演歌がほんとに演歌であったのは明治三十四、五年ごろまでで、それからあとは急速に崩壊、解体、変質しはじめる。この過程はさきの添田知道氏の本にくわしいから、百五十エンだして買って読んでください。これはいい本です。おもしろくてタメになります。それぞれの時代がじつによくわかります。

いまの演歌師たちはレコード会社のお先棒をかつぐPRボーイであって、流行歌をうたうだけなのだから、演説のかわりという意味で〝演歌〟ということはできないのである。〝演歌〟というのは、たとえば、〝無茶苦茶ダワカラナイ　腐敗シタ　タマラナイ　此頃社会ノ情況ハ道徳全ク地ヲ払ヒ　人情紙ヨリ薄クナリ　怪聞日々ニ絶間ナク　正邪善悪《いいもわるいも》ワカラナイ……〟といったぐあいにふんどしをしめあげるものであって、〝コンニチハ赤チャン　私ハママヨ〟などとキンタマの皺《しわ》をのばして大の男が吠えたてる、これは、なにやら奇怪な、一種異様な、とにかくそのようなモノというしかないのである。だから、夜ふけにギターをかついで酒場から酒場へ歩きまわる人たちはエンカシというよりは、やっぱり、リュウと呼び、流シと呼ぶほうが正しいのだ。

演歌師が演歌師であった時代には仲間の大道商人から大いに、〝先生〟、〝先生〟と尊敬されていたけれど、そびえたって情熱の孤塁を守ってうたう〝立チ〟から門付《かどつけ》とおなじに流してうたう〝流《リユウ》〟になってからは、むしろ、ヤクザやテキ屋に使われる身分におちてしまった。

ヤクザとテキ屋の見わけは、いまでは、とても私などにはつかないけれど、ヤクザであるテキ屋もあれば、ヤクザでないテキ屋もあり、しばしばヤクザであるテキ屋がイチャモンを起すのでヤクザでない真のテキ屋（筆者注・大道商人。大道デパート業者）が誤解の霧にかくされてしまって、たいへん嘆き怒っているのが現状である。

流しも同様であって、ヤクザであるテキ屋に使われているのもあれば、ヤクザでないテキ屋のところで働いているのもある。新宿の安田組の事務所へいって話を聞いてみたら、ギターを弾く若者の一人は、親方はヤクザだと自分でいいますけれど僕らは歌の職人ですといった。やがて親方がやってきたのでおなじことを聞いてみたら、オレはヤクザだけれど会員はみんな芸術家なんだといった。この親方は徳田球一にちょっと似た顔をしていて、小指が一本なく、陽気で、大いに気前がよかった。

この〝事務所〟というのが、路地の奥の小屋で、『青空楽団』という看板がかかっている。戸口のところに小さなヤマハのオルガンがおいてあるので、どうするのかと聞いてみたら、これでメロディーを練習したり、ギターの弦の調整をやったりするのだということであった。小屋には古ぼけたソファが一つおいてあり、シャツや背広やズボンがいっぱいかかっていて、ギターがいくつとなくおいてあった。壁には名札がたくさんかかっていて、『一班』、『二班』、『三班』……といったぐあいにわかれ、出撃する人は小屋へきて自分の名札を裏返してから出撃するのである。ベニヤ板張りの壁には香具師《やし》の守り神である〝神農道〟という板額がかかり、また別の額には『会則』があって、すべて会員たるものは仲間の冠・婚・葬・祭にあたっては最低これこれのものをだして助けあわねばならないという意味の文章があって、それぞれ金額が書いてある。

この『青空楽団』には田舎からポッと出の若者もいるが、もう十四年も十五年も流しをやっている古兵もいる。私のいったときは長崎出身と静岡出身の若者がいた。二人ともギターをひいて歌をうたうのが好きでほかになにもしたくないというので国をとびだしてきたのだそうだ。雨の降る晩はゴム長をはいて傘さしてまわり歩かねばならないのでつらいけれど、あとは好きなことをしているのだから文句をいうことはできないといった。

聞いてみると、一人でだいたい千曲はおぼえていないと商売はできないという。古兵になると三千曲ぐらいコナすのがいる。二曲で百エン。一晩に十軒から二十軒くらい歩く。ゴールデン・アワーは十時から十一時半頃。出撃はだいたい八時か八時半頃。そろそろ酔狂人たちの脳が熱くなりだした頃を見計らって出撃する。なかには、たった一軒だけの店を持って、その店の専属みたいな形で演奏しているのもいる。昼間は東映のギャング映画で殺され役をやっているのもいれば、ペンキ屋をしているのもいる。ときどき気まぐれな客があらわれて、赤坂の料亭に呼んでくれたり、熱海へつれていったりしてくれることもあるが、そういう上客は稀《まれ》である。十三年この道ひとすじの古兵に聞いてみたら、

「……冬の氷雨《ひさめ》の降る晩にですよ、三時間も焼鳥屋の窓のしたでぶっつづけにやらされたことがあるんで、これくらいつらいことはなかったね。野郎は二階でスケと飲んでやがる。それを

こちらが雨ン中で三時間もかきたてるという図で、たまったもんじゃねえ。お鳥目《ちょうもく》は相当に頂きましたけれど、もうやめだと思いましたね」

こういう話をしているところへ徳球に似た小指のない親方がやってきて、ビールを私におごってくれ、古兵に、景気のええとこを一曲やってんかと、関西弁でたのんだ。古兵は黄いろい、黄いろい、けれどリンリンと張りもあればツヤもある声で『ソーラン・ヤクザ』を小屋もふるえよとうたいあげ、お粗末さまと会釈して出ていくのであった。

東京都内だけでざっと千人ぐらいは流しがいるのじゃないかという噂がある。盛り場では新宿がいちばん盛んで、三味線の門付なんかもいれると、だいたい二百人から三百人ぐらいいるのじゃないかという。流しの事務所だけでも三つか四つある。『青空楽団』のようにキチンとしたものもあるが、なかにはヤクザにとけこんだヤクザ楽士もいて、ボッて歩いているのじゃあるまいかという噂もあちこちで聞いたが、たしかめたわけではないので、書くわけにはいかない。

だいたい一人で千曲はおぼえていなければ商売にならないのだけれど、東京で稼ぐには、流行歌やジャズや映画主題歌やなつメロのほかに、旧制高等学校の寮歌、六大学の校歌、それから、近頃の現象ではあるけれど、酔っぱらいのなかにはCMソングをやれといいだすのもいたりするものだから、オチオチしていられない。よれよれの小型の大学ノートに歌詞をぎっしりと目次入りで書きこんでトラの巻にして持ち歩いている流しもたくさんいる。

その一人をつかまえて、

「あんたのトラの巻だね」

といったら、

「いえ。お客さんがせりふを忘れてらっしゃるんで、こうでもしないと、いっしょに楽しめませんから……」

と答えた。

新宿もさまざまである。

だいたい私は歌舞伎町界隈、それもほとんど、小さくて暗くてつつましい酒場あたりで溶解する習慣になっているのだが、ここにも流《りゅう》さまたちが一夜に何組もやってくる。

二人づれの場合は一人がきっと若僧で、先輩がアコーデオンなりギターなりを弾いて歌っているあいだ、たいていブンジャッチャ、ブンジャッチャと合いの手を入れるだけである。アコーデオンを一人で弾く五十年配のおじさまは、戦時中、駆りたてられて、華北、華南の前線を慰問して歩いたという。この人はオジサマ知識人たちに人気があり、『パリの屋根の下』、『狂乱のモンテカルロ』、『かっぱらいの一夜』、『会議は踊る』などの古曲にくわしく、『聖者きたりなば』とか『モスコー郊外』などの新曲を注文すると頭をおかきになる。

このあたりにはたった一人で古曲ばかり弾くバイオリンの老人もいる。『チゴイネルワイゼン』とか『ウンター・デン・リンデン』とか『野バラ』、せいぜい新しくて『チッペラリは遠し』というのだから、高遠な正統派なのである。この老人はいくら年をとっても自分のひく曲に自分から酔ってしまって、蒙昧な客がもうたくさんだ、もうたくさんだと音《ね》をあげても、ひとりうっとりとなってひきつづけるのである。

通称〝小松ッちゃん〟というおじさまもこの界隈の一人である。たそがれの上げ潮にのってどこからともなくお出ましになる。いでたちは羽織、袴。草履。バイオリンを黒い布の袋に入れ、一曲やってヨ、と声をかけると、へ、ヘッと不必要にかしこまり、やおらひきにかかるのが、『パリ祭』だの『チッペラリは遠し』よりまだ古く、『オッペケペ』であり、『ナッチヨラン』であり、ああ、『日清談判破裂して』なのだから、いまや、この人、歌う博物館ともいうべきか。

名刺をもらったら、肩書に『なつかしのメロディー演唄(筆者注・歌のまちがいか)四十年芸名小松』とあった。話を聞けば、妻には死なれ、娘には逃げられ、いまや天涯孤独となって夜ごと新宿を放浪し、古い客ばかりをあさって歩く身分だという。唖蟬坊の家の近くに住んだことがあり、石田一松と棒組になって新宿駅前の草ッ原でやったこともあるというのだ。

十八番は、オッペケペ、ノンキ節、ナッチョラン節、浜町河岸、湯島通れば、日清談判破裂して、行こうかもどろか、それにジンタの〝空ニイイ囀《さ》ええずるうう〟などである。

飲み屋の二階へあがって話を聞いていると、やがておじさんは興奮し、信玄袋みたいな袋から愛器をぬきだして、昔の客は乱暴だが人情深かったけれど、いまの客はおとなしいけどつめたいようだとつぶやきつつ、聞ケッ！　とばかりに十八番をひきだしたのである。

社会保障　お頼みします
清き一票を　捧げた国民に
最低限度の　生活さえも
ダメなら　これから
投票はいたしませんヨ
ハハ、ノンキダネエエエッ

「おっちゃん、いいたいことというやないか」

というと、小松ッちゃんは羽織袴でヘッヘッと恐縮したように笑い、

「いえ、お粗末」

きょろりとあたりをうかがってから、ひくい声で、変りゃ変るだけ、いよいよおなじこって
サアとつぶやいた。

画商という神秘的な商人

趣味は、と聞かれたら、ひくい声で、読書ですと答えることにしている。実益は、と聞かれたら、うろうろしてから、やっぱりひくい声で、文章ですと答えるのである。それでも相手が満足しないで音楽とか画とかをたずねにかかると、どちらもいいけれど、むしろ画のほうが好きですと答える。ええ、もちろん魚釣りも大好きですが。

画は眺めるばかりで、どうしてその画がそこにかけられるようになったのかということについてはほとんど考えたことがない。パリの画家のことについてはいろいろと読むことがあるけれど、東京の画商のことは率直にいって、ほとんど考えたことがない。つまり、自分で画を買おうなどと真剣に思いつめたことがないからである。画を買うというのは、なにかたいへんめんどうで、おごそかで、おそろしく高くつくものなのだという気持がある。自分の勉強部屋の壁に画が一つあってもいいと思うことはしばしばだけれど、かけておきたい画はどうにもこうにも値が高すぎて話にならないのである。

一九六四年度の『美術年鑑』によると、そこに登録されているだけでも東京の画廊は九十九という数字にのぼる。びっくりして目をパチパチさせていたら、識者はつまらなさそうに、なにこれでもブームがすぎて整理されたほうで、いまだって泡沫《ほうまつ》画廊を数えればとても数えきれたものではありませんというのである。いまから二、三年前には、昨日パチンコ屋だったのが今日、画廊になって、明日は、ラーメン屋になるというようなぐあいだったそうだ。

画商そのものの数はふえないけれど画廊の数だけがやたらにふえている。この理由は天才たちとビル・ブームである。毎年毎年あちらこちらの大学から画の天才たちがぞくぞくと送り出され、自分の画だけを個展として公表したいという衝動がおさえきれないので、その要求にこたえて画廊がどんどんつくられたのだといういきさつがある。そこへビル・ブームが起って、額ブチにはまった画がどんどん求められるようになったのだといういきさつもある。新しくビルが出来ると、会長室だの社長室だの、役員室だの応接室だのと、むやみに壁がたくさん出来たのである。

すべて人は空白なるものを見つけると埋めずにはいられないという性質がある。会長室の壁であろうと、未亡人の温かくて暗い小洞穴であろうと、おなじである。男は空白であるものを見ると黙っていられなくなるのである。花束、香水瓶《びん》、小切手帳、男根、はたまた鉄砲、なんだってかんだって持ちこんで埋めてしまわないことには安心ができないのである。

ダンプ・カーが道路を見たら砂利を持ちこまずにはいられないのと同じようなものである。会長や社長や重役や秘書たちは新築のビルのからっぽの壁を見て画商のところにかけつけ、梅原はないか、林武はないかとあさってまわったのである。新しい部屋の住人たちはおおむね六十歳以上であり、かつ、もろもろの用談をなだらかにすすめる必要があるので、一目見てわかる画だとか、空気を乱さない画だとかが必要であった。そこで富士山や浅間山やどこかの可愛い漁港の画などが求められた。花ならバラがいちばんよかった。バラは四季咲きであるから、いつかけておいてもよい。

豊満な若い女の裸体画や、ニワトリをしめ殺したような画はなんとなくおちつかないのでよくなかった。むんむん体温のたちのぼる若い女の裸を見ると老会長は千軍万馬の腕達者ではあるけれど、なんとなく血圧があがりそうでいけないとおっしゃるのである。絵具をカンバスにぶちまけただけの非具象《アンフォルメル》派の画を見てると色盲表を見るような気持になるから、これも敬遠されるのだ。バラや富士山ならいつまで眺めても血圧に影響なく〝対決〟しつづけられる。もちろん無名の作家ではいけない。誰ノ作デスカと聞かれてつまらなそうな顔つきで、いやナニ、梅林武三郎介だよとつぶやけば、たちまち相手が恐れ入ってしまうような人の作品であるにかぎる。梅林が売れッ子で入手できなければ、そうだナ、なんぞギターと果物のシャレた画か、そうだナ、あれだ、ほかに君ンとこにはバラか富士山の画はないかね？……

株の上がり下がりが画の値にひどくコタエるものらしい。画は株につぐ有価証券であるから当然のことである。株のブームが終り今年は不景気だから画の値は去年の夏頃からガクンとおち、ビル・ブームもそろそろ天井をつきだしたので売れゆきが止り、さらにガクンとおちた。画商たちはひどく困っている。金づまりだからストックをなるたけ手放したいと思っているところへ、いままでのおとくいさんが手持の分を放出して換金したいとおっしゃる。シブイ顔を見せたら、たちまち、どこでおぼえてきたのか、元値で引取る画商だけとつきあえというじゃないかとイヤ味をおっしゃる。すでにいいところがみんな財布をしめているので、新しいお客さんとなると開拓するにも開拓しようがない。〝贈答画〟といってお中元やお歳暮のシーズンに水引をかけて右左にうごく画があるが、梅林のような〝神様〟級の作品だって贈答用にうごくのである。選挙のときも実弾射撃《おかねでばいしゅう》のかわりにどんどんうごく。ミューズはマモン（筆者注・お金の神様）と堅く握手し、したがって、しばしば、ネメシス（筆者注・復仇の神様）と握手することだってある。画家は知らないがアトリエを出たら芸術は金であろうと政治であろうと、なんだってかんだって俗世のすべてのものと平気でとけあい、取引されるものである。

昔の中国では北京あたりの骨董商で、いつ見ても宋代の名陶器を店頭に非売品として飾っている店があったということである。これは非売品となってはいても、札束を積むと買うことができるのである。さる高官にオボエをめでたくしておこうと思うとその店へいって金を払い、骨董屋に暮夜ひそかに高官邸へとどけさせる。高官は一度うけとっておいてからそれを骨董屋に売払い、現金をもらうのである。すると骨董屋はちゃっかりサヤをかせいだあとで口をぬぐってその品を再び〝非売品〟として店頭に飾るというぐあいであった。

いまの日本の洋画だって、こういう扱いかたをされている作品がいくらでもあるだろうと思うのである。ただ、画家も画商も批評家も、みんなサシサワリがあるから口をぬぐって知って知らぬ顔をしているのである。眼の角度をちょっと変えたらこの世界も濁りに濁っていて、ちょっとやそっとでは底を覗きようがない。画商が質屋や銀行や贈賄代理業屋をやっているのである。もちろん、もちろん、パリやニューヨークも同様である。彼らのはもっと底知れず、もっと大規模である。

西銀座にある『現代画廊』という小さな画廊へいって、マネージャーである作家の洲之内徹氏といろいろ話をしていたら、原精一氏という五十がらみの大男の画家が大いに面白がって口をはさみ、画の値段というものは名刺の値段であるという意見を教えてくれた。氏は国画会会員であるけれど、なんでも氏のいうところによれば、画家のなかには画商をとおさないで直接自分でお客のところへ画を持っていくのがいる。大臣や国税庁長官やボスなどに知りあいをつくっておいて名刺をどんどんもらい、それを持って北海道や九州地方へでかけ、代議士や社長氏や脛傷《すねきず》氏などをたずねて、画を売って歩くのだそうだ。

「……大物であればあるだけいいんです。地方じゃその名刺を見ただけで作品を買ってくれますからね。なァに、作品なんかどうだっていいんです。ええ、そう、バラだって棺桶だって、かまうことないんです。画なんか見やしないんですから。金を払うのは画描きに払うのでもなければ画に払うのでもないんです。名刺に対して払うんですからね」

洲之内徹氏は苦笑していった。

「そういうことはあるでしょうなァ。なにしろ贈りものにもらった画を、包みをほどいて壁にかけてくれるのならまだしも、つぎの年に画商が思惑を起して出かけて、あの画はどうなってますか、と聞いたら、納屋あたりから去年の包みのまま出してきた、などという話を聞くことだってあるんですからね」

画は株として扱われるのだから株と同様の運命を辿《たど》ることがあるのだ。たとえば買い占めだとか、手放しだとかである。画はさっぱりわからないけれど大金持で利にさとくガメつい開高氏は梅林がいいとなりだすと、タブロォからエスキスのこまぎれにいたるまで、画商に命じて徹底的にさがし集め買い集めさせる。すると美術市場では梅林は売レルということになってどんどん値が上がり、ネコがシャクシをかついで梅林邸にかけつけるであろう。

梅林夫人は朝から晩までお茶をわかし、お菓子を用意し、来る人ごとにポチ袋をそっと握らせ、エスカレーターのついた家を建てるであろう。そこで利にさとい開高氏は値を上げに上げてから放出にかかり、ゴッソリとかせぐのである。開高コレクションが放出を完了したとき、市場にはビュノアール風の梅林作品がゴマンとあふれ、底の浅い日本ではたちまち買手がなくなって、やがて梅林邸のお茶は冷えきってしまうであろう。

こういう擾乱《じょうらん》、動揺は美術界にしょっちゅう起ることである。パリの画商の大物はたいていユダヤ人であるけれど、彼らはたえまなくこういうことをやっている。国際賞についてもまた同様である。画を信ずるのはいいけれど、うかつに賞を信用してはいけない。アトリエから出ると、画は金である。いや、ときには、画家の頭のなかにあるときからして、すでに金である。売り画と描き画というものがあるのだ。梅林氏は梅林夫人のためにバラや富士山を描く。これが売り画だ。ときどき深夜ひそかに氏は自らのためにやせこけはてた、乳房が角笛みたいにだらりとなった、目玉ばかりギョロリと大きい狂女の裸を描いてみたいと思うのである。しかし、角笛みたいな乳房を描くつもりでカンバスに向ったところが、いざ描きはじめると、ふしぎにギターとレモンとコーヒー挽《ひ》きの画にしかならないというようなことも起る。

日本の美術市場は限界にきているらしい。画家、批評家、美術記者、画商、誰に会ってもそういった。このうち画家は批評家と画商に気がねして、ちょうど小説家が批評家や出版社や新聞社に対してつねに明晰な伊藤整氏が早くも指摘したように仮面紳士であり、逃亡奴隷《どれい》であるように、仮面をかぶり、逃亡して、へなへな腰、ホネのあることはなにもいおうとしなかった。しかし、当の批評家や画商やベテラン記者たちは、立場こそ異なれ、異口同音に、美術界は限界にきているのだと私にいうのであった。

つまり、いうところは、市場が開拓されつくして、買手らしい買手がいなくなり、いままでのようにおっとりとしていられなくなったというのである。おまけに老大家は戦前とちがって老人医学が発達したのでなかなか死なず、作品をどんどんつくり、上がりに上がった値段をムゲに下げるわけにはいかない。かといって高いのを高いまま、アア、ヨシ、ヨシといって気前よく買ってくれる客がつくわけではなく、画商は手持のストックを抱えつつ、いっぽうで税務署をゴマかすのに大忙しである。この点について船戸洪氏がきわめて的確な文章を書いている。『……税務署員が彼らの店のストックを百万円に評価したら彼らは微笑する。千万円に評価したら苦笑する。一億円に評価したら微笑する。ややっこしい商人たちである（後略）』（筆者注・七年も前の文章ですから単位には大いに変化があるでしょうが、画商の神秘的な商売ぶりそのものは変らないと思います。微笑・苦笑・微笑のニュアンスの変化は読者自らその内容を想像してください）

日本の画商はパリとくらべるとお話にならないくらい貧しく、みみっちい。いくら大金持と御交際願ってハイ・ソサエティーに出入りしたところで、無名の画家にコレと目をつけて生活丸抱えで育ててやるというようなことはほとんどしているところがない。兜屋《かぶとや》が銀座の似顔絵描きの村上肥出夫を掘出して抱えたといっても、意図や壮とすべきも、その後のいきさつを見れば、カンワイラーがピカソと契約を結んだのとくらべたら、質そのものにおいてとてもとてもお話にならない（筆者注・村上氏がピカソでないという意味ではありません。それ以前のハナシです）。

日動画廊は日本最大の画商ということになっていて、そのストックは、大正から昭和、およそ二千点から三千点に上ろうかという。芝白金の倉庫にいってみると、これが古い木造の小さな教会であった。朝日新聞のベテラン美術記者であった竹田道太郎氏に聞いてみると、全部売れたとしたら十数億エンになろうかというストックである。

けれど、宝の倉を覗いてみたら、無数の額やカンバスは埃をかぶったまま乱雑に積みかさねられ、防火設備も何もなかった。気前がいいのだろうか、画そのものが価値がないのだろうか。

銀座の画廊にもどってみたら、ふらりと来あわせた栃木県の代議士に主人が画を選び、すすめてやっていた。

「……そうですね。風景あたりからはじめられるのがいいでしょうね。つぎが花ということになりますか。これは一度活けたら枯れるということがございません。それがすんだら静物、そう、果物あたりが無難でごわしょか。静物にも飽いたら、そろそろ人物で、バレリーナなどでやンすか」

「ああ、〝赤い靴〟ね」

「ええ。あれは映画ですけど……」

この画廊はフランスからローランサンやビュッフェやシャガールなども輸入するが、やがては日本の若い画家のものも輸出したいと考えているのだそうである。主人の長谷川仁氏は、スープをすすりおわってから、トンと匙《さじ》をおき、二十一世紀が目標ですといった。

総裁選挙は〝銭の花道〟

七月十日の朝十時から文京公会堂で自民党の総裁選挙がおこなわれた。ねむい眼をこすりこすり見物にでかける。

文京公会堂は後楽園のすぐよこにある。池田派が後楽園の食堂に集って気勢をあげ、佐藤・藤山派が赤坂のプリンス・ホテルに集って気勢をあげているというので、さきにホテルへいき、つぎに後楽園へいってから文京公会堂へとくりだした。後楽園でコカコーラやビールを飲んでエイ、エイ、オウをやっている池田派の受付氏に何名集ったかと聞いてみると、二百四十五名です、これだけでも過半数となりました、もう勝ったもおなじですヨと答えた。プリンス・ホテルの佐藤・藤山派は何名集ったかと聞いてみると、微妙な影響をあたえることですので数字は公表しませんと答えた。

文京公会堂はラジオ・テレビ、新聞、雑誌などの記者のほかに地方からでてきた自民党の代議員のおっさんやそのおばはん、弥次馬などがわらわらと集り、一階も二階もギュウギュウの満員ぶりであった。

報道関係者の席は一階と二階の前列にあり、私のもらった席は二階であった。私は近視だし、席は二階だし、この選挙をめぐっておよそ二十億エンから三十億エンの買収金がうごいたというので頭からたてる湯気もモウモウとしてすごいものであろう。きっとよく見えないにちがいない。というので、編集部で双眼鏡の、すごくきくのを用意してもらった。どこかの週刊誌から派遣されて安岡章太郎もルポにきていて、近くの席にすわっていた。私が双眼鏡で見まわしているのを見て、ちょっと貸してくれという。

「よう見えるやろ?」

「見える、見える。いいものを持ってきたなァ、お前は。用意がいいよ」

「競馬見物みたいなもんや」

「近代化したんだね」

やがて式がはじまる。まず国歌斉唱があってから、仮議長選出、議長選出、党情報告、総裁挨拶などあり、なんのもめごとも起らず、油缶からひきあげたばかりの歯車のようになめらかに進行。挨拶はどれもこれも大音声で調子をつけて、自主性だの、公明選挙だの、近代化だの、公約実行だの、物価高抑止だの、民生安定だの、党内の調和と秩序だのと、いや、もう、その正しく美しく立派なことは、いう言葉を知らなかった。『大キナ嘘ニハナニカ人ヲシテ真実ト信ジコマシメル何物カガアル』と叫んだのはヒトラーで、たしか『わが闘争』のなかにある言葉だと私が考える。また、政治家の演説とは一種不可解な神経がふれあってたてるリズミカルな騒音なんだなと考える。安岡章太郎は手っとり早く短い批判をくだす。挨拶のさいちゅうにたまりかねて彼はアッハッハと声にだして笑った。あとで彼はビールを飲みながら、気合だ、気合だ、政治は気合だといった。

〝式次第〟はまたたくまにすんで、いよいよ二十億エンの大祭典の本番となった。舞台のうえに板仕切りの記名ボックスがはこびだされ、衆議院議員、参議院議員、代議員など、アイウエオ順につぎつぎと呼びだされる。

白い紙をもらってボックスに入り、観客席に背を向けてなにやら書きつけると二つに折って箱にほうりこみ、ゆうゆうと舞台右手へ去る。記名ボックスに双眼鏡の焦点をあわせ、白い紙に焦点をあわせ、誰が誰の名を書きつけるか覗いてみようとしたが、どうにも見えなかった。

考え迷ってぐずつくのは一人もいない。みんなチョコチョコと書いてサッサと投票箱へほうりこんでゆく。その白い二つ折りの小さな紙一枚が二百万エン、三百万エン、五百万エン、千万エンという値を呼んだというのだから、地上最高の原稿料である。かりに二百万エンで私が買収されたとすると、〝池田勇人〟〝佐藤栄作〟、どちらを書いても、一字がじつに五十万円である。いちばん安い〝藤山愛一郎〟でも一字が四十万エンである。これがじつに〝チョコチョコ〟、〝サッサ〟でころがりこむのである。

私はそれを考え、自分の原稿料のことを考えあわせるという奇怪なことを頭のなかでやってしまい、つくづくアホらしく、かなしく、わびしくなり、家へ帰ってフトンをかぶって寝てしまいたくなった。むかし斎藤緑雨が『筆は一本、箸は二本、所詮《しょせん》かなわぬものと知るべし』といったけれども、この場合、なにをいうのも無駄であった。こういう原稿を書きつづっていてもアホらしさのあまりお脳がやわらかくとけだしそうで、ペンは重く、手は重く、機智も想像力も怒りも火を消した。下司《げす》っぽく、かつ乾いた文章をゆるしてください。いまや私はアワのなくなったビール、足の折れたアヒル、老婆の乳房みたいなものであります！……

開票。

二十億エンの小さな紙の山。

オットセイみたいな首をした連中が何人もあがってきて紙の山を仕分け、一枚一枚かぞえはじめた。双眼鏡の焦点を手にあわせてみたら、どの手もゆるく、正確にうごき、きわめて当然のことながら、ときどき指にツバをつけたりするあたり、紙幣をかぞえるのとまったくおなじうごきかたであった。美しいうごきであった。彼らの足はガニ股でよたよたと東西南北を知らずにうごくが、手は物に触れて目的にかなった、短くて無駄のない軌跡上をうごいた。

とつぜん一人の太った男が顔を赤くし、手を高くふりあげた。あわてて双眼鏡を男の胸のリボンに移す。〝荒船清十郎〟という講談の豪ケツみたいな名が見えた。池田派である。指を二本、つづいて四本、つづいて二本だしてみせだ。それを二回やってから胸をなでおろしてみせ、バンザイした。池田勇人君二百四十二票。当選。カメラマンたちがドッとたちあがり、閃光《せんこう》がひらめき、ライトの急流がそそがれる。

「勝った」

「やっぱり」

「あたった」

「池田さんだ」

「勝った、勝った」

新総裁がだみ声で短い挨拶をすませると、佐藤・藤山両君が舞台下手《しもて》に登場。新総裁と握手した。双眼鏡の輪のなかで佐藤君は池田君と握手し、なにかうなずいてから去っていった。おめでとうといったのかも知れない。藤山君はニコニコ笑って握手して去っていった。この人は聞くところによると趣味で政治をやっているとのことである。たしかにそう思えるフシがある。池田派が平河町のあるビルに集って気勢をあげた日、この人の事務所であるホテル・ニュージャパンへいってみたら秘書がぼんやりとすわっていた。買収運動が激化しだした頃で、この人の白いハンカチも汚れはじめたのであろうと思われる時期であった。そこで私は実弾射撃か説得かにでかけたのであろうと思ったので、

「藤山さんはどこへいきました？」

と聞いてみたら、秘書がひくい声で、

「小唄の勉強ですよ」

といった。

拍手におくられて佐藤君と肩をならべて藤山君は舞台を静かにおりていった。たたかいすんで、ライトは消えた。銭は踊りをやめた。ハンカチを洗って白くしよう。三味線とルノアールが待っている。三味線の音を軒の雨音のように聞きながら〝民族自主外交〟のことをゆっくり考えてみよう。中国と大使級会談をすることをゆっくり考えてみよう。なにしろアメリカだってワルシャワでやってることなんだから、日本がやってもいいだろう。これからの外交は民族的自主性にたってやらなければいけません。アメリカだってやることなんだから……。

ここ一カ月ほど、東京のあらゆる新聞社の印刷工場では文選工たちが毎日毎日おなじ活字ばかりをぬきだしていた。第一面の政治欄と政界ゴシップ欄のためであるけれど、ゴマンとある新聞社や通信社の文選工がみんなおなじ活字をアクビまじりでせかせかとぬきだしていた。漢字では、〝池〟、〝佐〟、〝藤〟、〝田〟、〝一〟、〝本〟、〝釣〟、〝忍〟、〝者〟、〝部〟、〝隊〟、〝派〟、〝閥〟。カタカナでは、〝ニッコリ〟、〝ギョロリ〟、〝ドウモドウモ〟、〝ダップリ〟、〝ナニヤラ〟、〝サカン〟などであった。彼らが植えこんだ文章には、毎日、〝固める〟、〝追い込む〟、〝シメつける〟などの言葉があらわれて、柔道、レスリング、おやもうオリンピックがはじまったのかしらと怪しまれた。

読者たちは新聞を読んで、毎日毎日、どの派閥が有望になり、どの派閥が劣勢になったかということを知らされた。〝オットセイ派が票固めにいそがしい〟、〝ミミズク派はしめつけにかかった〟というような文章でうかがえることなのであるけれど、どの新聞を読んでも、オットセイ派がなぜ有望なのか、ミミズク派がなぜあなどりがたくなったのか、ただそう書いてあるばかりで、なにひとつとして具体的に説明してないので、読者たちはさっぱり見当のつけようがなかった。

毎朝、表現が変るので、ははあン、昨夜《ゆうべ》なにかやったのだナと思うばかりで、なにをやったのかということについては、どうにも見当のつけようがないのである。それでいて新聞の文章はどの新聞を読んでもまったくおなじであり、そのようにあいまいモウロウとしたことを報道しながら、句や節は確信にみちているのである。表現のその自信たっぷりと内容のあいまいぶり、この矛盾、距離、背反は日を追うにしたがってはげしくなった。一つのことがこれほど大声で告げられながら、これほどなにもわからないというのは、ここ一カ月ほどはげしいことはなかった。

西側が東側に対して非難の言葉を放つとき、〝言論の自由〟が東側にないということを一つの大きな根拠にする。一党独裁の政治体制においては国家権力がしばしば過度の圧力を加えて報道統制がおこなわれるから社会主義国の国民には〝知る自由〟がないというのである。けれど、西方の民主主義国においては、〝報道の自由〟と〝批評の自由〟がみとめられているという。日本は西方の自由民主主義に属する国である。しかし、あなたはあなたの生活を支配することになる指導者が選ばれつつある事実について、柔道やレスリングの術語以上のなんの報道も入手しない以上、霧や、糊や、泥のなかで嘆息をつくだけである。

知らされない以上、なんの批評ができようか。批評ができない以上、なにを祖国のために真剣に考えられようか。わが祖国には権力の実態について、報道の自由もなく、したがって、真の批評の自由もないのである。アメリカにはまだときどき〝報道の自由〟と〝批評の自由〟が死にぎわの吐息を洩らす巨獣のけいれんのように洩れてくることがあるようだが、わが祖国には、とりわけこの一カ月、ないといいきってよい状態であった。バートランド・ラッセルが、かつて、〝東には党の自由があるばかり、西には資本主義の自由があるばかりだ〟といった言葉を私は思いださせられるだけであった。

わが国では甲羅が一メートルもある海ガメが沼津海岸にあがったことや、通産省の木ッ端役人が二万五千エンの汚職をしたということは徹底的に自由に報道されるが、政府首脳たちの派閥争いのために二十億、三十億の金が贈与税の対象になることもなくスイスイスイとうごくという実態については、なにひとつとして報道されないのである。報道されるのは柔道の術語だけなのである。したがって国民は猜疑的想像力を増すか、無関心になるか、寝テミタッテ起キテミタッテ同ジダヨウとつぶやくしかないのである。

わが国は思想と政党の自由を認める民主主義国で『自由民主党』だけが政党ではないのである。だから本来、この党でオットセイが党首になろうが、ミミズクが党首になろうが、私たちはソッポを向いていたっていっこうにかまわないという性質のものなのである。ところがこの党はわが万民の自由意志の投票によって、とにもかくにも最大多数の代議士を輩出している党なので、党内の事情がそのまま内閣、政府、国家の事情となることになっている。オットセイが党首になれば私たちはそのまま助平になり、ミミズクが党首になればそのまま私たちは夜になると目を光らしてコソコソとうごきまわらなければならなくなる。だから誰がこの党の党首になるかということについては、一身上、どうしても目を光らせ、よく眺め、指にツバして風の向きを知らなければいけないということになってくるのである。小説家も動員されて、海綿のように穴だらけのアタマをひねらなければいけなくなるのである。

小説家はここ一週間か十日ほど国会議事堂の記者クラブへいったり、首相官邸の記者クラブへいったり、消息通に会ったり、派閥の本拠へいったりした。東でオットセイが仲間を集めて気勢をあげるといえば東へいき、西でミミズクが鳴くといえば西へいき、日頃ほとんど見出しと外電欄だけしか読まない新聞も熱心に読んで、にわか仕込みの知識であたふたと歩きまわった。

そして、派閥闘争の現場を見ることができないからこれは〝ずばり〟と書けない、まるでぬれた石鹸をこねくりまわしているみたいなものだと不平をつぶやきつつ、夜おそく家へ帰ると、どたりとたおれて、気楽なイビキをかいて眠りこけるのでもあった。しばしば家のなかに水槽をつくって釣天狗をよろこばせている〝釣堀〟なるものへでかけてキンギョをひっかけたりして他愛なく顔を崩しもした。

自民党には池田、河野、川島、三木、佐藤、藤山、岸、福田、石井と、さまざまな派閥がある。総裁選挙となると、早くも池田は、河野、川島、三木、故大野などの派閥を派閥ごと腕のなかにかいこんだ。小説家の会った消息通氏の一人はこれを〝トロール漁法〟と呼んだ。反池田派の佐藤・藤山派はこの網の目からもれおちた子分どもを一人一人説得して釣りあげる方針にでたので、〝一本釣り〟と呼ぶことになった。また、トロール船でひっぱられた網のなかにも反池田派的心情の持主はいるので、これは網のなかにそのままのこしつつイザ投票というときには佐藤派に投票するよう説得をした。この先生方は池田派のなかにいて何食わぬ顔で飲んだり、食べたり、ドウモドウモといったりしながら、投票のときだけはチャッと佐藤派へ投票するという連中で、〝忍者部隊〟という。

「……けれど投票は無記名なのだからその場の出来心で誰の名でも書けるでしょう」

「そうです」

「忍者部隊のなかにも寝返りをうつ連中はいるでしょうね」

「そう、そう。ダブル・スパイという可能性のある連中はたくさんいます。佐藤と池田の両方から金をもらって計っているんです」

「陣笠連中ですか？」

「そう。陣笠でしょう」

「河野、川島、三木などという親分衆は池田派についていています。けれど、看板は池田であっても、その裏ではたがいに利権や地位を争って排斥しあっているのではありませんか？」

「その通りです。みんな、要するに、オレが、オレがとひしめいて、便宜的に池田なり佐藤なりを支持しているにすぎません」

「すると、河野、川島、三木など、池田派の親分たちが、表面は池田を支持するような言動をしておきながらイザ投票の現場ではフイと出来心で佐藤、藤山へ票を投ずるというようなイタズラをするとは考えられませんか？」

「考えられますね。大いに考えられますね。無記名ですからね。なにをするかわかったもんじゃありませんよ。陣笠の小者は日ごろからビクついて挙動不審ですから目をつけられやすいが、親分衆はそうじゃないから、ボール・ペンのさきで、コチョコチョと、なにをやったってわかりませんよ」

「なるほど」

「親分衆となればどちらへころんだって利権がくるぐらい勢力が大きいですからね。おもしろいイタズラができますすよ」

だいたい今度の選挙で、各派閥あわせて、総額二十億エンから三十億エンぐらいの金がうごいたであろうというのである。

「現金ですか？」

「現金だよ、もちろん。この世で現金ほどつよいものはない」

「鞄なんかにつめてもっていくんですか？」

「風呂敷だよ。数年前までは新聞紙でくるんでたようだけど、近頃じゃあ、ハトロン紙か風呂敷だな。ごくお粗末にくるんで持っていくんだ」

「親分本人がですか?」

「本人の場合もあり、秘書の場合もあり、女房の場合もあれば、妾の場合もあるね。派閥の中堅幹部が持っていくこともあるナ」

授受の現場はおきまり赤坂、築地、柳橋の〝某料亭〟であるそうだ。仲居たちを人払いして遠ざけてから、ひそかにコチョコチョとわたす。ところが親分はそういう料亭にカノジョをつくっているので、仲居は人払いしてもカノジョだけはよこへすえつけておきたがるというくせがある。そこで料亭に電話して人払いがあったという晩に妾のほうへ電話して、

「先生、どうしたの?」

と聞いてみると、彼女は、

「バカみたい。三百万もあんなオトコにやって頭をさげたりして」

などと答える。

それからまた、親分衆の女房どもが子分衆の女房どものところへでかけて抱きこみにかかったり、招待をしたりということもあって、親分、子分、男女入乱れての大合戦夏祭り、三十億エンのぬきつぬかれつの大祭り、というのがこの〝総裁公選〟の実態であるらしかった。現場を誰ひとりとして見たものはなく、証拠物件をつかんだものもないので、この幕裏を描く文章

はつねに、〝……という〟とか、〝……だそうだ〟ということにつきるのである。そして、そのような口から耳への情報が、新聞のおごそかな第一面では、〝オットセイ派はここ二、三日、はげしく票固めをした〟というような、確固とした口調で語られる文章となるのである。

派閥、利権、地位、実弾《おかね》、抱きこみ、裏口工作、といったようなことは、あらゆる時代のあらゆる国でおこなわれてきたことであろう。けれど、政治には、つねに、たてまえと本音という背反がつきまとうものなのだという一般論で、いまの日本のこの混濁を人類の必然悪に私は帰したくないのである。その論法を使えば私はペストを恐れて逃げ出したエラスムスになり、その論の高さ、澄み、客観性、平静、悲しみの深さ、洞察力の高遠さをあるいは評価されるであろう。けれど私にはその論法がとれないのである。たとえ冷笑、罵倒するしかないとしても、それを通じて私はこの国につながっているからである。冷笑もせず、罵倒もせず、この首すじ太くいやらしきオットセイやミミズクどもを、ただ過ぎ去る地上の相の永遠なるものの一コマとしてだけ高遠な洞ヶ峠から責めていられるのだったら、どんなに文章は美しく、かつ、渓流の高潔無慈悲な澄みと冷たさを確保できることだろうか。

池田派も佐藤派も藤山派も、だみ声も白い胸のハンカチも、ついにおなじことである。論理としての政策の争いはなにもなかった。〝高度成長政策のヒズミ〟、〝人間不信の政治〟、〝民族自主独立の外交〟、トランペットは一度だけ高鳴って、消えてしまった。つづくはずがあるものか。吹く息がはじめからないのだから楽器の鳴るはずがないではないか。太初《はじめ》に金ありき。

しかして人びと、走れり。それだけである。池田や佐藤は走らされたにすぎなかった。彼らはついに影絵人形にすぎない。金がなければ彼らは走れぬ。彼らに金をだした人だけがこの国の針路をきめるのである。この白昼強盗みたいに明々白々とした〝秘密〟を覗かないかぎり、いっさい論議は植字工たちのむだ働きにすぎない。

私はなにも知ることができなかった。なにもつかまえることができなかった。十日間の夜と昼を費消したが、いつもぬれた石鹸をおさえようとしてジタバタするだけで、そして、ついにつかまえることができなかった。あるのは確固としていながらあいまいきわまる〝票〟の流動の風聞にすぎず、〝人間〟はどこにもいなかった。〝賢い為政者が四苦八苦して治めなければならない国は不幸である。愚かしい為政者でも治められてゆく国の民こそ幸福である〟という古いアジアの知恵の言葉を私はふと思いだしたりする。してみると、なんの声もあげない私たちは幸福なのである。読者諸兄姉よ、私たちは幸福なのです。たいへん幸福なのです。はなはだ幸福なのです。すこぶる幸福なのです。これだけ税金をパクられ、汚職でパクられ、公約は実行されず、米、酒、バス、電話、汽車、学校、牛乳、フロ、散髪、大根、ことごとく値上りしても、なるものはなれ、過ぎるものは過ぎよ、地上の生は永遠に混濁している。生れてきたことがそもそもまちがいなのだと美しいあきらめの眼を持つ永遠の私たちは、ああ、じつにコーフクだ。たまらない。コーフクだ！　コーフクだ！（筆者注・降伏の意なるか）

孤独の芸術家——スリ

去年の年末頃のことである。私の友人の一人が品川駅付近をぶらぶら歩いていて、なにげなく一軒の喫茶店に入った。二階へあがり、窓ぎわにすわった。コーヒーを飲みつつ、スポーツ新聞を読んだり、ぼんやりと窓から外を眺めたりしていると、まわりの客たちの話し声が耳に入ってきた。聞くともなしに聞いているうちに友人はひどく興味をそそられた。

友人のまわりには五、六人の男がすわり、てんでんばらばらに話しあっていた。みんな顔見知りの常連か仲間らしい、ぞんざいな口のききかたをする。かなりの高声なので、いつもそこではそうしているらしい気配である。人相はふつうであるが、服装がまちまちでネクタイをしているのはオーバーを着ず、オーバーを着ているのはネクタイがなく、ジャンパー姿もあれば、くたびれた徳利首のセーターを着こんでいるのもある。

話はあちらへとんだりこちらへとんだりするが、競馬、競輪、競艇がよく話題にのぼる。ところが耳を澄ましていると、馬や自転車やボートにまじってときどき声が低くなる。そのたびに術語がチラリ、ホラリ、キラリと閃《ひらめ》く。

「……ガサがあって……」

「あいつはヨルモサだから……」

「……ケイちゃんは近頃……」

「いやあ苦労したぜ」

そのうちに聞えたのである。

「……あいつはいま目黒に泊ってるんだけどよッ」

決定的な一つの声は、

「この年末なのによく出してくれたもんだなあ」

とつぶやき、つづいて、

「……親心だってサ」

と答える声があって、そのふしぎな一座はみんな低い声で含み笑いをした。

友人は二、三日してから私に会い、その話をしたあとで、どうもスリのたまり場へ迷いこんだものらしいといった。そして、いっぺんいって見てきたらどうかとすすめる。手の放せない仕事に私はかかっていたので、まことにすまんがちょいちょいその喫茶店にたち寄って様子をさぐっておいてくれないかと、たのんだ。三回か四回彼はかよい、いよいよクサイぞと私に告げた。〝バクダン抱えてたんだ〟とか、〝ボタン押してみんな寄せてきたんで一巻の終りになったんだ〟とか、〝ハコでヅカれたら右肩で押しの一手だ〟などという話し声が耳に入ったという。だいたい正午すぎから三時頃までにやってきて、その時刻がすぎるとみんなどこかへ散ってゆく。

「符牒《ふちょう》はあうようやな」

「そうか」

「ガサは手入れや。ヨルモサは夜間専門の猛者《もさ》や。ケイチャンは時計、ハコは汽車、電車のこと、ヅカれるというのは感づかれるということや」

「よう知ってるやないか。あんたも鉤《かぎ》の手組とちがうか？」

「じつは三、四年前に警視庁のこの道三十年というベテラン刑事に会って手ほどきしてもろたことがあるのや」

「実践方法をか？」

「いや、理論編だけや」

これが冬のことであったので、夏の陣はどうであろうかと、まばらぶしょうヒゲを生やして、地図をたよりに品川界隈へとでかけてみた。

指定の時間にいってみると、なるほど喫茶店があって、二階があって、窓があり、窓ぎわには四、五人の遊び人らしい男たちがすわってかなりの高声で話をしていた。ほかに客はいない。薄暗い部屋のすみに鳥籠がぶらさがり、二羽のムクムクした鳥がけたたましく神経質に鳴きつづけていた。ジュースを持ってきた少女に聞いてみるとカケスだということであったが、どういうわけか、甲《か》ン高い声で、〝ホーホケキョッ！〟といって鳴きたてるのである。

そのうち男たちの一人が、

「タッ、とぼけやがンの。カケスのくせにウグイスの真似しやがる」

もう一人がとりなし顔で、

「あれは、おめえ、あれしか知らねえんだからよ」

なだめるように説明した。

だから私はウグイスの声を真似するカケスが東京にはいるのだということを学んだのである。大いなる神はなんと思いがけない笑いを配慮なさることであるか！……

男たちは友人の表現どおり、〝口軽に、陽気に、一人一人てんでんばらばらに〟、競馬、競輪、競艇のことなどを主に高声で話しあった。一人の男は、こないだの大爆発でノイローゼになった馬がいるにちげえねえから来週は場が荒れて楽しみだぜといった。そうかも知れねえ、馬ってのはそりゃ敏感なんだから、ともう一人の男がいった。なにしろあれだけの爆発だからよッ、爆発が破裂したんだからよッ、という男もあった。そのうち一人の若い男が二階へかけあがってきたかと思うと、〝仕事、仕事〟と叫んで、またかけおりていった。パチンコの玉をにぎって数のあてあいをしようといいだした男があって、みんながまちまちの数字をいうと、トガめるような声で、〝素人衆ならしょうがねえが、おめえ、おれたちゃ……〟とまでいって声を呑んだ。とつぜん、〝大宮の松ッちゃんに会ったな〟とだけいった声もあった。そのうち誰かが話の切れめに、〝ゆくところがなくなったなあ〟とつぶやくと、何人もが声をそろえて〝ゆくところがなくなったなあ〟といった。男たちの声がそろったのはこのときだけで、たしかに嘆息の気配がその声にはこもっていた。けれど男たちはすぐに忘れ、めいめいのポケットからガス・ライターをとりだして、あれやこれやと評定にふけりだした。どうもこの人たちの思考はノミの自由さと軽快さをもって跳躍するようであった。

警視庁の一つの部屋の入口に、

オリンピック 東京大会　すり犯捜査本部

こんな紙が貼ってある。

ポケットからポケットへのオリンピックに出場しようとして、日本全国から選手が上京してくるということが考えられる。東京在住の選手でちょっと目さきのきいたのは刑事が大量出動することを考え、かつ日頃からハード・トレーニングにいそしんでいることでもあるから、無理を避けてドサまわりに出るであろう。けれど地方選手たちは上京してくるにちがいない。そこで警視庁は日頃はスリ係四十人という刑事を六月二十日から八十人に増員し、オリンピックのときには二百人にする予定である。本部の刑事だけでは数が足りないので所轄署から腕っこきを選抜する。チャンピオンに対抗するにはやはりチャンピオンでなければいけない。

三、四年前にこの摩擦運動について私に芸術的、技術的、心理学的、社会学的、風俗史学的に手ほどきをしてくれた刑事は斯学《しがく》の泰斗《たいと》であったが、聞いてみるとその後交通事故にあって殉職されたらしく、別の刑事さんがでてきて、いろいろと再教育をほどこしてくださった。それによると、近年は選手たちの数がグンと減り、昭和三十年頃までは一日に一人を記録するのは造作ないことであったが、いまでは十日に一人記録するのがやっとというありさまなのだそうだ。まことに御同慶に耐えない。昨年の被害届はわずかに六千五百件、届け出のないのがほぼ同数あると推定しても、合計やっと一万三千件にすぎない。種目は大半がナマ（現金）で時計やその他のブツ（現物）などに及ぶことはまずないといってよろしいというから、よろこばしいことである。

世のなかが太平になってきたので選手たちもアクセクしなくなったのと、チョロリとやって一年も一年半も刑務所にほうりこまれることを考えると、やっぱり割りがあわなすぎると思うのが当然の気持でしょうというのが刑事さんの解説である。だからいま活躍しているのは新人が少なくて、この道十年、二十年というプロ級が多いのだそうだ。

「……スリは孤独な芸術家ですよ。ほとんどが単独で行動してましてね、そこにまた誇りを感じていたりするんです。三人組、四人組でやるのもいますが、これは格がおちて、仲間からも軽く見られるようです」

故人となった泰斗が飲み屋の二階でそう教えてくださったことを思いだす。故人は戦前戦後をつうじて四十年近く、斯道一本にうちこんできた人であった。いわば地の塩であった。その結果、スリは金があってもなくても一日に一回はどうしても猟場を巡回して指をポケットと摩擦しないことには気持がおちつかないのとおなじで、故人も一日に一人スリをつかまえないことには家へ帰っても気持がわるくて気持がわるくてしようがないという心境に達したのだと洩らしておられた。狩の衝動という点で両者はおなじ存在なのだ。

〝見ルコトハソノ物ニナルコトデアル〟という芸魂がまさしくここにも生動している。作家。音楽家。画家。陶芸家。俳優。この観想の衝動がさらに洗練されて天上的なものにまで昇華されると、〝眼〟は物の核心をはるかにつらぬいて、ついに何物をも見ず、何物にもならず、何物からも自由になるのである。けれどそうなると刑事はスリを逃がしてばかりで、社会不安の種となるから、やむを得ず純粋衝動を挫《くじ》いて地上に踏みとどまらねばならぬ。すると向うから自動車がおなじ極限追求の純粋衝動に追いたてられてとんでくるから、そこでやっと存在は天上へタイヤのしたから一瞬に昇華する……というコースを故人は辿ったものであるらしい（人違いであることを祈りますが）。

スリは孤独な芸術家である。その芸魂は彼らの指さきの閃光に似た運動に濃縮して語られ、なんの説明もいらない。わずらわしい知性や、くどい感性などの影響は微塵《みじん》もうけぬ。彼らは一秒に一日を賭け、いっさいから自由である。税務署からも自由である。政治や哲学やアメリカや煙霧や女房からも自由である。だからこの芸道一途の精進ぶりを見て人びとは彼らのことを〝ダンボシ〟（単独犯）と呼ぶのである。〝孤《ひと》りなる星〟と呼ぶのである。いささか通俗の臭気を帯びてはいても、名には事物の本質がこめられていると考えるべきである。カケスがウグイスの真似をするといって腹だたしげに叫ぶあたりにも〝ホシ〟の〝ホシ〟なるゆえんの純粋ぶりがうかがえようではないか。そして、二十世紀の生活を支配するのが〝群集のなかの孤独〟という感情であるとするならば、彼こそは孤独のなかの孤独者、しかも白熱的に充実した孤独者である。

このことを思うと、彼らの一人が輝かしき選良の身分も忘れて喫茶店の薄暗い二階の窓べりでズボンのしたから汚れたステテコを見せ、か細い毛脛《けずね》をポリポリと無心に掻くなどというはしたないことは、とてもしてもらいたくなかった。正視に耐えなかった。とうていそれはこの大衆社会の〝人間疎外〟状況を一笑し去るほどの実力者がとるべきお行儀であるとは思えなかった。

芸道一途がコレと目をつけるとそのときはもうスラレたのも同然なのだそうである。胸の内ポケットであろうが、お尻のポケットであろうが、ブリーフ・ケースであれ、風呂敷包みであれ、ハンドバッグであれ、目をつけられたらまずさいごだと観念する必要がある。スレそうにないジン（人間）は、はじめからガンヅケしない。それは鍛錬と本能と経験が彼に教えるのである。ではスレそうにないジンになるには、こちらにどのような心構えが必要かというと、なにやら人格からにじみでてくるサムシングであるという。

つまり、スラレまいスラレまいとする硬化もいけないし、ああまた米の値が上がった、ああまた税務署だなどと放心しきっていてもいけない。ゆうゆうとしていながらスキがなく、福々しそうでありながら一抹秋霜のきびしさがあり、治にいて乱を忘れず、乱にいて治を忘れず、ノミを愛しながらD・D・Tも尊敬する……というぐあいであってほしい。つまり、先様が何重もの障害を突破して至難の芸を洗練するのであるから、どうしたってこちらの芸も至難な境地へ追いつめられてゆくことになるのである。

「フンドシのなかへ金をかくしたら大丈夫ですか？」

「いいでしょう。けれど、終電車で酔って死んで（寝て）しまったらもういけませんね」

「バッグやブリーフ・ケースなんかより信玄袋のほうがいいのじゃありませんか？」

「わるくないですが、アテを使う（カミソリを使う）のにかかるとあぶないですな」

ああ。

生きるのは神経が疲れる。

職業、身元、経歴など、一切不明の男たち五、六名は、なおも喫茶店の窓ぎわにたむろし、どこか子供っぽい声をあげて雑談をつづけた。彼らは昼さがりなのにだらだらとコーヒーを飲んだり、おしゃべりをしたり、パチンコの玉のあてあいをしたりして、時ハ金ナリなどというけちくさい金言を無視した。ごろっちゃらとして浮世にぶしょうなウッチャリを食らわしつつ、自由が丘××とかいう新しい店ができたなあとか、あそこにはいってみたが二階にスケ（女）がいるからいけないよなどと、思いつくままにしゃべっていた。

スポーツ新聞をおいてたちあがると、なにげなしにふりかえった眼に、壁の板額の文字が映った。いままで気がつかなかったが男たちはさきほどからその板額のしたで話にふけっているのであった。なにか文字が彫りつけてあるので、何だろうと思って近視の眼を近づけてみたら、ああ、またしても大いなる神の配慮があった。これは事実なのだ。私の創作ではないのだ。私の想像力はとてもそんなに非凡で高雅なものではないのである。

板に彫りつけてあるのは、じつに、島崎藤村の『千曲川旅情の歌』であった。さよう。〝小《こ》諸《もろ》なる古城のほとり　雲白く……〟というアレである。それがそのまま変体仮名で彫りつけてあるのだ。神は身元不詳の男たちの頭上でさきほどから口ずさみたもうていたのであった。

〝小諸なる古城のほとり
雲白く遊子かなしむ
……………〟

（傍点・開高）

銀座の裏方さん

フランス人は酒場のことを〝夜の箱《ボアト・ド・ニュイ》〟と呼ぶのであるけれど、ギンザは箱屋の巨大な倉庫と呼んでいいだろう。一国の首都の中心部にこれだけの広さにわたり、これだけの濃密さにおいて、酒場と料理店だけが集っているという例はほかのどの国の都にも見あたらないことである。パリにもないし、ロンドンにもない。マドリッドにもないし、ベルリンにもない。北京にもないし、モスコーにもない。コペンハーゲンのチボリにはずいぶんの数の料理店があるが、あれは公園であり、遊園地である。ウィーンの森のなかにはグリンチングという名の、中世以来ずっと居酒屋だけでできた小さな村があるけれど、数は知れたものである。

倉庫であってみれば当然それにふさわしい住人がここにはいる。カ、ハエ、ゴキブリ、ナメクジ、ネズミ、なんでもいる。シャム種やペルシャ種の野良ネコも見かける。みんなまるまると太り、テラテラとあぶら光りがし、顔形が変ってしまうくらい栄養がよい。とりわけネズミとくると、その大胆さ、図々しさ、じつにあっぱれなまでのがいる。トイレで雲古しつつ、存在が意識を決定するのであるか、それとも意識が存在を決定するのであるかと私がいちずに考えこんでいたら、お尻のすぐそばをネズミが通っていったことがある。それも一匹じゃない。二、三匹つらなっているのだ。家族づれなのだ。腹ごなしの散歩、それもアペリチフつきの夕食をしたあとだといわんばかりのゆうゆうとした足どりであった。あまりに堂々としてわるびれしないので私はズボンをあげることも忘れ、哲学命題も忘れてこの家族が壁の穴へ消えてゆくのを見送った。

(……まるでジャングルだな)

水洗の鎖をゆるゆるとひきつつそう考えたはずみに、さきほどからの哲学命題が忽然《こつぜん》として解かれるのを感じた。決定するのは存在である。存在が意識を決定するのである。これはもうたしかなことである。これは、あなた、信じていいことですよ。〝ユーレカ!〟(発見シタ)と叫んでいいことですよ。

ひとすすり二千エンも三千エンもとるナポレオン・コニャックを提供する箱のなかに、こういう皮肉な叛逆家が平然と暮しているのだからなんとも愉快な光景であるが、ちょっと気をつけていたら、こんなことはいくらでも見つかる。

ある日の夕方、人と会う約束があったので、ある酒場へ入っていったら、夜のチョウチョウたちがしきりになにか叫んだり、笑ったりしていた。お客の私をほったらかして彼女たちはトイレに出たり入ったりして悲鳴をあげていた。

「どうしたんや?」

「オバサン、オバサン」

「オバサンがきたのよ。借金をとりにきたのよ。月賦の借金がたまってるのよ。だからトイレにかくれてるの」

「ああ、困った、困った。もうトイレはいっぱいだし、あたし、どこへかくれたらいいかしら」

そんなことを早口にいい迷っているうちに何人かの女はたまりかねたようにドッと店をとびだし、階段をかけあがってどこかへ消えてしまった。

あとで聞いたところによると、なんでも酒場専門にブラジャーやらパンティやらストッキングなどを籠に入れて売り歩く〝オバサン〟なるものがあって、客のいない時刻を見て酒場に入りこむ。そして月賦でチョウチョウたちに品を売る。値段はふつうの洋品店とあまり変らないが、パンティ一つでも月賦にしてくれるし、ツケもきくので大繁盛であるという。これが**呉服屋**である。ほかに**オツマミ屋**、**アクセサリー屋**もあって、おなじ要領でゲリラ浸透活動をやっているそうである。女たちはツケがたまったのでライギョにおそわれた池の小魚のように、あわてふためいてトイレに入って内側から鍵をかけたり散歩にとびだしたりするのである。

ギンザにはこういう裏方さんがずいぶんいる。とりわけ春から夏になると、どこからともなく屋台をひっぱってきて町角にアセチレンの灯をともす。酔ってさびしい男の眼にはなつかしいキノコの群れである。ネオンの荒野の里程標である。〝繁栄のなかの貧困〟である。取締りがきびしくなると消えてしまうかも知れない人びとなので、いまのうちにと思い、一人一人会ってみた。

①トウモロコシ屋　冬は焼イモ屋になる。朝五時に起きて築地の青果市場へ買出しにゆく。家は六郷にあり、屋台は築地にあずけてある。一本が七十エン。三本で二百エン（三本で百エンという屋台もあった）。もう十年もやっている。この商売に入るまえは輪タク屋であった。ギンザで屋台をだしている人には輪タク出身の人が多い。「子供には見せたくない恰好だね。家を出るときはパリッとした服で出るんだよ。家に帰るときもそうする。ちゃんとここにズボンが入れてある」

屋台のしたをゴソゴソやるので覗いてみたら、ほんと、新聞紙にくるんだズボンがあった。

②スズムシ屋　スズムシ。クツワムシ。カンタン。マツムシ。キリギリスなどにまじって、カブトムシもいる。小学校では今年の夏休みの宿題にカブトムシがでたので酔っぱらいのなかには屋台を見たはずみに家で待っている息子のことを思いだすものがある。だからムシ屋としては〝外道《げどう》〟だが問屋から仕入れてきたという。都内にはムシ専門の問屋が二軒あるのだそうである。いちいち野原へとりにでかけるわけではない。スズムシなどはカメに赤土八割、砂二割入れて飼うのだという。けれど飼えないムシもある。そういうムシは毎年減るいっぽうである。カンタンなどはもう秋田の山奥までいかなければだめである。だから、わざわざ秋田へとりにゆく。

スズムシはオスだけが鳴いて、メスは鳴かない。オスも日によって鳴きがよかったり、わるかったりする。そこでメスを二、三匹籠に入れ、何十匹とオスの入ってる箱のまんなかにおく。するとオスたちは籠のまわりに集って、オレがオレがといっせいに鳴きたてる。これが屋台をにぎやかにし、酔っぱらいの耳をつかまえるコツなのだそうだ。近頃のスズムシはメスのまわりに群がってハイボールを飲みつつ鳴く癖がある。ハイボールを飲みつつ、スズムシは羽をこすりあわせるばかりか、手をたたいたり、ウインクしたりして床踏み鳴らしつつ合唱するそうである。

幸せなら手をたたこう
幸せなら手をたたこう
幸せなら態度で示そうよ
ほらみんなで手をたたこう

それにしても、一匹五十エンでも、この都の夜の町角で虫を売るというのは、なんと優しいことだろうと私は思う。小さな虫が哀れにもリンリンとした声でいっせいに鳴きたてるのを聞いていると、東洋の感情の優しさにうたれる。こころに水が湧く。眼が青く澄みそうだ。まだこんなことがあったのかと、思わずたちどまる。奇蹟である。季節の上に涼しい仮死をまどろみたくなる。

③**船来屋**　超一流品をすばらしく乱雑な舞台に並べたてるので奇妙な詩情がある。ライターはダンヒル、ロンソン。香水はゲラン、ランヴァン。ほかにオー・ド・コローニュ、口紅、マニキュア、パイプなど。香港渡来のガセネタ（ニセモノ）ではないかと勘ぐる人もあるが、いまはまずそういうことはない。御徒町、横山町あたりから仕入れるのであるが、この屋台で買物をするコツはなるべく値の高いものを買ったほうがトクをするということ。たとえば表通りの百貨店や高級洋品店では一万六千エンのダンヒルのガス・ライターがここでは一万一千エンで買える。言い値がそれだから値切ればまだださがるかも知れない。

「道路交通取締法とかなんとかにひっかかるのんとちがうか？」

「あれは公道にでてはいかんということなんです。よくごらんなさい。これは私道ですよ」

中央大学商学部卒業だという青年はニッコリ、待ってましたとばかりに大地をさした。なるほど彼の屋台はビルの入口の二メートルほどの凹みにぴったりとくっついていて歩道にはみだしてはいなかった。

④**タコ焼**　一串三コで二十五エン。冬はよく売れるのでサービスして一串二十エンにする。一晩に七百五十コから八百コほど売れるそうだが、夏はだめだという。今年の夏はとくにいけないようだという。

「七十日しんぼうしたらつぎの波がくるっていうんだが、どうも先行暗くってなァ。ケ・セラ・セラよ」

おっさんは汗みずくでタコ焼を焼き、汗ともハナ水ともつかないのを手の甲でふきながら、じつに壮大、かつ突飛な詠嘆をつぶやくのであった。

「なんしろよ、この七月ってやつはアメリカの会計年度の変りめだからよ。だからよ、いよいよ不景気なんだよナ」

こういう警抜な景気観測には出会ったことがない。アメリカの会計年度の更新がギンザのタコ焼の売行きにひびくというのだ。極大と極小をつなぐこのすばらしい想像力を見よ。日本の資本主義はそこまでアメリカに抱きこまれてしまったのであるか。
⑤**ケツネウドン**　一杯八十エンである。夏で一日に百杯、冬だと二百杯ぐらい売れるという。ダシ、湯掻きぐあい、オボロコブ、油揚げの煮しめかげん、まずは純正関西ウドンである。申し分ない。けれど私はイヤなものを感ずる。〝けつねうどん〟という看板がイヤなのだ。もう大阪ではみんな〝きつね〟と呼んで、〝けつね〟と呼ぶのは一人もいないのだ。だのにわざわざ〝けつね〟と看板に書くところ、なにかしら神経を逆撫でされるような気がする。粋がって化けそこねているのだ。イヤ味というものだ。
⑥**甘栗屋**　問屋から買ってきて売るのであるけれど、売上高によって日給に歩合をつけてもらう。だから、日によって三百エンの日給のときもあれば三百五十エンのときもある。二千エンから三千エンぐらい売ると四百エンの日給になることがあるが、夏は思わしくないという。

⑦花売り　カーネーション、原価は一束五十エンのを百エンに売るが一晩に二十束売れたらいいほうだという。今年はどうもよくないようだと、ここでも不景気の嘆きを聞かされた。いっそダンゴ屋に転向しようかと思いたくなるくらいなのだそうだ。

⑧靴磨き　胸に番号札がついているのは警察の登録番号。一人五十エンで、だいたい一日に三十人から五十人。場所は警察がきめてくれ、縄張りというようなものはとくにない。お婆さんの一人に話を聞くと、昼の暑いときは喫茶店かビルのかげにゆく。ドアがあくたびに冷房の風が吹きだしてきていいぐあいなのである。冬は日だまりを追って一日のうちに何度も移動する。客がないとすわったまま居眠りをすることもある。雨になるか曇になるかは、空を見なくても道がチクチクと関節に教えてくれる。

もう十四、五年ここで靴を磨いてきたという一人のお婆さんは、ひどく陽気な声で、まっ黒な顔を皺《しわ》だらけにして、

「……はずかしいからやめろやめろって息子がいってくれるけれど、あたしが働くのをやめたら老けこむだけだからね。婆さん婆さんになるのはイヤだからね。そうでなくても日本の女は老けやすいって悪口をいわれるんだから、まだまだあたしはやるつもりなんだ」

カラカラと笑ったところ、背骨はエビのようになったが精神は大いに活性状態にあった。

⑨似顔画　ふつうだと二百エンだが、精密に描いてもらうと三百エンである。外人客用に英語で“Precision ¥300.—”とも書いてあった。一晩に十人ぐらい描いたらヘトヘトに疲れる。

デッサンの勉強だと思うことにしていると、その中年のベレ帽氏はつぶやいた。

一枚描いてもらったが、出来はあまりよくなかった。しかし、パリのモンマルトルの丘にたむろする似顔画描きの、お話にならぬぶざま、ぞんざい、下手くそぶりにくらべたら、だいたい日本の先生たちのははるかにうまいようだ。

「……これでも本業のほうはアンデパンダンに二度出たことがあるんですよ」

ベレ帽氏は画用紙のすみにサインを入れながらつぶやいた。
⑩**サル屋**　屋台に手乗り文鳥やカナリヤなどをのせて売り歩いている。すばらしくかわいい生後六カ月のタイワン・ザルも一匹いた。ほんの赤ン坊なのに、ひどく老けた顔をし、大きな目玉には七十歳の悲観主義哲学者のそれに似た知恵と諦念の秋色が澄んでいた。これに金太郎の前垂れか陣羽織を着せて、夜なかに私が〝おい、金太郎酒持ってこい！〟と叫んだら、黒い皺だらけの手でグラスと瓶を抱きかかえてヨチヨチいちもくさんにやってくるというようなぐあいに仕込んだらどんなに愉快だろうと思ったが、一万八千エンだと聞かされてはどうしようもない。
⑪**手相見**　見料は三百エンから五百エンぐらい。一晩に客は七人から八人ぐらい。ギンザに二十七人か八人ぐらいいるという。〝見る〟コツは〝喋《しゃべ》る〟コツにあって、科学的、直観的、ロマン的、教師的、漫才的、感傷的と、テはいくらでもあり、どれを使ってもよろしいが、グサリと客を刺して致命傷になるようなわるいことをいってはいけない。なにしろ魂の技師なので

あるから機械が止ってしまうようなことをいってはいけないのである。そこで私の手相を見てもらったら、金運、女運、出世、健康、名声、税金、交通事故など、すべて〝よくもなく、わるくもなく、なにごともまあまあの無事の人で、努力一途に賭けなさい〟とのこと。つまり、鳴かず飛ばず、沈香《じんこう》もたかず屁《へ》もひらず、ただまじめにコツコツと働きつづけなさいという。それで何歳ぐらいまで生きるのだと聞いたら、〝まあまあ七十歳でしょう〟と答えた。

「つまらん人生やないか！」

というと、

「怒らない、怒らない」

と答えやがった。

デラックス病院の五日間

◉七月二十七日　午前八時半、朝日新聞社ノ永山記者来ル。赤坂ノ有名ナデラックス病院へ予《ヨ》ヲ缶詰ニスルタメデアル。人間ドックニ名ヲ借リテ該《ガイ》病院ヲ探訪スルノガ目的デアル。予ハ脳味噌カラ足裏ニ至ルマデ全身ドコモオカシイトコロヲ自覚シナイノダガ、編集長ガススメルノデ、止ムヲ得ズドック入リスルコトニナッタ。ツマリモルモットニナッテ入院シヨウトイウ魂胆デアル。

或《ア》ル日ノ深夜、予ハタマタマ新宿ノ某飲ミ屋ニオイテ、スデニカナリノ日本酒ヲ聞コシ召シテイル編集長ニ出合ッタ。コノ人ハ常ニ〝水五ン合、酒五ン合〟トイウ標語ヲ持チ、人間ガ健康ニ且ツ愉快ニ飲ムタメニハ、酒ト水ヲ交互ニ半々ニ飲メバヨロシイト主張スル癖ガアル。スナワチ彼ハ科学的見地ヨリシテ、人間ノ知性ハ揮発性ノ気体デ出来テイルカラ頭ニバカリ上リヤスク、ソノタメ首カラ下ノ部分ニ常ニ漂流スル感性ヲ裏切リ、アンバランスヲ招ク。特ニ酒ヲ飲ムトソノ傾向ガ激シクナル。ダカラ、酒ヲ飲ミ、水ヲ飲ミ、水ヲ飲ミ酒ヲ飲ミシテオレバ知性ハ湿気ヲ帯ビテ重クナッテ首カラ下へ降リ、感性ト握手シテ、不用心ナアンバランスヲ招クコトハナイ。酔ッテヤタラニ他人ヲ罵《ノノシ》ッタリ、〃ダハッ、オモチロイヨ〃ナドト不意ニ猥雑《ワイザツ》ナ叫ビヲアゲタリトイウヨウナコトハナク、翌朝目ザメテモ精神的宿酔デクヨクヨシナクテスムトイウノガコノ人ノ考エデアル。ツマリコノ人ハ、酔エナイ人ナノデアル。ソノ唇カラコボレ落チル言葉ト思考ハドンナ場所デモ湿気ヲ帯ビテ冷メタク静カナノデアル。

「近頃ノデラックス病院ハホスピテルトイッテ、ホテルト病院ヲ兼ネタノガアリマス。病人デモナイノニ病院へ入ルノデス。ソレヲ一ツヤッテミマセンカ?」

「ヤルッテ?……」

「ベッドニ寝コロンデイタライイノデス。ベッドニ寝コロンデタダ目ト耳ヲ澄マセテイルダケデヨロシイノデス。ソノ耳ト目ニ映ッタ物事ヲ記録スルダケデイイノ。ヤル?」

「イイデショウ」

「アンタハ毎週毎週働キスギルカラ、モウ一年モブッツヅケデ仕事ヲシテキタカラ、チョットハノンビリシテモヨロシイ。ボーナスミタイナモンダ。ドウヤ。エエヤロ」

「タダ寝コロンデイルダケデイイノデスネ?」

「ソウ、ソウ」

「ヤリマショウ」

ソコデ予ハ病院ニ連絡ヲトリ、人間ドックニ入ルトイウコトヲ伝エタ。病院ハ部屋代ガ一日八千エン、ドック代ガ五千エン、合計一日一万三千エンデスト言ッタガ、予ハ〃アハハハ、ヨロシイ、ヨロシイ、モット高イ部屋ハアリマセンカ?〃ト聞イタ。親方日ノ丸ダカラビクトモセヌ。〃一日一万五千エンノ部屋モアリマスガ今ハ予約デ満員デス〃ト病院ハ言イヤガッタ。金ハアルトコロニハアルンダナトビックリシタリ、感心シタリスル。

赤坂ノ病院ニ着ク。受付ハホテルニソックリデ、石炭酸ノ匂イダノ、薄暗ガリダノ、壁ノ汚点ダノ青ビョウタンノ病人ウロウロダノトイッタモノハ何モナイ。普通ノ病院ダト受付ニ入ッタダケデ病気ニカカリソウナ気ガスルモノダガココニハソンナモノハ何モナイ。壁ニハ安田靫彦ノ絵、柱ノカゲニハ高田博厚ノブロンズノヌード像ナドアリ、一見シテ、コレハ金ガカカッテルゾト思ワセラレル。

〃A室〃ニ入ル。ドック代込ミ一日二万エンノ〃特別A室〃ハ満員ナノデ入レナカッタガ、コノA室ニ次ノ間ノ応接室ガツイタモノダトイウ。予ノA室ニ、電気冷蔵庫、テレビ、ラジオ、浴室、洗面所、水洗便所ナドアッテ、満足スルヨリホカニドウシヨウモナイトイウ素晴シイ部屋デアル。テーブルノ脇ニスイッチガツイテイテ、〃強〃、〃中〃、〃弱〃、〃止〃トアルノハ冷房ヲ気分ノママニ調節デキル装置デアル。東京ハ水不足デカラカラニナッテルガココハドウデアロウカト浴室ヘ行ッテ栓ヲヒネッテミタラ、湯モ水モドウドウ、ダアダア、ジャアジャアト走ッテ止マルトコロヲ知ラナカッタ。ナルホドアルトコロニハアルノダナ。

涼シイ目ヲシタ医者ト看護婦ガ現レテ、予ヲベッドニ寝カシタ。ゴム管デ腕ヲ縛ッテ血圧ヲ測リ、静脈ニ太イ、恐ロシイ注射針ヲ突キ刺シテ大量ノ血ヲヌキ取ッタ。予ハ注射ガ大嫌イナノデ、イヤダ、イヤダ、コワイ、コワイト連呼シタガ、容赦ナイ。ソノウチ浴室ヘツレコマレ、御叱呼ト雲古ヲヌキ取ラレタ。ツイデベッドニ寝カサレ、十二指腸液ヲ見ルノダトイッテゴム管ヲ六十センチモ呑ミコマサレタ。予ハ涙ヲ流シ、洟汁《ハナジル》ヲ垂ラシ、唾液ト黄水デ顔中ネトネトニナリ、オウオウ、ゲエゲエ、タマラン、タマラン、堪忍《カンニン》シテクレナドト叫ビツツ悶《モダ》エ苦シンダガ、医者ト看護婦ハ同情ノ言葉ヲ呟《ツブヤ》キツツモ目ハ微動モセズ涼シカッタ。涙ノ濃霧ノナカデ七転八倒シツツ予ハ奇怪ナ克己ノ衝動ヲ覚エテゴム管ヲ呑ミコンダガ、コノ経験ニヨッテハッキリト自己克服ハマゾヒズムノ一種デアルトイウコトヲ悟ッタノデアル。

ゴム管ヲクワエタママ予ハ三階カラ一階ニ下リテレントゲン室ニツレコマレ、腹ヲ右ニ押シタリ左ニ押シタリシテゴム管ヲ十二指腸ヘツッコマレタ。病室ニモドッタラ硫酸マグネシウムトイウ苦イ、イヤナ水ヲ呑マサレテゲエゲエト嘔《ア》ゲタ。ゴム管カラ黄イロイノヤ白濁シタノヤ、サマザマナ液ガ流レダシ、看護婦ガ涼シイ目ツキデ一本一本ノ試験管ニ取ル。予ハ顔ジュウ粘液ニマミレ、ヘトヘトニ挫《クジ》カレタ。ヤッパリコレハ病院ダ。俺ハ病気ニナリソウダト思イダシタ。編集長ヲ呪イ、ソノ言葉ニウカウカ食イツイタ軽薄サヲ憎ミ、罵ッタ。

夜、銀座ヘ走ッテ、大量ノ酒ヲ飲ンダ。日本酒、ウイスキー、ジンナドヲ何杯モ飲ミ、女ヲツカマエチャア、俺ハドコモ悪イトコロハナインダゾナドト、吠エタ。

十一時ニ病院ヘモドル。

◉七月二十八日　血液型検査、血球算定ナドトイッテマタシテモ血ヲヌキ取ラレ、耳ヲ切ラレタ。糖尿病検査トイッテ御叱呼モヌキ取ラレル。心電図ヲ取ルタメトイッテ三階カラ一階マデ階段ヲ駈ケ足デ上ッタリ下リタリスル。

夜、銀座へ走ル。

十一時ニ病院ヘモドル。

◉七月二十九日　基礎代謝及ビ肺機能検査トイッテゴム製ノマウスピースヲ噛マサレテ深呼吸スル。レントゲンデ胸ヲ見ル。肺ヲ透視サレテ浸潤ノ跡ガアルトイワレ、ギョットナル。自覚症状ガナニモナイノニソウイワレテ、不意ニ衰弱ヲオボエタ。大丈夫、大丈夫、俺ハ強イノダゾト呟イテミルガドウニモ弱ッテ、心ガ沈ム。知恵ノ悲シミトイウモノデアル。人間知ルコトガ幸セナノカ、不幸ナノカ、ヨクワカラナクナル。予ハコノ病院ニ入ッタタメニ病人トナッタ。我イジメラレル。故ニ我病メリ。

午後、六百六号室ニ入院中ノ有吉佐和子ガ電話ヲカケテキタ。腸ニ腫物ガデキテ手術シタトイウ。退屈デ退屈デシヨウガナイノダソウダ。ガラガラ声デ彼女ハイロイロトコノ病院ノコトヲ教エテクレル。ココハ普通ノ病院トチガッテオープン・システムトイイ、患者ハ自分ノ好キナ医者ヲツレテ入院デキルノデアルガ、彼女ノイウトコロデハ、ココニハ病人ナンテイヤシナイワヨ、今年ハ不景気ダカラ大繁昌ナノヨ、避暑ニイクト高クツクカラ金持ハココヘ逃ゲコムノ、ソンナコト貴方知ラナイノ、馬鹿ネ、トイウ。芸能人、文化人、政界ノボス、財界ノ親玉ナドガ世間ヲ避ケルタメニホテル代リニココヘ入院スル。毎年ココニ入院シテ彼女ハ原稿ヲ書クノダソウデアル。ソレニシテモ凄イ入院料ジャナイカトイッタラ、ココデオ産ヲシタラ百万円カカッタワヨト彼女ハイッタ。旦《ダン》ツクガ破産シタノデソノ金ハ彼女ガ払ッタノダソウデアル。彼女ノ話ニハ理解ニ困ルコトガ多イ。

「アンタ、ソコデ何シテンノ」

「ゴム管呑ンデルノヤ。痛クモナイ腹探ラレテ死ニソウヤ」

「ツマンナイコトイワナイデ。ココノドックナンテオ医者サンゴッコヨ。ホカノ病院ダトモットモットヤルワヨ。教エタゲマショウカ」

或ル病院デ或ル女ガドックニ入ッタトコロ、オ尻ノ穴カラバリウムヲ注ギコマレタ。医者ハソレカラ表返シニシタリ裏返シニシタリシテレントゲンヲ取リ、半分ダケバリウムヲ出シナサイトイウ。ソンナ器用ナ不思議ガデキルモノジャナイト抗議シタラ、トイレデイキバラズニ腰カケタラ半分出ル、イキバッタラ全部出ルト答エタソウデアル。マタ、肺機能検査ニツイテハ、背中ニ酸素ボンベヲカツギ、ソノ上カラネグリジェ着テ、三段ダケ作ッタ階段ヲ何度モ何度モ上ッタリ下リタリサセタソウデアル。医者ハ、〝コノ階段ガ永遠ニアルモノト考エテヤッテクダサイ〃トイウ。ソシテ、マタ、オ尻ノ穴カラ空気ヲポンプデ入レタ。腸ノ検査ノタメデアル。ソウシテ風船玉ミタイニオナカヲフクラマシテオイテ、〃七分間辛抱シテクダサイ〃トイウ。イワレルママニ辛抱シタガ七分経ッテモ医者ガ〃ウン〃トイワナイノデ、モウ世界ガ砕ケテモイイト思ッテ泣声デ、〃ヤリマスワヨッ！〃ト叫ンダラ医者ハ大変恐縮シ、〃スミマセンスミマセン。栓ヲ抜クノヲ忘レテマシタ〃ト答エタ。

ジョナサン・スウィフトノ『ガリヴァ旅行記』ハ痛烈奔放ナ大傑作デアルガ、ソノ第三編、ガリヴァガ空飛ブ国ノ学士院ヲ訪ネル一節ニ次ノ描写ガアル。科学馬鹿ニ対スル痛罵、ラブレーノ『パンタグリュエル』ニ匹敵スル。「……ここには一人の大先生が住んでいて、なんでも彼は同一医療器具でもって、まるで正反対の治療を施し、それでこの病気を治すというので大評判だった。彼は象牙で出来た、細長い口のついた大きなフイゴをもっていた。彼によると、これを肛門から八インチばかりさしこんで空気を吸いこませると、腹はまるで乾した膀胱《ぼうこう》のようにしぼんでしまう。だからもし病気が激しくて頑強なれば、今度は逆に一杯に膨らませて口の中にさしこむのだ。そして空気を全部患者の体内に吹きこむと再び抜いて空気を入れる。むろん、その間は拇指《おやゆび》で肛門を力いっぱい押さえているのだが、こうした操作を三、四度繰り返すと、その内に猛然として空気が噴出し、同時に（ちょうどポンプに入った水のように）有毒物を一時に押し出して、そこで患者は見事治るというのである」（筆者注・中野好夫訳）

◉七月三十日　マタシテモゴム管デアル。今度ハ胃液ノ検査ダトイウ。ドウシテ一度ニヤッテシマワナイノダ。七転八倒。涙。洟水。唾。黄水。ソコヘ今日ハ青イ水ヲ薬瓶ニ一杯注ギコンダ。注ギコンデカラ三十分オキニ注射ノポンプデ吸イ出ス。胃ノ吸収能力ヲ調ベルノダトイウ。ソレガ終ッタラ、次ニバリウムヲ大カップニ一杯呑マサレル。オレンジ・ジュースノ香リガツケテアルガ、粘土ノオカユミタイナ代物デ、マズイッタラナイ。レントゲン室ノ暗ガリデ体ヲ表返シニシタリ裏返シニシタリサレタ。オカゲデ予ノ腸ガ先天的ニ腹ノナカデネジレテイテ常人ノ位置ニ納マッテナイトイウツマラヌ事実ヲ発見シテモラッタ。

夜、医者ガキテ、明日ガ最後ノ日デアルガ、第一通用門ト第二通用門ヲ調ベヨウトイイダシタ。前ト後ノ穴ノ工合ヲ見ヨウトイウノダ。説明ヲ聞イテ予ハ恐慌ヲキタシ、アラヌコトヲ口走ッタノデアル。

「ソコハ現在ノトコロ何ノ故障モナイシ、自信モアリマスカラ、検査ハイリマセン。第一、ソンナ場所ハ女房ト恋人以外ニ見セルベキモノデハナイジャナイデスカ。ソレニ、大体、人間ニハ未知ノ謎トイウモノヲ残シテオカナイコトニハ、ヤリキレンジャナイデスカ。モシドウシテモヤルトイウノナラ僕ハ今カラ病院ヲ出マス」

ヨホド狼狽《ロウバイ》シテイタノデアロウカ。医者ハ予ガ口走ルノヲ魚ミタイナ目デ眺メ、憐レムガ如キ微笑ヲ浮ベテ去ッテイッタ。

夜九時頃、銀座へ走ッタ。

◉七月三十一日　恐ロシイ注射ヲ二本。三十分オキニ御叱呼ノ検査。焼糞ニナッタノデ朝御飯ト昼御飯ヲ二膳一度ニ食ベテヤッタ。昨日ノバリウムガ第二通用門ノトコロデ固マッテ石膏ミタイニナリ、カチンカチン。苦心惨憺シテ押出シタラ、ミュンヘンデ食ッタヴァイス・ヴルスト（筆者注・白ソーセージ）ニ色モ形モソノママノ逸品ガ飛出シ、第二通用門ガ切レテ血ガ落チタ。

午後、永山記者ガキタノデ、フランス語ノ書取リヲヤラセル。彼ハシャンソンガ好キダガ何モ知ラナイトイウノデ、マズ『パリ祭』カラ教エルコトニシタ。

二人デ大声デ歌ヲ歌ッテイタラ看護婦ガキテ、院長ガ総合判定ヲ下ストイウ。院長室ヘイッテ、イロイロナ注意ヲ聞イタ。肺浸潤。胃炎。幽門弛緩。胆汁薄シ。肝臓弱シ。脂肪分ヲ食ベスギルナ。慢性下痢気味。ウイスキー飲ムナラストレートヨリハイボールノ方ガ望マシイトノコトデアル。

賢クナリ、心弱ッテ、病院ヲ出ル。オ勘定ハ合計六万五千二百八十エン。永山記者ガ払ッタノデ予ノ腹ハ痛マズ、タダ第二通用門ガシクシク痛ムノヲ心配スルダケデヨカッタ。鉄筋コンクリ六階建ノ病院ハスマートデ、シックデ、外観モ内部モ高級マンションソノママデアル。各病室ニカカッテル絵ノ値段ヲ想像シタラ、一流ホテルモ顔負ケデアル。オ金サエアレバコレハ天国デアル。

予ハ今年ノ二月ニ週刊朝日ノタメニ大森ノ労災病院ヲ訪ネタコトヲ思イダス。アソコニハソノ日、ソノ日ノ暮シニ困ル貧シイ人ビトガ難破船ニシガミツクヨウニシテ早朝カラツメカケ、廊下ニヒシメイテイルノデアル。病舎ハ馬小屋ミタイナバラックデ、寒風、雨水、ヒュウヒュウト音ヲタテテ廊下ヲ走ッテイタ。日本経済ノ構造ニツイテ予ハミミズヨリ盲目デアルガ、コノ国ノ貧富ノ格差ニハ、ハッキリト、エゲツナイ、激烈ナモノガアルノデハナイカ。天国ト地獄ノ距離ガスサマジイノデハナイカ。アマリニ距離ガアリスギルノデハナイカ?……

狂騒ジェット機への怒り

横田基地は東京の西にある。

二つの市と四つの町にまたがっているが、基地は規模と設備において〝東洋一〟なのだそうだ。タワーやボウリング場や競技場やニワトリ工場など、都には〝東洋一〟がたくさんあるけれど、米軍基地もまた〝東洋一〟なのである。そしてこの基地は戦闘基地である。練習機、輸送機、爆撃機、戦闘機などあらゆる種類の米軍飛行機がいる。

わけてもF105D戦闘爆撃機、騒音がすさまじいので〝サンダー・チーフ〟（雷の親玉）とアダ名されるジェット機がいるが、これは〝水爆積載用〟とされている。音より速く飛び、マッハ二・五である。もし日本が原爆攻撃をうけるとしたらこの基地がまっさきに狙われ、東京は一瞬に粉砕されるであろう。東洋で一番に死ぬであろう。

基地内の動きは米軍の機密に属することだから日本人には何も知らされないのだが、このあたりに住む人は音を聞いただけで何型が何機だということをピタリといいあてることができる。音がすさまじいからいっぺんにわかってしまうのである。それも毎日毎日、朝となく夜となく聞かされるものだから、音響測定器のように正確になった。

滑走路のそばの雑木林のなかで昭島市役所の人が測定器で騒音を測っていたが、土地の人はF105が頭上を擦過《さっか》するのを待ってから、

「いまのは百二十五ぐらいでしょう」

といった。市役所の人が測定器を覗くと、百二十八フォンであった。よこで見ていた私はその正確さにすっかりびっくりしてしまった。

町の人の話によると三月頃からF105がしきりにやってくるようになったそうである。九州の板付基地からくるのだそうである。七月はじめにそれが完了した。三編隊、〝数十機〟に達する。ところがその頃からヴェトナムが火をあげはじめ、基地の飛行機の動きがはげしくなり、夜もおちおち眠れなくなった。新聞でどこかに火があがったという記事を読むとすかさず飛行機が飛ぶ。ときには新聞より早く知ることもあるのだそうだ。前夜ドンドンバリバリを聞いたのでくさいぞと思って朝刊を読むと、きっと何か記事になっているのだそうである。最近ではトンキン湾事件。八月四日に事件発生の報道を新聞で読んだと思ったら、早くもその翌日の未明におよそ二時間にわたって狂騒がつづいた。

「……F105ですか？」

「いや、ちがいます。あれはC135です。輸送機ですね。音でわかります。ものすごい騒ぎだったので耳をおさえてるのがせいいっぱいでしたが、相当な数が飛んでいきましたよ」

「いまでもＦ105は飛んでるんですか？」

「数はまたグッと減りましたが毎日飛んでますよ。待ってごらんなさい。すぐきます。べつにスパイしなくたって向うが教えてくれるんです」

滑走路のそばの家にあがってカルピスを飲んでいると、来た。地鳴りがすると思うまもなく、キーン、ゴーッ、グヮン、ドン、ドッドッドッドッ、ズズズズーン。屋根がゆれる、壁がゆれる、畳がゆれる。脳膜をハンマーでなぐられたみたいだ。苛烈。無慈悲。正確。徹底的。神経をひきちぎり、はらわたをゆさぶり、響きは体内で飛散、激突、乱反射する。いまにも家へ突入してきそうなのだ。ドラム缶に密封されて無数のハンマーで乱打されてるみたいなのだ。たちあがる力もない。ただワーッと叫びだしたいだけである。十九年ぶりに機銃掃射や、焼夷弾や、爆発音を思いだした。〝戦争〟を味わった。少年時代を舐《な》めた。

「……いくら説明したってわかってもらえないんです。ここに住んでみなけりゃわからんのです。ちょろっと来てちょろっと記事を書いてもらったって、とうていわかるもんじゃないですよ」

集団移住運動をリードする河野良機氏はカルピスをすりながらそういった。この人は自民党の昭島支部の支部長で、地元、堀向《ほりむこう》地区の騒音対策運動、Ｆ105Ｄの移駐反対運動を導いている。

響きは何を生むだろうか？

人体が耐えられる音響の限界は百三十フォンだとされている。銀座の騒音は七十フォンから八十フォンである。F105Dは百二十から百三十フォンである。それが朝となく昼となく、深夜でも未明でもおかまいなしに、予告せずに飛ぶのである。この地区に住む豊泉医師に聞いてみると、近頃めっきり心悸昂進症や高血圧や、不眠症、神経衰弱などが増えたそうである。原因のわからない病気も増えた。赤ん坊がひきつける。眠れないのでイライラする。夫婦喧嘩が多い。家にジッとしていられないので共稼ぎに出て時間をつぶす。幼稚園、小学校、中学校では勉強ができない。学力が低下して上級校への入学率がおちた。大声で叫ばないと話が通じないのでこのあたりの子供は粗暴で、歌が下手になった。日光へ修学旅行にいったら旅館の主人に何と喧嘩好きな学校だろうといわれた。ふつうに話をしているつもりが喧嘩みたいに聞えるのである。

病院から病人が逃げ出す。高圧線のふるえるのが見える。やくざな壁だと土がおちる。瓦がゆるむ。台所の皿がずれておちる。ラジオは聞えない（四月から無料になる）。テレビが見えなくなる（半額になる）。電話が聞えない。つい叫ぶので怪しまれたり、誤解されたりするし、通話に時間が倍以上かかる。子供が本を叩きつける。幼稚園の子供が道を歩けなくなる。坪三万エンの土地が九千エンでやっと買手がつくかつかないかというぐらいである。北海道の旭川方面ではウマが基地の狂騒のために死産したり、流産したり、奇形児を生んだりする。防衛施設庁が、〝人体についての結論は出ていないがニワトリの場合は影響はないようだ〟と答弁したので人びとは火のように怒った。

　この地区で十八年間養鶏業を営んできた伊藤氏にこの点を聞いてみると、ここで生れたニワトリなら卵を生むが、ためしによそから生後二カ月のを十数羽つれてきたところ、餌を食べることができなくて死んでしまったり、生きのこっても卵を生むことができなかったそうである。ここで卵から育ったトリも卵を生むことは生んでも爆音であばれるものだから、おちて割れてしまうので、馬鹿にできない損害がある。廃鶏をトリ屋に売ろうとすると、チョウマン（筆者注・腸満？　脹満？）になっているのが多いので値はボロクソである。チョウマンというのは腹のなかに水のたまる病気である。なぜジェット機が飛ぶとニワトリの腹に水がたまるのであろうか。伊藤氏はよく考えて慎重に言葉を選びつつ、この奇現象をつぎのように説明した。

「……科学的に研究したわけではないんです。しかし私の考えではこうなるんじゃないかと思ってますよ。つまり腹のなかに卵ができかかったところへジェット機が来るとニワトリはおびえる。おびえると腹がしまり、腸がしまって卵がつぶれる。すごい音なんですから、卵だってつぶれますよ。それを繰りかえしているうちにニワトリはチョウマンになるのじゃないでしょうか」

　ほかにここのトリだけがチョウマンになる原因なり飼育条件なりはいっさい皆無なのである。廃鶏を買いにくるトリ屋も首をひねっているそうである。

　銀座がやかましいとか、ロマン派音楽がやかましいなどという性質のやかましさではない。

ここのは慣れることのできないやかましさなのだ。毎回毎回耳をふさぎたくなり、とびあがりたくなるのである。その狂騒の圧力は肉と心に殺到する。いまにも体が四散しそうな苦痛と、いまにも飛行機が墜落するのではあるまいかという恐怖である。

げんに四月五日には都下の町田市におちているのだ。この堀向地区で集団移住運動が火をあげだした直接の動機はその墜落事故である。なるほどF105Dは二十世紀の精密科学の粋を尽して作られたものではあろう。けれど正確にうごく機械は正確に故障するという鉄則もあるのだ。離陸直後のこの飛行機が滑走路から四百メートルしか離れていない堀向地区の人家密集地につっこんだらどうなるか。その苛烈《かれつ》な精力と速力のままに地表をかすめたらどうなるか。二百戸ぐらいの人家はたちまち飛散するのではあるまいか。朝鮮戦争当時、“Shaving Bomber”（筆者注・ヒゲソリ爆撃機）という言葉が使われたことがある。ヒゲを剃るようにキレイさっぱり、ごっそりと地表を火で洗う爆撃機のことである。

マッハ二・五の剃刀《かみそり》がちょいと高度を誤って人家をかすめたらどうなるだろうか。しかもこの飛行機は過ち多き人間によって操縦されているのである。

雑木林のなかにある導入灯のところで見ていると巨大な鉛筆は真正面で離陸し、ほとんど電柱すれすれと見えるばかりのところをかすめていった。

「……人家の屋根とあの飛行機の間隔はどれくらいですか？」

音響測定をしている市役所の人にたずねてみると、

「五十メートルか百メートルぐらいじゃないでしょうか？」

疲れた顔によわい、かすかな笑いをうかべて、その人はそう答えた。

「もっと高く飛べと米軍に抗議しないんですか？」

「とっくに抗議して協定までもらってあるんですが、いつとなくこうなってしまうんです」

「アメリカ本土でもこうでしょうかね？」

「よくわかりませんが、Ｆ105は本国では飛ばないといううわさを聞きますね」

ジェット機だけでなく、狂騒はほかにもある。夜間飛行の際の導入灯の閃光と地上でエンジン・テストをするときの響きである。エンジン・テストは狂騒が二時間も三時間もつづく。基地司令部に抗議したら消音装置をつくるという返事があり、いまはテストしてるのかどうかはわからないが、ここしばらくは鳴りをひそめているようだという。導入灯の閃光も点滅の瞬間瞬間、響きとは少し性質がちがうが、おちおち眠れない恐怖が起るそうである。

アメリカの最高裁では空港の騒音に耐えかねた市民の訴えを正当なものと認め、勝訴にした。責任は該当の当局にあるから損害賠償をせよと、断を下した。東京高裁では昭和三十七年におなじ判決を下している。アパートに住んでいた商業図案家が階下の印刷工場の騒音で神経衰弱におちこんだのである。その提訴を高裁は、社会生活上がまんすべきであると思われる範囲をこえているので、この生活妨害に対して印刷会社は賠償を払う義務があるという判決理由で、支持し、肯定した（昭和三十七年五月二十六日）。

日米行政協定によって基地の責任を負うのは日本国政府だということになっているが、防衛施設庁東京施設局というところへいって聞いてみると、前例がないのでどうしたらいいか困っているという。問題の堀向地区は昭和飛行機という会社の土地であり、社宅であるので、その所有主の昭和飛行機が申請してきたら問題はないのである。板付や厚木の基地周辺の農家に対してはそうしたのである。けれど、借家人が移住のための損害賠償を請求した例はいままでにないのでどうしたらいいかわからないのだ、という。キメ手になる点はそういうことらしいのである。そこで昭和飛行機へいって意見を聞いてみると、政府から何の話もないので正式に検討したことはないのであるが、〝前例がないから〟という理由だけでソッポを向くのはけしからん。板付や厚木の場合でも前例はなかったではないか。あのときのように閣議にかけて新しい事例を作ればいいではないか。会社《うち》だって社員でもない人が社宅に入っているのだから移って頂けるようなら、これにこしたことはないというところなのだという。キメ手になる点はそういうことらしい。

「基地周辺の地域経済、地域財政などの大きな問題を根本的に解決するには、〝基地周辺民生安定法〟を作るなど政府に基地政策を大幅に改善してもらうよりない」

小野防衛施設庁長官はそういう意見を述べたという。ところがこの〝基地周辺民生安定法〟なるものは三十七年の暮れに関係閣僚懇談会で〝財政上困難〟という理由でつぶれてしまったのだそうだ。〝世界史に例のない高度成長の奇蹟的繁栄〟を謳歌《おうか》している大国にしてはフにおちないことである。オリンピックをやったり〝夢の超特急〟を走らせたりする国が人間を剃刀飛行機にさらして平気でいる。馬小屋にグランドピアノをすえつけるようなものだと、ある人が新聞に〝夢の超特急〟のことを書いているのを読んだことがあるが、奇怪なことである。

「飛行機があるかぎりジェット機は飛びます。米軍だろうが、自衛隊だろうが、日航だろうが、誰が来ても騒音はあるんです。だからどこかへ逃げることだけが私たちの目的で、いつ実現されるかわからないような基地反対というようなことをいってるのではないのです。今日明日にも逃げたい。それだけでせいいっぱいなんです」

町の人はみんなそういう。東洋一のうごかない航空母艦から一にも二にも逃げだしたいのだ。逃げても果して逃げたことになるのかどうかはわからないが、とにかく今日生き、今夜眠るために逃げだしたいと、千人をこえる人びとが耳に指つめてうずくまっているのである。けれど、いつ、利害の苛酷な網の目からぬけでられることなのか、声と怒りをこえる日付の数字は何一つとしてない。

町をのろのろ歩いていると花輪をいっぱい飾っている店があったので、覗いてみたら、スーパーマーケットであった。改築開店だという。この店は集団移住に反対なのだそうだ。地獄の釜のふちでも商いをしようというのだからたのもしいかぎりである。みんなが逃げよう、逃げようと必死になっているのに、インスタント・ラーメンはうまいゾといってるのである。なんとも人間は手のつけようがない。考えあぐねた。

縁日の灯はまたたく

感傷がほしくなったので縁日を覗きにいった。巣鴨のとげ抜き地蔵の縁日と水天宮のそれとである。先日、「銀座の裏方さん」と題して銀座裏の屋台をたずねて歩いたときに、スズムシ屋の屋台まで来て、よごれた重湯のような蒸暑い夜の底で何十匹という小虫がいっせいに羽根をふるわせている響きを聞いて、胸をつかれた。これは「自然」の不意打ちであった。まだこんなものが残っていたのかと、たちどまらせられた。

「季節の上に涼しい仮死をまどろみたい」

などとキザな文章を書いてしまったけれど、正直いって、とつぜんわきのしたとか、足のうらなどという場所をくすぐられたような気持がしたのである。まったくのところ、スズムシ屋の屋台ほどあわれにもリリしく、リリしくもあわれなものはない。〝商売〟としてそれがあるのだということを私はしばらく忘れた。いや、こんなものを〝商売〟としてやっていかせてやる、人びとの心の一隅にのこった感情の優しさに、だらしなく自分をほどいてしまったのである。

虫を買ってその声を聞いてたのしむというようなことが外国人には理解できるだろうか。ちょうどパリからジャック・ピエールという若い映画監督（その名の馬糞的普遍性から、〝平凡太郎〟というアダ名をつけてやった）が、記録映画をとりにきていたので、ためしにとげ抜き地蔵の縁日へつれていってやった。太郎は物珍しげに眼を輝かせて人群れや屋台を覗いてまわり、〝セ・ボン〟といったり、〝オ・ラ・ラ〟といったりした。けれど、植木屋の集りには美しい注意を集中して小さな叫び声をあげたが、スズムシ屋の屋台には何も関心を示そうとしなかったようである。

私は下手クソきわまるフランネ（筆者注・日本式フランス語のこと）を駆使して虫の声を聞いてたのしむことは本邦において永い伝統を持つ感情であることをいろいろ説明したが、金髪の平凡太郎は黄いろいまつ毛をパチクリさせて、〝ウイ、ウイ〟といったきりであった。〝自然〟については分れることが多いようである。

あるときオックスフォード大学から日本の新劇を勉強に来ているブライアン・パウエル君を新劇の稽古場へつれていったことがある。『新版四谷怪談』といって南北物のパロディーをやっているところだった。鰻掻《うなぎか》きの直助が隠亡《おんぼう》堀で鰻を掻く場があり、音響効果をだすためにカエルがケロケロと鳴いた。するとパウエル君は顔をあげ、

「あれは何だ？」

と聞く。

「カエルが鳴いてるんだよ」

「カエルはあんなふうに鳴くのかね？」

「そうだよ」

「生れてはじめて聞いた」

「イギリスのカエルは鳴かないのかね？」

「鳴きませんね」

パウエル君がハッキリそういいきったので、おどろいた。イギリスにはフロッグもいるしトードド（筆者注・ヒキガエルのこと）もいるけれど、鳴いてるのを聞いたことがないというのだ。生れてから二十何年間、とにかくカエルの鳴声を聞いたのは、あとにもさきにもこれがはじめてだというのである。真顔でそういうのだからほんとにイギリスのカエルは鳴かないのかも知れない。


これからイギリス文学を読むときは自然描写によく気をつけて、カエルの鳴声が登場するかしないかを注意してしらべてみようと思う。それにしても奇妙なことだ。イギリスのカエルはだんまりのままで恋愛をするのだろうか。いくら鈍くて重い紳士の国だからといって、カエルまでが真似をすることはないじゃないか……。


さて。

東京では縁日がどんどん減りつつある。昔の三分の一ものこっていないだろうという。のこっている縁日も昔とくらべたらお話にならないくらい変ってしまった。辻講釈《つじこうしゃく》、大道芸人、演歌師、ヘビ屋、ガマの油売りなどといった諸師がことごとく消えてしまった。なけなしの狡《こう》智《ち》をしぼって雄弁で洗いあげる、あのさまざまなペテンのマブイ（筆者注・頭がいいの意）夜の町角の巨匠たちはことごとくどこかへ姿を消してしまった。とげ抜き地蔵の縁日の親方、〝谷中三寸七代目〟と座敷に額をかかげた馬場徳太郎氏に会って話を聞いたがさびしいこと、さびしいこと。

「……ヘビだの、ガマだのって時代じゃないんですよ。今は堅い物でなきゃ売れない時代なんですね。植木だの金魚だのは昔と変りませんが、インチキはだめなんです。商いにならない。原爆だのテレビだのって時代にガマの油でもないでしょう。いまの縁日はネタの仕入れも普通の商店街とおなじところから仕入れてくるし、利益も二割から二割五分ぐらいで、全く変りはないんです。ただ店が移動するかしないかというだけの違いですよ。お祭そのものが少なくなったし、町に空地がなくなって縁日をする場所も少なくなったし、全体、ゆとりがなくなりましたね。商売も堅いものを正直一途に売るよりないんで、全体、手堅いといえば手堅いんですが、面白味というものはない」

どうやらこのあたりで聞くと、巷の白鳥たちが声を失い、姿を消したのは〝近代化〟のせいのようである。そして〝近代化〟とは、利口で、正確で、ゆとりがないということらしい。寛容とか、即興とか、想像力などというものは追放されるらしい。

昔、私は、子供のとき、縁日で奇妙なものを見たことがある。薄暗いところにバケツが一個おいてあるのだ。黒い水が入っている。セルロイドの舟が浮んでいて、ヒョコヒョコとうごいたり、止ったりするのだ。樟脳《しょうのう》のかけらをつけてミズスマシのようにスイスイ、クルクルとうごく舟があるけれど、あんなうごきかたではないのである。うごいたり、止ったり、もぐったり、浮んだりするのだけれど、気まぐれである。近代的に申せば、その動力源が不可解なのである。いや、動力源が全く発見できないのに動態を呈示する不可解さなのである。

おっさんは十銭だすと、セルロイドの舟と紙きれをくれ、この紙きれに秘密が書いてあるから家へ帰ってからあけて見なさいといった。いわれるままに家へ帰ってからあけてみたら、紙きれには、ひとこと『どぜう』（筆者注・ドジョウのこと）と書いてあった。どうやらドジョウを糸でくくり、そのはしを舟に結んだものらしかった。バケツの水が黒いのは動力源をかくすためなのであろう。きっと墨汁か何かを入れたのにちがいあるまい。アハハハァと笑って、それっきりであった。シテヤラレタと思ったが、感心して寝てしまった。

いま私は大人になって正確さを愛する近代人になったので考えてみるのだが、ドジョウはたえまなく水面へあがってきてはパクリ、ピチャリと跳ねる癖があるから動力源の秘密はすぐにバレてしまうはずである。けれど、あのバケツのなかでは舟が踊りを踊っているだけだった。ドジョウは跳ねていなかった。ひょっとするとそのころドジョウは非近代的だから正確などというケチなものをきらって、本能や性質を気まぐれに曲げる自由を持っていたのかも知れない。

いや、きっとそうである。それにちがいない。

ヘビや、ガマや、ドジョウなどはとげ抜き地蔵にも水天宮にもなかった。金魚すくい、植木、綿飴、お好焼、スズムシ、水中花などは昔のままだった。バナナ売りがいるにはいたが、吠えずにひっそりしていた。古着屋もいたが、昔みたいにタンカを切って楽しげに客を罵《ののし》ったりなどしなかった。どの屋台も明るく電灯をつけ、ひっそりして、おとなしくて、行儀がよかった。誰ぞ反逆してもよさそうなものじゃないかと一つ一つ覗いていったら、三人ほど見つかった。表札を彫るおっさんと、布袋《ほてい》の置物を売るおっさんと、鼻の穴に筆をつっこんで字を書くおっさんである。

表札屋は看板をかけ、何もいわずにただ黙りこくってノミをうごかしていた。『表札 一刀彫右甚五郎 約五分間』という看板である。ぶすッと黙りこんだままノミをうごかしている。なるほど手もとをみたら、右ききであった。

布袋屋のおっさんは鉄製の布袋の置物を売っているのであるけれど誰も見物人がいなかった。いったい誰に買わそうとして今時、布袋の置物などを売る気になったのだろうか。着想はなんとも非凡なものではあるけれど、非凡だというだけであって、どうしようもない。しばらくたって見ていたらお婆さんが一人やって来た。おっさんは汗をふきふき、大阪弁で口上を述べにかかったが、ヤケ気味らしくニンマリと猥雑な永遠の微笑を浮べている布袋をピチャピチャとたたき、

「ええもんでっせ」

ぼそっとつぶやいた。

「こわれへん。みがいたら光るわ。一生のトクや。いつまでもおんなしや。みがいたら光る。ええ布袋さんや。ほかにフクロクジュもあるで。ビシャモンテンもあるわ。七福神みんなあるねんで。エベッさんも、ダイコクさんもあるでぇ。買うてんか……」

おっさんはそこまで口上を述べにかかったが、ちょろりと婆さんを見たところ、買う気も見る気もなしにただしゃがんでいるだけとわかったので、腹をたてた。

「向ういってんか。買えへんねんやったら見んといて。見られたら減るわい。いくら鉄でもただ見されたら減るわい。向ういってもらおうか」

子供みたいなスネかたをして黙りこんでしまった。

雄弁をふるって〝近代化〟に抵抗を試みているのは奈良から来たという筆屋のおっさんである。このおっさんは筆を口にくわえたり、鼻の穴につっこんだり、耳にはさんだり、三本一度におでこへ手拭でくくりつけたりして字を書きつつ口上を述べて、シカやリスの毛でつくった筆を売るのである。声はしゃがれ、顔は陽に焼けて、皺だらけであるが、達者そうな老人であった。口上はなかなかいいことをいう。

「日本人九千万人もいるがこんことできるのはわし一人や。近ごろの子供は字が下手クソで見てられへん。字は心で書くもんだっせ。ええ字を書くには静かな心で書かんとあかんわい。マッカーサーが習字をやめさしよってから日本の子供は心が荒《すさ》んだ。小学四年で習字をはじめるが、一回四十五分、一年にたった二日分しかしよれへん。それを四年。二カケル四は八や。たったの八日間や。それからあとはもう筆なんか見向きもしよれへん。ツイストやとかいいよって筆ふらんとケツばかりふっとる。ああ、いかん。こういうことではいけません。字を大切にせえへん民族は滅びます。日本人はもっと字を大切にせんとあきまへん。静かな気持で、ええ字を書いて、静かァな日本をつくってもらわなあきまへんで。わしの願いはそういうこっちゃ。これはシカの毛でつくった筆や。六百エンのが二百エンや。中筆、細筆、いろいろあるわ。みんなオマケでつけたげる。〆めてたったの二百エンや。ああ、字を大切にせえへん民族は滅びるでぇ。滅びる、滅びる。ええ、滅びます。わしゃ心配でならんわ。どや、この字。ええ字やろ。逆に書いたら読めんやろが、〝瀧〟という字や。裏から見たらそう読める。つまり裏見の滝ちゅうもんやな……」

　ジャック・ピエールがカメラマンをつれてどこかへ消えたので私は気ままにお好焼を頰ばりながら屋台を覗いて歩く。もう縁日に来るなどということは何年となく忘れてしまっていたことだった。いくら〝近代化〟されても、やっぱり縁日は縁日である。下駄の音を聞き、スルメの匂いをかぎ、浴衣におされて歩いていると、心がほどけ、水が湧《わ》いてくる。

　金魚はさまざまな色の布ぎれを水槽にちりばめたようだ。軒しのぶや、万年青《おもと》や、杉苗などは水滴をキラキラ輝かせてあたりの空気を青くしている。伊豆大島の椿の実に名前を彫りこんでもらう少女たちがいる。綿飴がぶんぶんうなる。私の子供のころには家へ持って帰るとすっかり小さくなるので〝お化け飴〟といったけれど、いまはビニールの袋で包むからいつまでも大きいままなのだ。

糊のきいた浴衣を着せてもらって男の子は黒い帯をしめ、女の子は赤い帯をしめている。スズムシの声が理解できないピエール夫妻も浴衣の美しさは一目で理解できたようであった。パリの百貨店で売っているのを見たときはそれほどにも思わなかったが、夜の町の光の流れのなかを何百人、何千人と群れをなして浴衣姿の男女が歩きさざめいているのを見たら、すばらしさがわかったというのである。素材そのものの美に魅せられる日本人の審美眼の高さにうたれたというのであった。

「君はどうして家のなかだけ浴衣を着て、外では着ないのだ?」

「浴衣を着ると働けない。浴衣は空白の時間の衣装である。私たちは東と西を使いわける。ときどき複雑である。けれど芸術は忍耐を要求するのである」

「ア、ボン!……」

軒しのぶを手にぶらさげて笑いさざめきながら歩いてゆく少女のうしろ姿を見ていると、どうしようもなく私は優しさでほどけ、やわらぎ、なつかしくなってくる。そして、ふっと、人間が愛せそうだというような言葉がうかんできたりするのである。

けれど、どういうわけだろうか。すぐにまた、つめたくて、堅い、ぎごちない、暗くて荒んだ気分を求めて、裸になったばかりの心へ手袋をかぶせてしまいたくもなるのである。永く持続しないのである。警戒し、疑い、寸断され、破片になり、こわばりたがる。いやらしい、みじめな、小さな心を恥じるのだけれど、どうしてか、いつもトゲや殻をかぶりたがる。

〝死の儀式〟の裏側

今回はいささか死とたわむれたい。じっさいここ一年、わが東京人たちの奇怪にして多様なるアメーバ運動とつきあって、私の脳は生の熱気にみたされすぎた。ブンブンうなり、ムチャクチャに走り、クタクタに疲れた。

ソドム、バビロン、唐朝末期も顔負けのこの混沌の熱病に犯された脳を冷やすには、死の観念を導入するのがいちばんであろう。死の共和国のヴィザはその徹底的な即興ぶりと、平等さと、無慈悲な透明さにおいて万人の尊敬と恐怖を得ている。死を語るとき、人びとのまなざしと口調にはいっさいの悩ましき矛盾をこえた諦観の清水が湧き、一種の超越感が身ごなしにあらわれて、みんな哲学者か紳士みたいになる。

死を擬したときにしか、そういう慎《つつ》ましやかな寛容の真空状態が発生しないというのは、なんとも私たちの無明《むみょう》、餓鬼道の果てであるけれど、どうしようもない。徹底してえらい人は徹底したバカに顔が似てくるということもあって、いよいよ私たちの揮発性の知性は肉体をとらえることができなくなってくる。

アメリカの葬儀屋が上陸して葬式の月賦販売をはじめたというのである。名前は〝ジャパン・メモリアル・ライフ・プラン・リミテッド〟という。事務所へいって〝販売部長補佐〟の人に名刺をもらったら横文字とカタカナでそう書いてあってJMLPと略称も刷りこんであった。家へ帰ってからいろいろと考えてみたが、うまい訳語が見つからないので、かりに『日本ありし日の思い出設計株式会社』と訳してみた。

平河町に小さなビルがあって、この〝ありし日の思い出設計〟会社は小さな部屋を借りている。スチール・デスクが三つほどあり、壁には契約書やら説明書やらが積みあげてあって、日本人が三人、インド人が一人いた。日本人は三十歳前後の若い人たち、インド人もマセてはいるがほぼおなじような年齢であると見られた。窓にペタリと小さな紙きれが貼ってあり、黒枠でかこんでつぎのような文句がマジック・インクで書きこんであった。

〝Don't worry. We'll be the last ones to let you down. Digger O'dell〟

(心配しなさんな。さいごまで面倒みてあげます。墓掘りオディル)

この会社は今年になってから設立され、〝セールス〟を本格的にはじめたのは七月からである。葬式の月賦販売である。つまり生きてるあいだに毎月いくらかの掛金を払って、葬式を買っておくのである。死んだら電話一本でこの会社がかけつける。いや、かけつけるのは東京の博善株式会社という葬儀屋さんで、〝ありし日の思い出設計〟会社と契約して、葬儀いっさいを担当する。だからあなたはただ故人をしのんですわりこんだまま涙ぐんでいるだけでよろしいのである。

「葬式も値段がいろいろとあるんでしょうね」

「ハイ。これでございます」

販売部長補佐さんがパラリと厚い見本帳をひろげた。なるほど、一頁《ページ》一頁に、霊柩車と祭壇と棺桶のカラー写真が貼ってある。値段によっていろいろとちがうのだ。値段表は「A、B、C」などという露骨な階級分類ではなくて「椿」「水仙」「桐」などと、みんな花の名になっている。大いに優しいものである。「椿」がいちばん安く、「菊」がいちばん高い。「椿」の〝割引価格〟は八万三百エン、頭金が三千五百エンで毎月（五年間）の掛金が千二百八十エンである。「菊」は〝割引価格〟が百二万四千二百エンで、頭金が二万エン、掛金が一万六千五百七十エンである。つまり「椿」だとあなたは一日に四十二エンほどを死に前払いしていくこととなる。タバコなら「新生」一箱を節約すればよろしい。肺と観念の浄化費である。奥さんがよろこぶでしょう。それに、平均寿命では女のほうが男より長生きするらしいからネ。五年ぐらいだけど……。

〝ありし日の思い出設計〟会社の特徴は、通貨の変動に影響されない点にある。いくら物価倍増になって八万エンが四万エンくらいにおちても、契約した棺の厚さは半分にならないのである。博善株式会社へいって聞いてみたら、それは道義的にも保証いたしますという。なお、思い出会社が倒産してアメリカへ去っても、加入者にたいしては道義的に責任を負う覚悟ですともいった。ただ、思い出会社の販売員には悩みがあって、一軒、一軒戸別訪問して、ごめんください、葬儀会社ですが、月賦で棺桶を予約なさいませんかとやると、たいていドナラレるか塩をまかれるかである。いろいろ工夫はするが、なかなかうまくいかないという。

「……まだ日本人はドライじゃないんですね。近代化されてないのじゃないでしょうか」

補佐の若い日本人がそういってひそひそ嘆いているところへ、イギリスの大学で商科を勉強したというインド人の販売部長が英語で割りこんできて、ひとしきり解説をしたあと、

「これはセールスじゃないんです。ファミリー・サービスなんです。そして、アイデアはアメリカから輸入したけれど、これは日本の会社なんです」

といった。

A・キシナニ氏はとつぜん力んでそういったが、あとで契約書の見本を見せてもらったら、代表取締役はスコット・マコーマックという名になっていた。社長はリー氏というのである。

また、キシナニ氏の背後の壁を見ると、グラフ用紙が一枚貼ってあって、赤鉛筆やらで長短さまざまの棒が書きこんであった。私たちの使命はセールスではなくてファミリー・サービスであると宣言した直後に、その棒グラフをさして、それはなんだねと聞いたら、

「これは販売員《セールスマン》の月間成績表ですよ。はじめたばかりだからまだ少ない。これは当社の販売図表《セールス・チャート》ですよ」

と答えた。形式はセールスであるが、精神はファミリー・サービスですといいたいところな

のであろう。

この葬式の貿易自由化にたいして日本の葬儀屋さんはどう考えているのだろうと思った。そこで渋谷のビルにいる東葬理事長（東京都葬祭業協同組合理事長）の小林総一郎氏のところへいってみると、氏は待ってましたとばかりにカラカラと豪傑笑いをした。

「ビクともしませんや」

というのである。

どうしてかと聞いてみると、思い出会社の値段が高すぎてお話にならないというのである。「椿」であれ、「菊」であれ、おなじ内容と質のものを日本の業者なら三分の一の値段でやれるというのだ。なぜそんなギャップができるのかと聞いてみると、思い出会社は長期の月賦会社であって、その間の物価の変動のことを考えて早く利ザヤをかせがなければいけないからだという。

のみならず日本人には香奠《こうでん》という習慣があるので、たいていの家は額こそ違え、葬式の現金にキリキリ舞するということがないから、なにも生きてるうちに棺桶を買うまでのことはない。またわが国の死者にたいする篤実な心の習慣はそういうことをゲンクソのわるいことだと拒みたい反応を起す。また、ラジオだ、洗濯機だ、ハイファイだ、ナンだ、カンだと、みんな月賦に追いたおされていて、とても棺桶がわりこむ余地はないようであるという。

東京都民一千万のうち年間の死亡者はほぼ四万人で、そのうち七割が葬儀屋さんを呼んで葬式をする。約三万人というのが業界の市場である。都内の葬儀屋さんの数は四百二十軒、一軒につき年間約七十件、一カ月約六件、五日間に一人のおとむらいをしているのが数字上の現状である。そこにまた生存競争が起って、ダンピングだの、過剰サービスだのと業者間の苦心工夫は、あまりつっこんでいいたくないけれどいろいろとあって、けっしてこれも楽な商売ではない。だから葬式のないときは手内職をしたり、トラックを走らしたりして、なかなかいそがしいのである。メモリアル・ライフ・プランがこういうところへのりこんできたって、どうってことはない。やがて敗れてハワイへ帰るであろう、という。

「……それにですよ。第一、国民感情としても、ガソリンだ、コカコーラだ、口紅だとドルに吸いとられたうえ、なにも葬式まで吸いとられることはないじゃないですか。私たちを信じて頂きたいな」

小林氏は気焔《きえん》を吐いた。そして、メモリアル・ライフ・プランは〝52のサービス〟などといって、病院と連絡をするの、医者に連絡をするのと箇条書きにしているが、そういうことは町の葬儀屋だってみんなやっていることである。いまさら事新しくうたわなくても常識になっていることである。けれども素人はなにも知らないからそういわれてみるとナルホドと思いたくなってくるのであろう。だからそういう手口の近代化だけは日本の業者も勉強しなければいけない。

「……ほかに葬式の近代化ってどういうことがあるんですか？」

精力的なる小林氏はパッとたちあがって別室へいき、自社特製の最近の新案特許をもってきた。一つはガス・ライター式になったお灯明、もう一つはプラスチック製の位牌であった。ここへ戒名をマジック・インクで書くのだそうである。たえまなくこういうことを工夫、勉強していなければ時代におくれると氏はいった。

〝ありし日の思い出設計〟会社では最低が八万エンであった。東葬へいったら三万エンでも二万エンでも葬式はだせるという。平河町と渋谷、わずか三時間ほどのうちにわが唯一の絶対者なる死がそんなに値をおとしたので、この道のアマチュアである私はびっくりして目をパチパチさせた。そして数日後、北区上中里の『中央護助会』という非営利組織へいってみたら、なんと、毎月五十エン納めて一年たったら七百三十エンで葬式がだせるというではないか。

私は目がさめ、いろいろとしらべにかかったのである。すると、平等にして絶対なるはずの死にもさまざまな値段がついているということがわかった。たとえば火葬料である。絶対なる私の死体は財布の重みによっていくらでも相対化されるのだ。火葬場によって値はちがうが、たとえばある火葬場で聞けば、〝特別最上等〟が九千五百エン、〝最上等〟が六千エン、〝上等〟が四千エン、〝中等〟が二千三百エンである。これが民間経営の火葬料で、値段のちがいはローストのぐあいがいいとか、わるいとか、速いとかおそいとか、生焼《レア》だからとか中焼《ミディアム》だからとかできめられるのではなく、焼けば四民平等、ただの乱離骨灰であるが、カマの蓋に金の飾りがついているかいないかというだけでこういう差別がでてくるのである。もしあなたが率直と平等を徹底的に愛して虚栄を排されるならば、江戸川区の瑞江の火葬場へいけばよろしい。ここだと火葬料はただの千六百エンである。いって覗いてみたが、木立にかこまれた静かな火葬場で、たいへん清潔で明るく、手入れがゆきとどいて、結構なものであった。手首一つ、足首一つでも焼いてもらえる。お値段は四百エンである。工場で負傷したり事故に会ったりした人がときどき持ってくるそうである。オコツを持っていく人はいないという。

「耳一つ、小指一本というような例はありませんか。

「そんなのはありません」

「自分の体からおちた部分は自分のものじゃなくなるんだから火葬にしなくちゃいけないわけなんでしょう?」

「そうです。ですけれど、部分葬の最低単位は〇・三メートル立方大、つまり三十センチの真四角な箱のなかに入る分量以内ということになってるんです。だから足首や手首や腕一本がいいところなんですが、小指一本などというのはないんですよ」

それにしても〝中央護助会〟の値段の安さときたらすばらしいものではないか。ちなみにどういう地区の人びとが会員になっているかと聞いてみると、下町の北区、板橋区などがいちばん多いが、杉並、大田、世田谷などの山手の町でも加入者は多く、会員は現在、一万七千世帯、都内二十三区全区に及ぶ。海抜ゼロ・メートル地帯の人も入っているし、田園調布のお屋敷の人も入っている。無名人もいるし、有名人もいる。この会は法人組織で営利会社ではないからこんなに安くやれるのだ。敗戦直後の焼け跡のなかで日本民族がアリのようになって四苦八苦のくらしをしていた頃に発案された運動で、この互助の精神は毎年拡大、発展をつづけてきて、いまでは立派な二階建の事務所もあるし、自動車も六台備えるまでになった。同会には婚礼部もあるし出産部もあるが、いちばんにぎわっているのは葬式部である。

こういう組織があるとは私はまったく知らなかった。けれどいろいろと聞いてみれば、今日いまからでもこの会に入って私は死の前払いをしてもよいと思う。〝ありし日の思い出設計〟株式会社などでかせがれたり、ハイエナのような葬儀屋さんに偽善でカスメられるのも遠慮申し上げたい。死の儀式は簡潔、率直、単純、なるたけ〝無〟に近づくほど好もしいと思える。かくて平等と絶対という地上では入手不可能な価値に一歩でも接近できるであろう。

中央護助会は東京都北区上中里二ノ二六にあり、電話番号は九一二—九三〇一（※注）である。受話器をとりあげたらたちまちあなたはムサボラれることのない、透明な死の観念で、毎月の月給日の悩乱を浄化し、かつ、雲の上の人のような超越の身ごなしと意識を入手できるのである。

なお、瑞江の都立の火葬場は都の建設局、公園緑地課に属するのだそうである。あたりの町に木立がないので、夏の若い恋人たちはみんなこの火葬場の木立へランデヴーにやってくるそうである。そのたくましく超越した感性に私は感心する。

係りの人がいった。

「スウェーデンの社会福祉は子宮から墓場までといいますけれど、ここはまったくそのとおりです。二つとも一つの場所にあるんですから最短距離ですよ。門をしめるときにときどき声をかけてやりますけれど……」

※現在は株式会社中央護助会として営業中

〝うたごえ〟の喜びと悲しみ

建築会社と製菓会社の独身寮へいって話をしてみたことがあった。建築屋さんの独身寮は冷暖房完備、屋内体育館もついた、ホテルそこのけのすばらしい鉄筋コンクリ建であった。製菓屋さんのは、これにくらべるといささか劣ったが、女子寮であった。

若者たちの話によれば朝から晩まで働きずくめに働くので、楽しみといったら食べて寝るだけだというのである。本も読まなければレコードも聞かない。くたくたに疲れてとてもそんなゆとりがない。せいぜい酒かテツマン（筆者注・徹夜で麻雀）で自分をへとへとに削りおとすことに陰気な楽しみをおぼえるくらいで、あとは日曜となれば朝から晩まで、不感不動、ひたすら眠るばかりであるという。ランデヴーをしたいとは思うのだけれど、どこへいって相手を見つけたらいいのかわからないから、見合結婚よりほかテはないだろうともいう。

だいたい男子寮でも女子寮でもおなじような感想を聞かされた。男と女のちがいといえば、女はモヤモヤを消すのに乱酒テツマンなどせず、洋裁をしたりスターのスキャンダル週刊誌に読みふけったりする。男は聞きもしないレコードを買いあさったり、ハイファイを買いこんだりするが、女はためこむことにふけって、イイナ、イイナと楽器店で肌をなでるだけである。あとになるほど型も性能もよくなって安くなるにちがいないから、いまから嫁入道具を買うのはソンだわよというのである。

けれど彼女たちの何人かは口をそろえて、うたごえの店にゆくのがせめてもの楽しみだわといった。

彼女たちは網走から鹿児島まで、日本全国さまざまな地方から東京へ働きにでてきたのである。このだだっ広い干潟《ひがた》か沼地に似たネオンの荒野には、親もいず、兄弟もいず、親戚、友人などもいないのである。そこで彼女たちが細流をつたって群れ集るのは、うたごえの店である。これだけレジャー産業が発達しても、彼女たちの心と財布が求めるのはうたごえの店よりほかにないのである。

「……あそこへいったら郷里《くに》の民謡も聞けるし歌うたってたらなにもかも忘れられるんだけど、あとがかえってつらいわ。ゲッソリしてしまう。だけど、またフラフラといきたくなるの。どうしようもないわね」

新宿の西武新宿駅前にある店はオリンピックにあやかってか、万国旗をたて、毎夜毎夜、若わかしい声のとどろきで壁がふるえるようである。叫び声、笑声、優しさ、強さ、絶望、歓喜、さまざまな歌と声が光をまきちらして噴水のようにほとばしり、煙りのように空へあがってゆく。さびしさの泉である。さびしさが噴きあがり、さびしさがたちのぼるのである。

店のなかに入ってみると、小さなステージがあり、ピアノ、コントラバス、アコーデオンの若くて質素な楽団が汗だくでやっている。〝エッチャン〟ことポロシャツのカルーソが身ぶり、手ぶり、あけっぴろげの顔でニコニコ笑いながら歌をうたい、ギャグをとばす。ステージの壁には世界地図が画いてあって、万国旗をぶらさげ、オリンピック調である。お客さんたちは十八、九歳から二十一、二歳くらいのオフィス・ガール、学生、工員といった人びと。なかにはチラホラとオバさまやオジさまの姿も見える。

三人、四人と仲間で一冊の歌集をまわしつつ、うたっているのもあるし、一匹オオカミでうそぶいているのもある。自分の知らない歌がうたわれるときは、すみっこでだまってレース編みにふけっている少女の姿も見える。みんなたがいに独立して、人がうたおうが、うたうまいが、知らん顔している。けれど合唱はおどろくほど巧みである。低音部、高音部をみごとに使いわけて、襞のゆたかな、輝かしい急流、浅瀬、よどみ、滝をつくり、こわし、消し、出現させている。自由で柔らかく、正確で活発である。眼が光り、歯が輝き、額が閃《ひらめ》く。ロシア民謡。イタリア民謡。シャンソン。日本民謡。黒人霊歌。労働歌。恋愛歌。軽快なの。荘重なの。うれしい歌。かなしい歌。

知識人たちにはうたごえの店を鼻でせせら笑うか肩をすくめる習慣がある。〝孤立〟と〝個性〟と〝非順応〟を、ただそれだけを、ほとんど盲目的に皮膚の反応として心がけているから、〝合唱〟と聞いただけでいっせいに順応して逃げだすのである。この非順応の順応というのは皮肉な現象である。それからもう一つ、うたごえの店では革命歌を歌っていて、見果てぬ革命の夢をそんなところでウサ晴ししている浅薄さと感傷主義と少女趣味がやりきれないという気持なのである。革命をそんな形でとらえてジンマシンを起すという感性も、いいかげん蒙昧で感傷的でやりきれない少女趣味だと私は思う。ススキの影におびえているのだ。いつもなにかにおびえていないと不安なので、また、いつもなにか硬直したものにもたれていたいとも感ずるので、ノミを拡大鏡で見てゾウだと思いこむ反応が働くので、そうなってくるのである。いまの東京のうたごえの店は日本共産党の拠点では毛頭ない。

うたわれている歌をごらんなさい。『しあわせなら手をたたこう』だとか、『そんな顔してどうしたの』とか、『忘れな草をあなたに』などという歌なんですよ。『ドリーム・ファイヴ』というのは人気があるが、これはガス・ライター屋さんの深夜番組のコマーシャル・ソングだというじゃありませんか。赤色ジンマシンもいいかげんにしなさい。むしろ率直に、オレは音痴なんだと泥を吐いてしまいなさい。趣味があわないだけのことなんだとおだやかにつぶやくだけにしておきなさい。

いま東京には新宿に五軒、渋谷に二軒、吉祥寺に一軒、池袋に一軒、うたごえの店がある。延べ動員人数は労音とほぼおなじで、十万人くらいであろうかという。『カチューシャ』とか『山小屋』などという名もあるが、だいたい『灯』というのが〝うたごえの店〟の代名詞になっているようである。お客さんの年齢はだいたい二十歳が平均年齢で、オフィス・ガール、若いサラリーマン、学生、工員、中小商店の店員などである。西武新宿駅前の店で聞いたところによると、女は二十一歳になるとパッタリ来なくなり、むしろ男のほうがいくつになってもだらだらとやってくる傾向があるようだというのである。

「女性パンチ、男性センチといってるんですけどね」

「どういうことだ?」

「女はこないとなるとピシャッとこなくなるが、男のほうがセンチで、いつまでもずるずる尾をひいてやってくるんです」

「二十一になったら女がこなくなるっていうのは、どういうわけ?」

「さあ。よくわかりませんが、ボーイ・フレンドができて、よろずガッチリしてくるんじゃないでしょうか」

母親大会のあとでお母さんたちが大勢視察がてらにやってくることもある。子供の遊び場が心配なのである。

『文化服装学院』の寮長先生が視察にやってきて、ここならよろしいといったそうである。だからこの学校の女子寮はわんわんおしかけてくる。聞いてみると、みんな地方から上京してきた少女たちであるそうだ。ときには杉並、世田谷、練馬区あたりの住宅地から親子家族連れでやってくるのもある。

西武新宿駅前のこの店からあまり遠くないところにもう一軒の『灯』という店がある。その店のそばに『カチューシャ』、粗壁に丸太を組んだ店がある。お客さんが店によってちがう。『灯』のほうは組織労働者のたまりといってよく、『カチューシャ』のほうは学生やサラリーマンやオフィス・ガールなどである。

「……店のムードもちがいますが、歌もちがってきます。なんといったらいいか、『灯』のほうは血の匂い、『カチューシャ』は土の匂いとでもいいますか」

「ここの『灯』はなんの匂いがするの?」

「さあ……」

「コカコーラの匂いじゃないの」

「それもありますし、香水の匂いでもあります。いや、そうでもないな。香水までいかないナ。ローションの匂いかな」

勇ましい歌やパンチのある歌が人気がなくなってきてソフト・ムードの歌のほうがよろこばれるので、この店ではガス・ライター屋さんとタイ・アップして『ドリーム・ファイヴ』をうたうのだそうである。もちろんお客さんの注文によってであるけれど……。

この店には客がいっぱいつまっていたけれど、おなじ時間にもう一軒の、〝血の匂い〟と教えられた『灯』へいってみると、まるでガランとして、からっぽの倉庫みたいにさびしく、荒涼としていたのでおどろいた。リーダーの青年が薄暗い電灯のしたで汗だくになってうたったり、跳ねたり、物真似をやったりするが、なんとなく水族館のからっぽのガラス槽の荒涼を見るような気がした。四、五人の若者や少女が汚れた壁にくっついてすわり、口のなかでもごもごとうたうだけであった。むしろその光景は悲惨ですらあった。

「どうして、こうむざんにさびれてるの?」

「今日は特別だな。こんなことはそうないんです。うちのお客さんには組織労働者が多いから、なにか統一行動でもあったら、とたんにそっちへいっちゃって、ヒマになるんです」

「今日はなにかあったの?」

「よく知りません。日比谷かどこかで原子力潜水艦の寄港反対の集会でもあったんじゃないかな」

「日によってちがうんだね」

「そう、そう。そうです。それにね、うちなんかにくるお客さんは低所得層で苦しい人が多いんです。だから、一日コッテリ働かされたら、もう体力的にここへきて歌をうたうゆとりなんかなくなっちまうというんです。せいぜい月給一万五千エンか六千エンくらいの人なら、この物価倍増時代にとても歌うたってる元気なんかのこりゃしないというのが正直なところらしいんですよ」

純益は月に二十五万エンちかくあるが家主が三十万エン家賃をよこせといい経営者の個人的借財もあって、もう一年前から家賃をためているのだという。今月いっぱいで店をしめるか、しめないかの水ぎわに追いつめられているのだそうだ。総評の全国一般労組に入っていて、いくらか援助がないわけではないが焼け石に水でどうしようもないという。エノケンにちょっと似たこの青柳君というリーダーは十年ほどここでうたいつづけている。

自分自身としてはなにか日本の民族的な、しかし民族的な限界をつきぬけたオペラをやってみたいと思って勉強しているところだといった。

便所へ入ってみたら、荒《すさ》んだ壁にいっぱい落書がしてあった。

「中野、神山を除名しろ!!」というのもあったし、「なべての頂にいこいあり」というドイツの詩人の一節もあった。「純正コミュニストはこんなところで落書なんかしていない」。「そんな貴様はなにをしているのだ」。〝Nothing〟（筆者注・何モナイ）。「革命のあとでも税金はあるか」。

ちょっと、はなれたところにある『カチューシャ』にいってみたが、便所に落書はなにもなかった。ここでは『デカンショ』だの、『オリンピック音頭』だのを合唱していた。

十年ほど以前に灯運動を思いついて『灯』をつくったのは柴田伸さんという、その頃、早稲田大学の政経学部を卒業したばかりの青年であった。朴歯《ほおば》の下駄に腰へ手拭という恰好でデモにでかけたこともあったが、共産党に入党したことはなく、卒業後は一旗揚げにブラジルの鉱山へ繰りだそうと企んだこともある。保険会社の勧誘員をしたこともある。

その頃、父親が歌舞伎町で白系ロシア人にロシア料理の店をやらせていた。ロシア民謡のレコードがたくさんあって、シベリア帰りの人や新劇人がよくやってきては食事しつつ誰いうともなしに歌をうたうようになった。

やがてロシア人が店をやめたので、ひきつぐ。ハイボールもカレーライスもみんな五十エンという食堂をはじめたら、客の合唱もまじって大いに流行《はや》った。ゴウゴウわんわんとレコードにあわせてうたっているうちに、いつからともなく客のなかからリーダーがとびだして合唱の指揮をしたりするようになった。知りあいの火野葦平もやってきて、ビルを建てたときには『歌うビルディング』と名付親になってくれたりした。

ある日、若い、目の大きい娘がやってきて、客の歌を導いた。関西合唱団から舞台芸術学院を経た娘で、すばらしいフィーリングを光のなかでみせた。結婚。家出をする。あちらこちらに流行りだしたうたごえの店を経営指導し、いまは吉祥寺で、やはり『灯』という店を経営している。

「リーダーはみんな従業員やお客さんのなかから選ぶんです。便所掃除から勉強してもらいます。いまやってるのは法政の学生や日大芸術学科中退の学生で、従業員もほとんどアルバイトです。私はお客さんが最上のブレーンだと思う。民の声は神の声です。リーダーが自分の好きな歌だけうたって酔っていてはダメです。そうです。教えつつ教えられるというのが理想ですね。『民族独立行動隊』と『忘れな草をあなたに』を同時にリクエストする客があっても笑ってはいけないんです。いま最大の問題はレコード会社とどう対決するかということです。レコード会社が泡吹くような歌をつくったり、発見したりして、うたごえ独自の立場を守らなきゃいけないんですが、どの店も経営者が一匹オオカミでそっぽ向きあってるから、逆にレコード会社に売りこまれてしまったりする。私はパンチのある歌、生活と結びついていて、しかも楽天性と笑いとヴァイタリティーのある歌を見つけたいんですよ」

柴田氏は眼を輝かしてひたすらにしゃべる。この人には私に欠けている持続力、開放性、ロマンチシズム、理想主義のやみがたい衝動がある気配であった。たしかにこの人の店にはほかのどの店にもない客と歌手の柔軟でダイナミックな交流があってパチパチと火花を散らしているようであった。

古書商・頑冥堂主人

　毎週毎週、輪転機に追いまくられて枯葉のような暮しをしているので、ここ一年ほど私は古本屋歩きをすっかり忘れてしまった。

　だいたい新刊本屋はギラギラして毒どくしいので私は苦手である。無数の著者がオレが、オレがと叫びたてているようである。こわばった、とり澄ました顔で、おごそかに、つめたく、叫びたてている。オレの意見を聞け、オレの本を買えといって叫びたてているのである。弱った日にはとても入っていけない。無声の喧騒にみちているような気がする。とりわけ私自身の本がならんでいる棚のまえは、胸苦しさと甘酸っぱさでイライラしてくる。

　古本屋の薄暗く、湿っぽい洞穴のなかにも文字の精がよどみ、たちこめている。精たちは恨みや呪いをかみしめ、皺や汚点《しみ》や手垢にまみれた顔に皮肉、自嘲、卑下をうかべている。けれど、人の手から手へわたり歩いてくたびれきってしまったので、みんな人なつっこくなっている。すくなくとも新刊本屋のようには私を脅迫しにかからない。精たちの傷だらけな顔がならぶなかを見ていって、ひそかに私の愛している著者の本があれば、思わずとりだして崩れた背表紙に指をふれたくなる。バカにしている著者の本があればザマ見やがれといいたくなるし、頁《ページ》のすみっこに鼻苦素のかけらがくっついていたりすると愉快になってくる。いささか薄汚くて非衛生的な、この蒼枯とした学院には意外に多種多様の楽しみがあって、くたびれた脳の皮が刺激される。

古本屋歩きは釣りに似たところがある。ヤマメを釣ろうか、フナを釣ろうかと目的をたてることなく歩いていても、たいてい、一歩店のなかへ入っただけで、なんとなくピンとくるものがある。魚のいる、いないが、なんとなくわかるのである。けれど、しばしば、これはいそうだナと思ったところが手に負えぬシケであったり、マサカと思ったところに意外な大物が一匹だけかくれていたり、小物でも珍しいのがひそんでいたりするので、第一印象だけで判断をくだすわけにはいかないのである。やっぱり谷底へ竿と餌を持っておりていってみないことにはわからないのである。川の形相《ぎようそう》は釣る気があるとないとで一変する。また、釣りたい魚があれば、それによって川は一木一草がまったくちがった相貌を帯びてくるのである。いまの私がいちばんほしいのは、とにかく川へもどりたいという気持だけである。

神田界隈には古本屋がざっと百軒ちかくある。こんな狭い地区に古本屋だけがこんなに集っているのは世界の都でも東京だけだろうと思う。銀座にあれだけ〝夜の箱〟がおしあいへしあい集結しているのも世界に珍しい例であるから、この二つの事実だけをならべると、東京住人は世界でも珍しくよく学び、よく遊ぶ種族だということになりそうである。新刊本の発行部数が世界で第二位だとか第三位だとかいうのだから、古本屋の数もそれに並行するのはきわめて自然な現象である。〝インテリ〟の質を問わなければ東京は〝マス・インテリ〟社会であるといえそうである。パチンコ屋やラーメン屋にどんどん転業するという噂をひところ聞いたことがあったけれど、まだ百軒もあってそれ以上は増えもしなければ減りもしないと教えられ、民族の知力衰えず、テレビ、エロ小説、ナニするものぞと、ひそかにたのもしくなりました。いっぽうでは、なにもそんなにベンキョウ、ベンキョウと追いたてられた気持にならなくてもよいではないかと思いますが……。

駿河台下に『古書会館』という古本の中央市場がある。〝会館〟といっても木造バラック二階建のひどくお粗末なものである。ここではほとんど毎日のように市がたつ。古本屋さん同士の売り買いの市であって、一般書会、東京古典会、東京洋書会、東京資料会、明治古典会、一新会などが主催するのだ。古典会は和本、漢籍、洋書会は西洋の本、資料会は大学や官庁などの刊行物、統計表などである。一般書会は小説本、趣味本、宗教書その他一切、明治古典会は明治以後の文芸書専門である。これらの会は古本屋の組合の鑑札を持った人だけが入場でき、素人は入場できないことになっている。素人が入れるのは市のない日に開かれる即売会だけである。掘りだしものがあるのは古典会と即売会だといえようか。何十万エン、何百万エンという掘りだしものはしばしば業者が客とじかに秘密に取引するけれど、それでも目ききのむつかしい古文書だから古典会の市には意外な大物の出現することがある。即売会は古本屋と素人客の直接公開の取引なので、これまたタカラものにぶつかる機会が多い。本を愛する老若男女が朝から駿河台下のバラックに集り、おしあいへしあい、いい年配の紳士がおされて血眼になって、「そんなことして読書人といえるかッ！」などと叫んだりする。本は読む人によってガラクタにもなれば、ダイヤモンドにもなるものであるから、ひしめきあいが起るのは当然のことだといえる。即売会は待ッタなしの早いもの勝ちである。

戦前いちばん活気を帯びたのは一年のうちでは三月であった。その頃は教科書が国定であったから学期の変りめにはドッと品があふれ、一年の古本屋の売買の半ば以上がこの月におこなわれるというくらいであった。けれどいまは教科書が国定ではなく、学校によってまちまちであるから、それほどのうごきが起らない。洋書会は横文字の本を専門にした市であるが戦後しばらくはよかったけれど、いまはあまり流行《はや》らない。むしろ古本屋のあいだでは、あいつはアタマがわるいから洋書を扱うのだというふうに見られている。大した客もいないし、大した本でもないからである。このことをあとで古典会の権威の反町《そりまち》氏に聞いてみた。氏のいうところによると、イギリスやアメリカに売る和本は文化的に高度なものである。それにくらべるとアチラから輸入する古本は新しくて安い古本が多く、稀覯《きこう》本は少ない。だから全体としてみれば文化的には〝輸出超過〟になる。それが是正されるには、あと三十年くらいかかるのではないかということであった。日本の学者、研究団体、図書館などの貧しさを語ることである。これだけ横文字が東京には氾濫していても、基質部ではまだまだ浸透が貧しく、浅いのである。運動会にバカ銭使っても学問には使わないのだ。税金フンだくって穴ぼこに埋めても図書館には駄本しかならべないのだ。

古書会館でやってる競《せ》りを見ているとおもしろい。板の間にザブトンを敷いて古本屋さんがすわっていて、口ぐちに値を叫ぶ。部屋のすみっこにはかつぎこまれた古本が汚い小山のように積まれている。それをひとかたまり、ふたかたまりとかつぎだす人がいる。これを〝荷出《にだ》し〟という。なかなか神経のいる仕事である。競りが熱を帯びるのは朝の十一時頃で、このゴールデン・アワーに競ってもらおうとみんなが本を持ちこみ、たのむ、たのむというのを、あしらわなければならないのである。荷出しされたゴミのかたまりを一冊、一冊、〝振り手〟がさばく。ランニングにパンツ一枚という恰好でひっきりなしに値を叫ぶのが〝振り手〟である。値のついた本をかたっぱしからポーイ、ポーイとブン投げるから〝振り〟というのである。いいかげんくたびれた古本を平気でポーイ、ポーイと投げる。えらく乱暴だナと思ったが説明を聞くと、ああ見えてもうまく投げるには三年、声には五年かかりますということであった。

「……六百エン。六百エン。『日本暗殺史』一巻本。エ、こーれーが六百エン」

「五十！」

「八十！」

「エ、こーれーが六百八十」

「九十！」

「こーれーが六百九十。エ。こーれーが六百九十。ハイ。おちた。六百九十エン。頑冥堂さん」

声といっしょにひょいと手をふると、『日本暗殺史』が空《くう》をとび、頑冥堂の膝もとへたがわずドタッとおちつくのである。ずいぶん重い本でもブンブンとんでゆく。若くないとつとまらない仕事だそうである。よこに机をおいて〝山帳《やまちょう》〟と〝ぬき〟と呼ばれるおじさんたちが毛筆で買手と本の名を黙々と半紙の帳面に書きつけてゆく。いまにとぶのじゃないか、いまにとぶのじゃないかとハラハラして見守っていたが、私の本はこの日はとばなかった。

一般書会の市がこれだったが、洋書会はいくらか〝近代化〟されている。板の間へ連結式のレールを敷き、そこへ四角の盆をのせ、そこへ本をのせて、ゴロゴロところがしていくのである。値はいちいち叫ばないで、封筒へメモを入れる。それを集めて〝中座《なかざ》〟、つまり胴元が、メモのなかの最高値をつけた人に本をおとす。なかには本の内容と相場のわからない人もいて、封筒のなかをちょいちょいかいま見る。もちろんカンニングだから反則であって、頑冥堂はきつくお叱りをうけるのである。

奇抜なのは古典会である。ここは斯界の長老が多く、白髪、銀髪、一見紳士風、人品骨柄いやしからざる風貌の先生たちがやってくるのである。東京美術クラブや白木屋などで売りたてをすると、水揚げ高五千万エンからときには一億エンになろうという業界である。七年前に藤原定家の直筆《じきひつ》本『馬内侍《うまのないし》歌日記』が三百五十万エンでおとされたことがあった。最近ではや

は り定家の真筆《しんぴつ》で『是則集《これのり》』が本文わずかに六丁あまりであるが百七十万エンでおとされた。この種の古文書は少なくなるいっぽうだし、物価はあがるいっぽうだから、値はいよいよあがり、永年の経験、知識、学力、鑑定力が必要とされる世界であるから、いわば古本界の元老院議員みたいな人びとが集ってくる。

いちいちはしたなく叫ばない。頑冥堂もこの市ではひっそりしている。みんな逸品を見つけてもポーカー・フェイスで知らん顔している。さわぐと値があがるからさわがない。どうするかというと、〝おわん〟というウルシ塗りの茶椀の蓋のうらに毛筆でちょこちょこと値を書きこんで、だんまりのまま胴元のところへ投げるのである。外は黒塗り、内は赤塗り、糸底にひとつひとつ『頑冥堂』とか、『腹蔵屋』とか『誠実荘』、『鳶書院』などと名が書いてある。木の角盆にのってよれよれ本が茶会みたいにまわされてくると、頑冥堂はトクと点検したあげく、手持のお椀のうらに毛筆で値を書きこみ、だまってポーイと胴元へ投げる。あちこちからポーイ、ポーイとととんでくるのを胴元はつかまえ〝開きます〟といって、ひっくりかえす。いちばん高い値をつけた人に本はおちるのである。競りではない。一本勝負。男の商売。きびしいのだ。

お椀をころばずに投げるのにも何年とない修業がいるのであるが頑冥堂は慣れた手つきでポーイ、ポーイとほりこむ。もし頑冥堂が高値のものを競りあって二位になると、ときには一位者から〝残念賞〟としてナニガシかの心附《こころづけ》をあとからもらえることがある。頑冥堂と鳶書院が二人おなじ値をつけたとするとその場で『丁』か『半』かで勝負をきめるのが原則である。これまた男の一本勝負だ。親しい間柄だと、二人で別席に移り、イッパイやりながらゆるゆると談合いたすこととなるのである。イヤ、おみごと、といって二人でほめあいをするのである。きびしい商いのなかでも〝芸〟を楽しむという風情があるのはなかなかのものである。だいたい和本にかぎらず、古本全体、どこへいってもそういう気配が感じられるようだ。自分の店で売ったのだという自尊心のために一万エンで買った本を八千エンで売ってみたり、いつまでも棚に売れのこりになると不明を嘲笑されてるような気がしてシャクなものだから四百エンの本を一気に五十エン均一のゾッキの箱へ〝勘当〟してみたりするのも古本屋が商売人であると同時に〝芸〟人でもあるという気質からくるのである。なかなかおもしろいではないか。

画商には店を構えないで画をコレクターの邸から邸へ全国を旅行しつつ売り歩いているのがあるが、古本屋にもそういう人がいる。学校や会社や図書館などに出入りしてオートバイ一つで走りまわるのである。弘文荘主人こと、反町氏はその最大の人物であって、和本界の最大権威である。彼の一声で掘出しものの値がきまってしまうというのである。学者たちは掘出しものの内容について鑑定、箱書きはできるけれど、市場での値段はまったく別のものである。頑冥堂が京都の旧家の蔵から掘りおこしてきた和本は大学で折紙をつけられても、それだけでは市価がわからないから、反町氏のところへヨウカン一棹といっしょにかつぎこんで、市価の吟味をしてもらう。そしていくらかサバを読んで客のお邸へ暮夜ひそかにかけつけるのである。

頑冥堂は親代々の古本屋であるが国文学に暗いので内容にあわせて値をつけるということがなかなかできない。文車《ふぐるま》の会や和本研究会に入り、また仲間といっしょに天理大学の図書館へ勉強にいったりもして研究にはげむのであるが、なにしろ広大深遠な世界であるので、しばしば迷う。

反町氏は店を持たずに文京区西片町の閑静高雅な邸に蟠踞《ばんきょ》、一見したところ大学教授みたいに品のよい眼を澄ませつつきびしい商いをいとなむ人物である。財力、経験、学識、和本界のシーザーである。大英博物館やハーヴァード大学などとも通信で取引をする。『馬内侍歌日記』を掘起して衝撃をあたえたのもこの人である。日本の古文書は国際的に見て安すぎていけないということ、古本屋が勉強しなさすぎるということ、古文書を〝本〟と考えて〝宝〟と考える考えかたのなさすぎることなどを、私に向って人物は声を荒らげて強調、力説した。電報一本で京都でも博多でもその日のうちに古文書めがけてとんでゆくというところ、シルヴェストル・ボナール氏（アナトール・フランスの小説にでてくる古本蒐集家）の典型にして精力的なる日本版と拝見できた。

書《ふみ》が読まれて肉の悲しむ秋である。なつかしくも湿っぽい洞穴へでかけて読者諸兄姉も他人には理解のできない秘宝を発掘にでかけ、一時間、二時間、静寂のうちの緊張を楽しまれてはどうであろうか。

ある都庁職員の一日

姓名 久瀬樹
年齢 35歳
学歴 有名大学法科卒業
職業 東京都庁職員・係長
身長 普通
体重 普通
肝臓 普通
子供 二人
妻 一人
SEX 週一回・土曜の夜。正常位。場所は杉並区井草町四・八・十四の都営住宅、六畳の間の書斎・応接・居間・寝室兼用の自室。
酒癖 とくにこれといってないが、優しい小声でつくづく嘆きをこめ、おまえはバカだからえらいんだという癖がある。上役のときには、あなたはバカです。だからえらいんです。ほんとですよ。ぼくはホラは吹くけどウソはいいません。バカだ、バカだ、バカだ。あなたはほんとにバカだ。だからぼくは男惚れしたんだッ、という。優しく、小声で、いうのである。

盆暮　フルーツの缶詰、化学調味料の詰合せなどを上役のところに贈る。

判コ　水牛の角。丸型。

眼鏡　金属ぶちの細いの。

趣味　昼寝。

読書　週刊誌。出版社のと新聞社のを一つずつ。すみからすみまで読んでから電車のなかに捨ててしまう。

食癖　なぜかわからないがラーメンを食べるときはナルト巻をのこし、スパゲッティはスプーンを使い、お新香はキュウリでもナスビでも白菜でも、浅漬でないといけないと、しぶとく主張する。

給料　本俸四万七百エン。暫定手当や扶養手当や、なにやかや入れて四万七千八百四十エン。

灰色フラノの背広を着た久瀬は今朝も東京駅から人塵芥《ごみ》といっしょに吐きだされ、いつものように八時四十三分に丹下健三氏設計によるガラスと黒枠の鋼鉄とコンクリの都庁に姿をあらわす。出庁時限は八時四十五分だけれど、久瀬はきっと二分前の八時四十三分に登庁する。タイムレコーダーのガチャンという音は心臓にこたえていけないというので、庁ではいちいち出勤原簿へ判コをおすことになっている。

もうもうとたちこめる人埃《ぼこり》のなかをかきわけて久瀬は玄関のテーブルに近づき、あせらず、いそがず、水牛角の丸型の判コをとりだして、しっくりとおしつける。クッキリと、『久瀬』と、でる。判コ一つにも人格がでると局長が訓示したことがあったので、彼の判コはいつもきれいに掃除してある。とくに念入りにつくったものである。三田の東急アパートにある『日本印相学会長、印相学宗家五世』に占ってもらってつくったものである。宗家の部屋の壁には色紙や感謝状がいっぱいかかっていた。佐藤栄作、水野成夫、一万田《いちまだ》尚登《ひさと》、土門拳、石原裕次郎、池内淳子などの名があった。宗家は羽織を着ていて、『久瀬』の字をよく眺めたあと、人間本来無一物ですから人格は判コによってしかあらわれないのです、祈る気持でおさねばいけませんん、判コの変りめが運の変りめといいますといった。

からかい半分でいったのだけれど、話を聞いているうちにだんだん久瀬は濃縮されて、ほんとにそうだという気持になった。八千エンという判コ代を聞いてもさして惜しいとは思わなかった。妻が不平をいいかけたが、これにぼくたちの一生がかかっているのだよといって薄く目を閉じ、いただいて見せたら、なにやら凄い目つきになり、声をひそめて、ソウネ、ソウネといった。

六階にある自分の課室にあがると、久瀬は靴をぬぐ。ビニール製のヘップにはきかえる。都庁の互助組合で二百エンで買ったものである。これは便利で気持がいい。水虫にならないですむ。昼飯のときにはそのままの恰好でペタペタと日比谷や銀座の料理店へいく。ゆっくりと椅子に腰をおろし、新聞を読む。朝日、毎日、読売、スポ日、内外タイムスなど、すみからすみまで読む。自費でとってるのではない。課の雑件費でとってる新聞である。終ると『週刊とちょう』など、庁内紙を、またすみからすみまで、ゆっくりと読みにかかる。

女子職員がしずしずとお茶を持ってきてくれる。毎朝のことだが、〝粗茶ですが……〟という。たしかに粗茶である。たしかめたことはないが、百グラム四十五エンくらいの茶ではないだろうか。泡を吹いている。それをフウフウすすって新聞を読む。舌、のど、食道、胃と、熱が一滴一滴おちてゆくうちに、やがてその熱は脳へゆるゆるとあがってくる。久瀬は新聞をおき、だまったまま『未決』の箱のなかから伝票や書類をだして、一枚一枚、判コをおしにかかる。すべて書類は二種しかない。未決か、既決かである。いや、判コをおしたのと、おしてないのとの二種があるだけだ。

部下の係員たちも机にかがみこんで、いっしょうけんめい、判コをおしている。彼らのは水牛角ではない。水晶でもない。むかしは久瀬のもそうであったが、ツゲの木の判コである。茶碗はめいめいの家から持ってきた瀬戸の安物である。蓋はついていない。久瀬のもどこかの市場のすみっこで買ったものだが、益子《ましこ》焼である。蓋はついていない。課長になったら蓋つきにして、どこかで茶タクも買ってこようと思う。課長の茶碗は私物は私物だけれど、有田焼で、蓋がついているし、茶タクもついている。判コは水晶である。椅子は肘《ひじ》かけである。こういうことは誰も口にださないけれど気をつけないといけない。

十二時になると久瀬は椅子から立ちあがり、ヘップをペタペタと鳴らしながら銀座の中華料理店へラーメンを食べにでかける。ラーメンでないときはスパゲッティである。これは『フードセンター』へいく。ラーメンはきっとナルト巻をのこし、スパゲッティはきっとスプーンの腹で巻いて食べることにしている。スパゲッティはフォークとスプーンを使って食べるものなのに、日本人はフォークだけで食べ、スプーンを添えてくれるところがない。こういうところがまだまだ日本は本場の消化がたりない。本場はあるが本場ではない。二流の一流国である……というような有名文化人の外遊土産の随筆を読んだことがあるので、久瀬はスパゲッティ屋に入ると、きっと、ひくい声で、〝スプーンを……〟というのである。見まわすと、あちらの席にもこちらの席にもビニール製サンダルをつっかけた紳士たちがすわっていて、一目で、都庁の職員だなとわかる。

「……おれは大田区に五年住んでいるけど、となりの家の人の名前も職業も知らないよ。そういうことなんだ。都庁がどうしたのこうしたのなんて気に病んでるのは都庁の人間だけなんだよ。一般都民にはなんの関心もない」

「人口三十万以上の都会になるとダメだという説もあるくらいなんだからね」

「こないだ局長が二、三人集って話してるのを立聞きしたら、東知事のことを〝蒸溜水〟といってたようだよ」

「ハハハァ、蒸溜水か」

「蒸溜水、ね」

「毒にもならず薬にもならず、甘くも酸っぱくもなく、ただ存在しておりますというだけのことなんだな」

「それが毒だよ。なんにもならないバカがいるということだけで毒なんだよ」

「部下が働かねえからナ」

「休まず、遅れず、働かずの三原則だよ。前向きにすわって仕事はしないということになっているんだ」

「なにを聞かれても同時に〝ハイ、イイエ〟といってたらいいんだよ」

「なんだい、それは」

「梅崎春生の小説だよ」

「高級だなア、あんた」

「貸本屋で読んだのですよ」

「ハハハハァ」

「ハハア、ハハハッハッ」

「ハハハハァッ」

「ハハハッ」

「ハハハハハァーッ」

「ハハハッ」

「ハハッ」

「フワッハッハッ」

「ハッハッハァ」

「アハハッ」

「ハイ、イイエか」

「なるほどねえ」

「ハハハッ」

「アハハハハッー」

「フワッ、ハッ、ハッ」

久瀬は、ラーメン屋をでると、のろのろと陽あたりのよい銀座の人塵芥《ごみ》のなかをひとまわり歩きまわってから都庁へもどる。

ネズミの巣のような、紙屑と書類でいっぱいの、ベニヤ板の壁で小さく小さく仕切った箱のなかへもぐりこみ、ふたたび判コをおしにかかる。丹下健三氏はいくら建物を近代的にしたって人間が前近代ならどうしようもないというけれど、久瀬は家でも、レストランでも、会議室でも、お座敷でも、すみっこに体をくっつけないことには安心できないのである。すみっこにもぐりこんで、背なかを壁にぴったりくっつけていないことには、おちおちできない性分なのである。

午後の二時になって、やっと、仕事らしい仕事があった。会議である。区役所土木課と、清掃事務所と、清掃局と保健所の、四者合同の会議であった。各局の係長、主査、課長、部長などが出席し、お茶を飲みつつ、報告、提案、討論などをした。今日の議案はもうかれこれ三年か四年懸案の議案で、今日、やっと、結論を見ることになった。

道におちてるネコの死体は誰が始末するかということについての受持区域をきめたのである。みんな責任をいやがって、なにやかやと口実をつくって、自分のところの仕事がふえないように、ふえないようにとするものだから、いつも会議はお流れになってきたのだ。川に土左エ門が流れてくると竹棒でつついて管轄外の向う岸へおしやってしまう警察のやりかたとおなじである。けれど、やっと、今日は、四年間の討論にケリをつけることができた。書記がいて、ちゃんと議事録をとってくれた。それによって、ネコやイヌが道で死んだときは区役所の土木課が始末することになった。どぶや下水で死んだときも土木課の仕事である。川、池、空地、敷地などで死んでた場合は清掃局の仕事であるということになった。埋葬処理は清掃事務所、一匹について二百エンの手数料をとることとする。捨イヌ、捨ネコは都民がつれてきたら保健所でひきとる。これは無料であることにする。土木課、清掃事務所、清掃局、保健所、四者の代表者たちは以上の行政区分について、誰も不平をいわなかった。久瀬も不平をいわなかった。だまって粗茶を飲み、なにか聞かれるたびにゆっくりとうなずいて、エとか、アとか、ソレハとか、ソウソウなどとつぶやくきりである。

「……すると、ここにですね、ある家の塀《へい》の内から木の枝がヌッとでておる。そのさきになにかのはずみでネコが死んでぶらさがっておる。こうしましょう。この場合には誰が責任を負うのでありましょう?」

いつも不平をいうので有名な土木のゴテ根こと坂根課長がいんぎんなイヤ味をいったので、みんなは顔を見あわせ、ソレハとか、ウムとか、ツマリなどとつぶやきかわした。そこで、議決案の案文に一項目加えて、道、どぶ、空地、川など、どの区分にも入らない場合のときは清掃局がひきうけるという文章をつくることになった。坂根土木は満足してすわった。すると山口清掃がたちあがった。仕事をおしつけられたので不満なのだ。

空地のなかに道であるようなないような道がついていて、そこを死にかけのネコが空地のほうへ入ったり道のほうへ入ったりしてヒョロヒョロしているときには、土木、清掃、保健の三人があとをつけていくことになるのかといった。みんなは相談しあって、これについてはとくに案文はつくらないけれど、知らせがあればすぐに土木課で土地台帳を繰って、それが道であるか空地であるかをたしかめてから所管の担当係官が出動すればよいではないかということになった。四年かかった問題がこれでやっと明文化されて結論がついた。久瀬は満足し、堅い背骨ができたような、大きなつらい仕事をやりとげたあとのような気持になって、廊下を歩いていった。

〝センセイ〟（筆者注・都会議員のこと）が課室へ遊びにこなかったので、今日は、ずいぶん仕事がはかどった。一つの会議で結論をだし、五十三枚の伝票に判コをおすことができた。センセイがきていたら会議もどうなったかわからない。都庁の仕事を牛耳《ぎゅうじ》るのは都会議員で、職員は彼らが宴会できめたことの下請仕事をするにすぎないようなものなのだから、課長も、部長も、局長も、みんなピリピリしている。不平をいうといつトバされてしまうかわからないから、なにもいわない。電話の受け答えもいちいちハッ、ハッといわなければいけない。

五時になると、課員たちはバネがかかったみたいに机から体を起して、帰りにかかる。ほんとは拘束は五時十五分までということになっているのだけれど、五時の都庁の出口は退庁する人間の波で一歩もさからえないほどである。

久瀬はふたたび東京駅に向い、中央線にのりこむ。荻窪駅でおりる。駅前からバスにのり、井荻駅前でおり、畑のなかにできた団地アパートのよこを通って都営住宅の自分の家まで十五分歩く。風呂に入り、徳利に一本、日本酒を飲む。サカナはゲソと浅漬の白菜である。互助組合で買ったパンティを妻にわたす。

だまってチャブ台に向ってちびりちびりと酒を飲み、『憲法精解』の頁《ページ》を繰ってみる。管理職試験はこの九月十三日にすんだけれど発表がまだである。すべってたらまた一年、高校生なみの受験勉強をしなければいけない。試験が近づくと毎夜毎夜、おそくまでわからない本を読み、〝出張〟といって都庁を休み、試験が近づくと正常位はおろか、女房、子供、みんな郷里へかえしてがんばらなければいけない。この試験に受からないと一生課長になれない。試験の成績と平素の上役へのゴマすり成績のかねあいは四分六だとか三七だとかの噂がある。また合格率は六パーセントか七パーセント、たとえ合格しても課長の椅子がなくてダブついてるのが七、八人もいるということであるが、とにかく合格しなければお話にならないので、久瀬は『憲法精解』を持って寝床にもぐりこむ。

今日、久瀬は、ほとんど話らしい話をなにもせずに、一日くらした。

超世の慶事でござる

頃は西暦一九六四年十月十日。

この日、午後二時、都では国立競技場におきまして天皇、皇后両陛下御臨席のもとに『第十八回オリンピック東京大会』の開会式がおこなわれたのでございます。

前夜まで氷雨様《ひさめよう》のものがしとしと降りつづけてどうなることかと気づかわれてなりませんでしたが一夜明ければ、嬉しや嬉し、超世の悲願成就、クヮラーンッと晴れわたった秋空は気が遠くなるほどでございます。紺青《こんじょう》の深遠な海には大きな微笑が陽を浴びて漂うようでございます。九千万人の祈りがついに天廟《てんびょう》の扉をひらいたのでございました。

国電千駄ヶ谷駅にて下車。徒歩五分ほどで競技場に着きます。交通巡査がたくさんにでまして自動車や通行人をさばいております。谷川のようにさざめき泡《あわ》だつ午後の日光のなかを諸人は美服をまとい、かめら、双眼鏡などを携えまして、ゆうゆうと足をはこびます。
○「パン買おうか」
×「あとでいいんじゃない」

△「ノドかわいたワ」
□「ぼくはまだいらないよ」
▽「幕の内を売ってるなァ」
◎「ゴミになってめんどうだわ」

万国旗が空にはためくなかを諸人はひそひそとささやきかわしつつ巨大なすたじあむの門のなかへ吸いこまれてゆきます。誰も血まなこになったり、いらだったりする者はおりません。叫んだり、口論したりする者もおりません。これがあの二十年昔、焼け跡を影のようにさまよい、泥のようにうずくまっていた餓鬼《がき》の群れかと、万感こもごもでございます。ぱん、牛乳、こかこーら、おれんじじゅーす、幕の内弁当、にぎりめし、さんどいっち、さまざまな品が小綺麗な西洋屋台に山と盛られ、くーらーに詰められた瓶は歓喜を秘めつつ岩清水のように冷っめとうございます。誰かの手のなかでとらんじすたあがくりかえしくりかえしうたっております。

…………

……

オリンピックの顔と顔
それトトンと
トトンと

入場券を少女に見せますと、びにいるの風呂敷や、袋や、いろいろな物を頂戴いたしました。ゴミや紙屑はみんなこの袋のなかに入れなさいということなのでございます。なかに一枚、往復葉書が入っておりまして、『小さな親切』すいせんカード」となっています。いつ、どこで、どんな親切をうけたかを書きなさい、と申します。すたじあむの指定席はむきだしのせめんとですが、これもちゃんとびにいる製の小さな座ぶとんが敷いてございます。身にしみる思いやりのこまやかさに頭がさがりました。ああ、よかった、よかった、生きていてよかったとつくづく思うのでございます。

七万の観客、水をうったように息をひそめるうちに、ぶらす・ばんどの入場。陸上自衛隊音楽隊。これは北口と南口と二つから入ります。航空自衛隊音楽隊。警察音楽隊。消防庁音楽隊。海上自衛隊音楽隊。これらが金、紅、黒、青、茶、色とりどりの皺ひとつない制服を着まして、歩武堂々、自信満々、場内を一周して聖火台下の、これはまた古式ゆたかな二基の大火焔太鼓のあたりに整列いたします。

年配のおじさんが双眼鏡で太鼓を覗き、つくづく感嘆をこめた口調で、

「きれいなもんだなァ、きれいなもんだなァ。まるで『越天楽』の舞台かなにかみたいだ」

と申します。

するうちに團伊玖磨氏作曲の『オリムピック序曲』がはじまり、うっとりしているうちに、梵鐘《ぼんしょう》の音を素材にした電子音楽がはじまりました。これは黛敏郎氏が作曲、NHKが協力してつくりだしたものでございます。巨大な高感度再生装置で放送いたしますからたいへんなもの。

これが聞いておると、なにやら、ぶわあああああん、ぷおっぷおっ、ぴゅううううう、ぼうううおおおん、ぶわっ、ぼん、ぶわっ、ぶわっ、ぶわっ、と聞えるのでございます。まるで、なにやら、こう、古井戸に石を投げてるようなぐあいなのでございます。また、洞穴のなかで御鳴楽をおとしたようなぐあいでもございます。説明書を読みますと、これこそ「……日本人が『心の響き』を世界に伝えるものです」とありました。

天皇、皇后両陛下御成りになります。「君が代」演奏。双眼鏡にて懼《おそ》る懼る拝眉《はいび》いたしますと、竜顔《りょうがん》殊のほかに御麗《うるわ》しく拝せられました。皇太子御夫妻、常陸宮御夫妻、三笠宮御夫妻の姿も拝せられました。海内《かいだい》無双の皇家御一統はいよいよ御加餐の趣、竹の園生《そのう》の弥栄《いやさか》を祈りあげました。子々孫々にいたるまでこの世紀未曾有《みぞう》の感動を語りつたえんものと不動の姿勢で佇立《ちょりつ》したまま双眼鏡を覗きます。

するうちに本日のめいん・えゔぇんと、いよいよ各国選手団の入場行進がはじまります。色さまざまなるぶれざあ・こーとに身を固め、紅毛碧眼《へきがん》あれば、縮毛長身あり、お稚児《ちご》さんにしたいようなのあれば、見たくもない皺くちゃじいさんもあり、七面鳥みたいな婆さんもあれば、針金にからみつく野うばらの風情もあります。

亜細亜《あじあ》の清楚、南欧の艶、北欧の名花、東欧の妍《けん》、北米の無邪気、近東の神秘、いやもうこうして高い所からつぎからつぎへと繰りこんでくる百花繚乱《りょうらん》を見ておりますと、沈魚落雁閉月羞花《しゅうか》の風情、えらいものでございます。浮いてる魚も沈み、空の雁もおち、月は雲にかくれ、花ははじらい、猿《ましら》も木からおちようてンですからえらいもんだッ。

峠の一本松みたいなたった一人きりの国もあれば、何十人と知れぬ山塊《さんかい》の流動を見るごとき国もございます。ちゅういんがむを噛み噛み歩くのもあれば、握手して見せるのもあり、日の丸の小旗ふるきゅうばもあれば、日の丸と半月旗をあわせてふるとるこもあり、たあばん巻いたるいんどもあればぴおにいるの赤い三角巾をふるそうぇともある。奇声発してたわむれてみせるのもあれば、硬直したのもございます。観客席の諸人はただもう嬉しく楽しく、どの国にもまんべんなく拍手を送っております。一つ気のついたことでございますが、北米の選手団はかう・ぼういのかぶる白いがろん帽をかぶっております。演者のうしろに着席しておりましたあめりか男が、威勢よく弥次《やじ》をとばしまして、

「L・B・J、L・B・J!」

そう叫ぶのでございます。

L・B・Jとは、りんどん・べいんず・じょんそんの頭文字ではございませんか。そしてじょんそん氏はてきさすの大牧場主でございまして、いまやたけなわの大統領選挙の遊説ではよ

くがろん帽をしむぼるにかぶって愛嬌《あいきょう》をふりまいているところを見かけます。

この入場式風景はそのまま同時にあめりかへ中継されます。ということはじょんそん氏は宇宙経由で選挙戦をやっているということなのでしょうか。それともたまたま好もしき偶然の一致なのでしょうか。演者ごときにはよくわかりませなんだ。ちょっと気がついたからちょっというてみたまでのことでございます。選挙と聞けば買収と考える癖があって、どうもいけません。

各国の選手団を紹介申しあげます。エコひいきや、政治の介入などがあってはいけませんので、お国お国の食べもの、飲みものでいくことにいたしましょう。

遠からん者は瓶でも見ろ。近くば寄って飲んでみろ。まず筆頭は松脂《まつやに》入りぶどう酒のうまいぎりしゃでござる。あるふぁべっと順に入場するのだがおりんぽす山があるので先陣承《うけたまわ》る。つぎが羊の串焙《しゃしりく》りのうまいあふがにすたんでござる。三番が肉団子《くすくす》のあるじぇりあでござる。四番が牛、牛、牛のあるぜんちん。五番がかんがるーのおうすとらりあだ。食ったことはないが固いかもしれん。六番が名物ういん風かつれつと宮廷菓子のおうすとりあだ。七番。ばはま。海亀のすうぷ。八番。べるぎい。腎臓料理。九番。ばみゅうだ。えび。十番。ぼりびあ。肉、魚、卵とまぜた凍りじゃがいも。十一番。ぶらじる。こおひいとくう・で・たあ。十二番。英領ぎあな。唐辛子料理だ。この選手はきっとよくはねるぞ。十三番。ぶるがりあ。ますてぃかという純正あぷさんを氷水で割る。効《き》くなんてもんじゃございません。十四番。びるま。ごま油入りのかれえ・らいすというものがある。十五番。かんぼじや。ここもかれえ・らいすだ。野菜入り。十六番。かめるうん。いまでも象を食っているのかな。とにかくなにかうまいもののあるところ。十七番。かなだ。せんと・ろうれんす河の鮭。十八番。せいろん。紅玉と紅茶。合掌するのが挨拶。十九番。ちゃど。狒狒《ひひ》じゃないだろう。とにかくなにかお国自慢のあるところ。二十番。ちり。ざりがにの仔《こ》がうまい。二十一番。ころんびあ。野菜入りちきん・すうぷ。二十二番。こんご。るむんばを食べたという噂の流れたことがあったが、ふつうは椰子油で煮たあひるなど、おとなしいものである。二十三番。こすたりか。二十四番。きゅうば。葉巻でしょう、やはり。二十五番。ちぇこすろばきあ。はむとぴるぜん・びいる。二十六番。でんまあく。鮭の燻製がすばらしい。二十七番。どみにか。お菓子にちきんを入れるそうだ。二十八番。えちおぴあ。あべべ選手が靴をはいて旗をおしたてていった。いい蜂蜜酒《みいど》があるそうだ。ふぃんらんど。となかいの燻製。ふらんす。かたつむりと蛙。どいつ(統一)。東も西もそうせいじ。があな。なつめ椰子のすうぷ。いぎりす。ぽてと・ちっぷす。助平な新聞で包むほどうまいといわれている。〝たいむす〟なんかで包んだら目もあてられない。ほんこん。蛇。はんがりい。唐辛子入りびいふ・しちゅう。あいすらんど。燻製の小羊……。

どんどんこうして食べすすんでいきますうちに脳味噌にぺたぺた万国旗の判コをおされたような気持になって参りました。なにがなんだかわかりません。さいごに三つ巨大な選手団が登場いたします。ふらいど・ちきん・ばあじにあ風のあめりかと、きゃゔぃぃあのそゔぇと、さてどんじりに控えしは、なんでも食べる日本選手団でござる。

まえを歩くそゔぇと団の女子選手たちがぴおにいるの赤い布をヒラヒラ、ヒラヒラふって愛嬌たっぷりに笑いくずれてるのにくらべますと、日本選手団は男も女も犇《ひし》と眦《まなじり》決して一人一殺の気配。歩武堂々、鞭声粛々《べんせいしゅくしゅく》とやって参ります。なにしろ鬼だの魔女だのというのがおりまして、日頃練習のときは秋霜《しゅうそう》烈日、〝死ねッ！〟とか〝泣けッ〟とか〝バッキャロ〟〝家へ帰れ〟などという声のかかるまぞひずむ道場なのですから、そろそろと歩くだけでも、もう、なにやらむらむらとちがうのでございます。選手強化費がざっと二十三億エン、金メダルを十五コとったら一コが一億五千万エン、選手の頭割りでいくと一人じつに五百万エンかかっているのでございます。えらいもンでございます。たいしたもンでございます。

組織委員会会長挨拶。

国際オリンピック委員会会長ぶらんでぇじ氏登場。英語と日本語で各国選手団を歓迎する旨の言葉を述べます。すると陛下が御起立になり、ぶらんでぇじ氏に答えて開会を御宣言遊ばします。十万の諸人、固唾《かたず》をのんで恐懼《きょうく》するうちに玉音凛々《りんりん》とひびきました。たちまち起る楽の音。陸上自衛隊のぶらす・ばんどでございます。

陛下御起立のままです。

火焔太鼓のことを『越天楽』の舞台みたいだと感嘆した件《くだん》のおっさんは、おだやかに微笑して演者をふりかえり、

「今日の陛下はよくできた。短かったからよかったんですね」

と申します。

オリンピック大会旗掲揚。

ローマ市長ととらんぷのじゃっくによく似た衣裳をつけた従者が牛込の小学生の鼓隊といっしょに入って旗を東京都知事にわたします。この五輪旗は四年後めきしこへゆくのだそうでございます。これも厳粛な、純粋な、感動にみちた、光栄あふれる、正統的な、由緒正しい、忘れられない、世紀未曾有の瞬間でありました。とつぜんわあああああッとあがる鯨波声《ときのこえ》。そもさん何者この聖域を猥雑のだみ声で汚すなるや。キッと見得切ってふりかえりますと、これがフウセン玉なんで、一万コ。暗殺でなかったのでホッと胸をなでおろす。拍手こそいたしませぬが七万の観衆は声ならぬ声にて鳴りとよもす。天地に喜色閃き、一道の瑞光《ずいこう》、ろいやるぼっくすのあたりにたってフウセン玉を追いこし、空の沖に消えます。超世の慶事とおよろこび申しあげまする。

するうちに七万の観衆は固唾をのんで見守る。と、そこへ、一人の額涼しき若武者がもだん松明《たいまつ》持ちまして、広場へ駈けこんでくる。疲れも見せず、息も切らさず、タ、タ、タ、タ、タ

ッ。ハイヨーッと声にこそだされね、また鞍上《あんじよう》鞍下《あんか》人なく馬なき連銭葦毛《れんせんあしげ》こそ見えね、これなん誰あろう、寛永十一年正月二十四日、愛宕山円福寺の百二十余段の石段駈けあがって見せたる生駒雅楽頭《いこまうたのかみ》の家来、曲垣《まがき》平九郎盛澄の壮挙をいまに見せんとて坂井義則君が聖火台めがけてまっしぐらに駈けあがるのでした。

つまずかず、よろめかず、自信満々、けれど傲《おご》らず、誇らず、アレヨーッと見るまに坂井君は階段一気に駈けあがってパッと松明を捧げます。清浄の混沌の炎がついにここにもたらされました。一万五千五百粁《キロ》の血なる空と土の旅をおえて、ついにぎりしゃが亜細亜で花ひらいたのでした。これまたたいそう簡素な、一等純粋な、知性の病毒をまぬがれ得た、手と足にだけ心のある、いわば儀式の秘鑰《ひやく》とも呼ぶべき晴朗のふるまいでした。世紀未曾有の瞬間でございました。

拍手が起ります。

よこのおっさんが今度はひくい声で、ひとり、うたいだします。べえとおゔぇんの第九交響楽、師走の深夜に聞きますとゾクゾクするくらいいい合唱部の一節なのでした。

○「……火だね」

△「火だわ」

□「火だよ」

▽「火、ね」

×「火さ」
！「火なんだ」
？「やっぱり、火よ」
◎「火か」
☆「いいわ、いいわ」
○′「火だな」
△′「火よ」
□′「よかった、ついて」
▽′「あの火は……」
×′「あの火が……」
!!「あの火に……」
??「あの火を……」
★「火だなァ」
＊「火って」
●「火ですねえ」
◇「ほんと、あの火」
◆「火……」

というようなことは誰一人としていいませんでした。演者《それがし》のまわりにはなんの声もありませんでした。講釈師見てきたような嘘をつきと申します。みんなは拍手がおわると、ただのろのろと腰をおろし、件のあめりか男はさんどいっちを食べるのに夢中なだけでございました。

よこにいた荒垣秀雄さんに、

「どうってことないですね」

念のため聞いてみたら、荒垣さんはおっとりと笑って、

「タバコをつけるにはちょっと大きすぎるようですな。大仏さまのハクキン懐炉にはいいでしようね。あれくらいで手頃だな」

やはりそんなことをおっしゃるのでございました。日頃この人は洒落のめしてばかりいてなかなか本音を吐かないという噂があります。けれど、拝火教徒でないことはたしかだと思います。

選手代表が宣誓しました。

八千羽の鳩がとびました。

みんなどこかへとんでいったのに一羽だけあとにのこって、どこへいこうともしません。

『君が代』演奏。

演奏中にどこからともなく五機のじぇっと機があらわれ、色のついた煙でたくみに五輪まあーくを空に描くと、どこかへとんでいきました。諸人はその軽業に見とれて嘆声をあげ、おとむらい気分を忘れたようでございます。

両陛下御退場。

選手団退場。

楽隊退場。

よかった。よかった。無事滞《とどこお》りなく済んでなによりでございます。

お目汚しましたる一席のお粗末、これにて大団円といたします。


開会式がおわったあと、大群衆におされつつ道へでた。道や、木の幹や、壁や、空から、薄青い、よごれたたそがれが沁《し》みだしていた。従順で、よく訓練された、節度ある身ごなしで人びとは散っていった。

銀座へでると、ある焼鳥屋の二階で三人の学生と会って、ヒッチハイクの話を聞いた。ソヴィエト、東欧、西欧、中近東、東南アジア、北米、南米、北欧と一年がかりで歩きまわってきたのである。街道や森で寝袋にもぐりこんで眠り、ゆくさきざきで、道路工事、パイプ工場、農家の手伝いなどした。手と足で働き、金のあるかぎりはどんなささやかな一宿一飯にも金を払うようにして地球を一周してきたという。

三人の大学生は焼鳥をパクパク食べながら諸国物語を話してくれた。苦労して漂流をかさねたにしては三人とも下等な虚無を匂わせなかった。放浪のヤスリのしたで砕けきってしまわなかったようである。そのためにたいへんな内心の精力を消耗したことであろうと思われる。あるいはようやく虚無のふちに這《は》いあがったところかも知れない。自分を少しはなれたところから眺めて苦笑したり、困惑したりしている聡明な気配があった。

十エン玉一つないありさまでどろどろヘトヘトになって羽田にたどりつくと、故郷に帰ったという気持とやりきれない違和感をしたたかに味わわされた。しばしば自分が外国人のように感じられて、いらだった。皮膚のうらに心を貼りつけることができなかった。オリンピック騒ぎはバカげ果てているという。けれど誰も聞くものがない。こちらが狂ってるのか、向うが狂ってるのか、判断に苦しむことばかりである。さんざん手を焼いた結果、どちらも狂ってるのかもしれないから勝手に狂わせておけと考えることにした。

「やりたい連中に勝手にやらせておけというほかないですよ」

「陽《ひ》照れば水涸《か》れ、雨降れば洪水、風吹けば家たおれ、地震がきたら石油タンクが爆発する。下水道は二割しか完備してなくて、都民の雲古の六割は海へじかに捨てるんだよ。おれは調べてみたんだ。そういう国で新幹線や何かをふくめれば一兆三千億エンもオリンピックに使うっていうのだね。このことはどう思う？」

「そういうことはもう考えないことにしました。考えたところでいまさらヤボをいうなとか、ええじゃないか、ええじゃないかで走ってしまうんですから、どうしようもないです」

三人は三人とも異口《いく》同音につぶやいて、顎《あご》をだした。

祖国を捨てた若者たち

東京にはずいぶんたくさんのヒッチハイカーがいる。神出鬼没を身上にした連中なので、いったい何人ぐらいなのか、見当のつけようがない。東京は日本じゃないよといって北海道や九州の田舎を歩きまわるのもかなりいる。

新宿の喫茶店に集ってきて、たいがい情報交換をやってるというのでいってみた。有名な『風月堂』という画廊喫茶で前衛画、前衛彫刻がたくさんある。いつきてもおなじような年齢の、おなじような顔の、おなじような風俗の芸術青年、芸術少女がもうもうとしたタバコの青い濃霧のなかにすわりこんで人をニラミつけている。つかみようのない嘲笑で薄いくちびるをゆがめ、人を刺すようなまなざしで眺め、ふっと顔をそむけて吐息をつき、ひくいひくい声で話をする。暗くて、けむたくて、ヤニっこく、おとなしい店。

いつのまにか、ここが日本の鬼才青年や天才少女にまじって外人のヒッチハイカーたちの連絡所になってしまったらしい。ふらりと入ってきてなにごとか仲間と話をすると、またふらりとでてゆく。午後二時か三時頃に一波きて、たそがれから夜の八時頃まで、また第二波がくる。

飲んでゆっくりするのは『どん底』という有名な安酒場である。ずいぶんいろいろの国から流れてきた若者たちで、この原稿を書くために話を聞いたのはイスラエル、オランダ、イタリア、スイス、アメリカ、アイルランド、イギリス、ニュージーランド、日本だった。

ヨーロッパ、またはアメリカからヒッチハイクに出発をするのに南回りと北回りとある。南回りはヨーロッパをどんどん南下してゆきトルコのイスタンブールにたどりつく。ここで八十パーセントがおち、二十パーセントの勇敢な若者たちが中近東、インド、東南アジアをへとへとになりながら横断して日本にたどりつく。

ここでたっぷり眠り、たっぷり食べ、たっぷり稼ぐ。北回りの場合は南欧、中欧、東欧、北欧とさかのぼってカナダ、アメリカ、海峡地帯、南米とノシたあと、オーストラリアへわたり、日本へくる。東南アジア、インド、中近東にオゾケをふるって、北回り組もここでかなり脱落するようである。

風月堂やどん底は世界じゅうのヒッチハイカーのあいだに知れわたっていて、東京へいったらあそこへいけ、とか、何月何日、あそこで待っているからといいかわすのである。日本へつくと、さっそくかけつけ、仲間を見つけて、情報の交換、つまり、どうして口説《くど》いたらこの国の女はおちやすいかとか、どこへいったら安くてうまいものが食べられるか、とか、耳から耳へのひそひそ声で、どこで仕事を見つけるか、というようなことなど話しあう。なにかつかむとソソクサとかけだしてゆき、何日も姿をあらわさない。日本外務省の規定によれば外人旅行者は働いてはいけないことになっているのだが、みなさんご存知のお国風だからヒッチハイカーたちは、トンと仕事に困らない。銀行や大会社の英会話教師、会話塾の先生、外人向高級店のセールスマン、映画のエキストラ、服飾雑誌のファッション・ボーイ、それから、なかに一人、乞食だけで稼いだヨといいだしたのもあった。

暗くて、けむたくて、ヤニっこい喫茶店のすみっこにすわっていると、つぎからつぎへ、さまざまな魚がたそがれの上げ潮にのってやってくる。彼らの話は山ネコのようにはねまわるのでとりとめがなく、どこからがホラで、どこからがホントなのか、さっぱり見当のつけようがない。だいたいおれたちヒッチハイカーの話は八十パーセントくらいがホラですよと、スイスの青年がいった。これは万国共通、旅する人のきわめて正常な反応である。とりわけ砂漠、荒野、雨、インド、熱病、風土病などにきりきりきざまれると、この衝動はいきいきとうごきださずにはいられまい。彼らが食いはぐれるのも気の毒なので、名前をみんな変えて書くことにする。

①シャロム・ソロモン＝ニュージャージー生れの米系ユダヤ人。良家の出だと自称する。父は判事を引退して弁護士、母は薬剤師。イスラエルとアメリカのあいだを放浪して歩き、やがてアメリカへもどったら大学で政治学を勉強したあと、エルサレムのヘブライ大学に入り、あの小さな国に永住したい。アメリカを卒業して、オレの『エクソダス』（〝栄光への脱出〟）をや

るんだという。色の白い、背のひくい、がっしりした、ちょっと傲慢なところと割切りすぎたところのある青年。大久保の下宿の四畳半の壁には予備校の生徒募集の垂幕がかかっている。掛軸のつもりらしい。ヒッチでどん底におちこんだらパンを盗んでも許さるべきであって、それが悪であるかどうかは解釈の問題にすぎんのではあるまいかという。日本の女性の従順さにはつくづくおどろく。こんなに清潔さやデリカシーの尊重される国なのに、ある女は灰皿がないといったらチョコチョコと指さきでもみ消し、眉ひとつうごかさなかった。これはどういうことなんだといって、茫然とする。私が風邪をひいてるといったら、これはお母さんが手ずからつくってくれた特製の錠剤だからといって一コくれたが、べつにどうということはなかった。

②サボ・フランク＝オランダ。アムステルダムの生れ。生れたときに両親は家のなかにユダヤ人をかくまっていたというので強制収容所へ送られた。だから父母の顔はいまだに知らない。姉が一人いてどこかへ逃げたと聞くけれど、いまヨーロッパにいるものやら、アメリカにいるものやら、どうさがしようもない。

針金のようにやせた男である。横浜に上陸したあと、しばらくドックで風太郎をした。一日、千三百エン。三人家族の中年の日本人の波止場労働者の家に寝泊りさせてもらった。貧しくて、くさいけれど、とても親切だった。体を痛めたので東京へでた。エルサレムで別れた前記シャロムとバッタリ出会った。いまは銀行と会社で英語を教えている。アメリカの金持娘といっしょに三部屋つきの中野の高級アパートに住んでいる。けれど愛しているというわけではない。

彼女はオレを愛してるらしいが、オレはどうってことはないのである。これからさきもいっしょに旅をつづけるつもりだが、愛してる女とはヒッチはできないと思うンだ。ヒッチのコツは、スマートネス（頭がよくてキビキビしてシャレていること）にあると思う。どうも見てるとスマートなやつだけがパンにありつけるようなんだ……という。

「どこの国でもだいたい貧乏人ほど親切だし、田舎へゆくほど親身にしてもらえるが、金持とか都会とかはなぜそうならないのだろうね？」

私がぶつぶつとつぶやくと、シャロムとサボの二人は声をそろえ、

「それが文明てものなんだ」

といったあと、声がわかれて、

「災厄だよ！」

となり、

「どこでもおんなじだあ」

となった。

③ヴォルティ、カルヴィ、エラスム＝スイス人。三人一組になってあらわれた。くっついたりはなれたり、はなれたりくっついたりしながら旅をしている。

「……オレはベルギーの外人部隊にはいってアフリカへいったことがあるんだ。コンゴだよ。ここで黒人一人射殺したら千マルクもらえた」

エラスムという青年がそういう話をはじめた。

こちらがすわりなおして、

「その話、ほんとか？」

と聞いたら、ひるんだまなざしにはなったが、ほんとだよと答えた。

「君が殺したの？」

「そうさ」

「何人？……」

エラスムが答えようとするのをヴォルティとカルヴィの二人がよこからいきなり割りこんで話をさまたげた。わやわやわやとなってそのまま話は消えてしまった。

エラスムは薄く笑って、

「いまのはウソだよ。オレたちヒッチハイカーの話の八十パーセントはホラなんだよ」

といった。

ヴォルティはサモア、フィジー、タヒチなどの南海諸島もめぐり歩き、カルヴィはマラヤで中国人相手にタラの肝油で一稼ぎしたという。スイスのまともな市民生活の倦怠にたまらなくなって逃げだした。オレたちは逃げ歩いてるんだという。三人とも、そういった。けれど、私は、なんとなく、このうちの一人か、二人か、三人かは、なにか犯してきたのではないだろうかと思えてならない。少なくともあり得ないと断言することはできないのである。

④バスタ・ボンゴーレ＝たくましい大男のイタリア人。十七の時にとびだしてパリへいったのが病みつきになって、以後、十三年間流れつづけている。写真家だといったり、詩を書くといったり、やがて故郷《くに》の山にこもって体験を小説にまとめあげるつもりなんだといいだしたりもする。陰毛ヒゲぼうぼうの巨漢であるが、眼は丸くて、人のよさそうな笑いをただよわせている。紅茶代はきっちりワリカンで払っていく。律義な男。

「……ヘンリー・ミラーは二十世紀最大の作家だね。オレはヘンリー・ミラーがセミコロンの一つ一つまで理解できるんだ。ロレンス・ダレルも、サルトルも、ヘミングウェーも、ミラーにかかっちゃどうしようもないよ。あいつこそイル・マエストロ（巨匠）なんだ。ヘンリー・ミラーはオレの友だちなんだよ。田舎道の石コロから銀河系の混沌まで、すべてを彼は描きだしたよ。新刊のエッセイ集読んだかね。まだか。ざんねんだな。こういう句があるよ。Story is called. Murder the murderers！というんだ。この本は戦争についてのエッセイで、ミラーの平和主義者の側面がよくでてるよ」

ひとしきり彼は陰毛ヒゲをもみあげもみおろしてミラー論を展開しにかかったが、そのあとでフッと声をひそめて私の眼をまじまじとのぞく。

そして、てれくさそうに笑いながら、ひそひそと、

「オレ、ミラーも好きなんだが、じつは、ヘルマン・ヘッセも大好きなんだよ」

とりあわせの奇抜さに私がふきだすと、ボンゴーレはニヤッと片目をつぶってみせる。それ

があまりに優しいそぶりだったものだから、

「いやァ。そんなもんだよ。そんなもんだよ。人間は矛盾の束だわ」

といったら、ふたたび陰毛を眼のまえにちかぢかとよせてきて、『ペーター・カーメンチント』、『シッダルタ』、『車輪の下』と……かたっぱしからヘッセの本の題をとけそうな郷愁をこめてつぶやきだした。少年時代からの愛読書だそうである。

愉快に笑う、熱いボンゴーレは、自分をヒッチハイクにかけては世界最大の巨匠だと呼号し、ヒッチハイクのコツは国をでるときになるたけ遠くへまず走っちまうことだ、あとはどうにかなるものであるといっている。

⑤エール・ディーダラス＝アイルランド人。二十七歳。山羊ヒゲ。背低《せひく》。青い、澄んだ、優しい、びっくりするくらい美しい瞳をしている。

国を出てからはグリーンランドであざらし狩をし、アイスランドで漁師を手伝い、カリブ海では果物を運ぶスクーナーにのりこんで働いた。パリへぬけて、ソルボンヌで二年フランス文学の研究をした。ボードレールが大好き。ローマでアメリカ娘と仲よくなって東京までいっしょにきた。ヨーロッパはダメだ。アジアがいい。ヒッチもしやすいし、人もスレていない。インドは親切すぎるくらいだった。おれは国の空気が息がつまりそうだったのでとびだした。いまは帰りたいとも思わない。けれどさきのことはわからないから考えないことにしてるのだ。くよくよしたってはじまらないよ。おれは偉大なる楽天家なんだ。

⑥エールがそういう話をしているところへとつぜんアメリカ人の青年が一人口をはさんだ。これが乞食だけして東京で食ってるという若者で、ショバは新宿西口あたりである。ボンゴーレが日本は暮しにくいといったら、ヒョイと、そうは思えないヨと口をはさんだ。いままたヒョイと口をはさんだ。妙に子供くさく甲《か》ン高い声である。「……サイゴンは妙な町だよ。おかしいんだよ。『H銀行』ってのが中心にあってね。そこを夜なかに通りかかったら守衛らしいのがでてきて女ほしいだろうと聞くんだよ。ほしいといったら、階段から階段へぐるぐるあがって、いくつも部屋を通りぬけてね、頭取室につれこむんだよ。そしたらその金ピカの部屋で淫売がソファに寝ていてね。朝になったら女も守衛もさっさとどこかへ消えてしまって、それはもうちゃんと銀行になるんだ。そして夜になったらまた女がどこからかやってきて頭取室へ入るんだ」

⑦ワンダラー・ダッチ＝マイアミ出身の米系ユダヤ人。二十二歳。鋭くやせた顔。目を伏せて、ひそひそとしゃべる。言葉につかえ、言葉を選ぶのに苦心し、いいたいことがうまくいえなくて口ごもっている。

　マイアミ大学で二年、ヨーロッパ哲学を勉強したという。十九歳で国をとびだし、放浪はこれで三年めになる。西欧にもいき、社会主義圏ではユーゴにもいったが、つまらなかったという。インドと東南アジアで二年暮し、日本はこれで八カ月になる。二、三日したら船でバンコクへいこうと思っている。近代国家はきらいだ。原始が好きだ。マルキシズムはよいが独裁制は反対だ。純粋なコミュニズムが好きだ。アメリカは南ベトナムから手をひくべきだ。アメリカがでたらベトナム人はおたがい戦争はやらないだろうと思う。アメリカは沖縄からもひくべきだ。インドでは一日に一万人ずつ餓死してるんだってことを知ってるか。資本主義ではこれは救えないと思う。父は早く帰ってこいといって旅費に五百ドル送ってきてくれたが、それでホンダを買って、船にのせた。おれは、じつは軍隊とはトラブルがあるんだ……

ぼそり、ぼそりと、ストローの紙袋をおもちゃにしながら、おおむね右のようなことをこの誠実で知的な顔だちの青年は話した。話しおわると、憂鬱そうに口を閉じた。

「兵役を逃げまわってるんだね？」

声をひくめて私がたずねると、なんにもいわないで、さびしい水のように微笑した。

サヨナラ・トウキョウ

オリンピックの開会式を見て帰った夜に風邪をひき、三十九度ほどの熱がでて、毎日うつらうつらと寝ていた。ひどく執拗で頑強な風邪で、とうとう二週間も寝こんでしまった。

十月二十四日の閉会式を見物にでかけたが、まだ熱や悪寒《おかん》があって、頭のなかに霧がかかったみたいになっていた。他人の足で道を歩いているようだった。雲を踏んでいるような感触があって、いつ穴へおちこむか知れない気味のわるさがつきまとった。

つめたいたそがれの風のなかを国立競技場へいってみたら、七万三千人の人がつめかけてスタンドは満員であった。切符を買えなかった人がたくさん場外にはみだして、うろうろしていた。外人選手団が国旗をかかげて入場してくるのを見ようとして歩道にあふれんばかりになっていた。

スタンドにはいると、たくさんのライトがつけられていた。楽隊がはいってきて、天皇が入場して、梵鐘《ぼんしょう》の電子音楽がほら穴で御鳴楽をおとしたみたいなぐあいに鳴って、『君が代』が演奏された。国旗を持って各国代表が一人ずつ行進し、ギリシャ、日本、メキシコの国旗があげられ、ブランデージが挨拶し、ファンファーレが鳴り、聖火が消え、旗がおろされ、大砲が鳴り、『螢の光』が演奏され、松明がゆれ、選手たちはワァワァはしゃいで茶目りながら退場し、天皇が去り、花火がドーン、ドーンと鳴った。

バイ菌に食われてにごった私の脳にも歓楽のあとの哀愁がそこはかとなくしみこんできて、陰惨なことを考えはじめた。とりわけ梵鐘が鳴ったのでやわな脳はそれにふさわしい反応を起した。なんでも説明書によると、これは黛敏郎氏が作曲し、NHKの技術部が協力してつくった電子音楽であって、東大寺、妙心寺、高野山、輪王寺など、日本の有名なお寺の鐘の音を素材にしてあくまでも原音のこだまを忠実につたえつつも〝エレクトロニクス時代のオリンピックにふさわしい〟響きをつくりだそうとして苦心したものなのだそうである。なんとも奇妙キテレツ、こっけいとも、陰鬱とも、間がぬけてるとも、暗愁にみちてるともつかないもので、じっと聞いていたら、腹をかかえて笑いださずにはいられない性質のものである。

古来、お寺の鐘は、『色即是空　空即是色』と鳴るものではないか。現世の存在すべてはむなしきいつわりであるぞよ、むなしきいつわりこそが現世の存在であるぞよ、というペシミズムを私たちの脳膜にたたきこもうとして何百年も何千年もかかって練りあげ、鍛えあげ、工夫に工夫を凝《こ》らした音ではないか。それを汗と腋臭《わきが》のむんむんたちこめる肉の祭典の開会式と閉会式にやろうというのだから、愉快である。皮肉に凝りかたまった知恵者がどこか舞台裏にかくれているのではあるまいか。子供くさい狂騒に冷水をぶっかけてやろうという演出意図ではあるまいか。この嘲罵《ちょうば》の精神はチューインガムじみた感傷的ヒューマニズムと浅薄きわまる愛国心とポン引じみた国際愛の氾濫したこの二週間の花見踊りのなかでたった一つ発揮された知性であった。なんとも突飛すぎて奇抜な逸脱ではあったけれど私は大いにたのしんだ。

お寺の鐘が得体知れぬ暗愁の混沌においてごうううおおおン、ぶわあああああンと鳴りひびくところへ『君が代』が演奏されるものだからいよいよこちらはおとむらい気分になってくる。暗い、陰惨な、いやなことばかり考えて、どうしても陰々滅々となってゆくのである。過日、永山記者に労災関係の役所へいって調べてもらってきた数字が頭に浮んでくる。オリンピック関係の工事で何人の人が死んだかという数字である。おとむらいの鐘を聞いていると、どうしてもそういうところへ考えがいってしまうのである。

▽高層ビル（競技場・ホテルなどを含む）……十六人
▽地下鉄工事……十六人
▽高速道路……五十五人
▽モノレール……五人
▽東海道新幹線……二百十一人
合計……三百三人

これが死人の数である。

病人、負傷者の数となると、もっとふえる。〝八日以上の休職者〟という官庁用語に含められる人びとであって、これは新幹線関係が入っていないが、合計、千七百五十五人という数字になる。新幹線関係の数字を入れるともっと増えるだろう。件の役所の話によれば、この千七百五十五人のうち、統計的にほぼ一割近くが障害者になるのだそうである。つまり、約百七十人が障害者になるのである。

労働者が負傷すると、どれくらいの補償がされるのかということはすでに労災病院を訪ねたときに調べておいたから、くどいようだけれど、もう一度書きだしてみようと思う。いつ誰の身にふりかかるかも知れないことなのだから、こういうことはいくら知っても知りすぎることはないと思う。

◉年　金（一級〜三級）

目玉二コ　二十四万エン

失語症と顎ガクガク　〃

半身不随　〃

両腕肘《ひじ》から上　〃

両足膝《ひざ》から上　〃

両手の指十本　十八万八千エン
失語症か顎ガクガク　〃

◉**一時金**（四級〜十四級）
両耳聞こえず　九十二万エン
顎ガクガクと舌レロレロ　〃
腕一本肘から上　〃
足一本膝から上　〃
片腕ぶらぶら　七十九万エン
両足ぶらぶら　〃
両足の指十本　〃
片腕の関節二コ　六十七万エン
片足の関節二コ　〃
キンタマ二コ　五十六万エン
片手の親指と人さし指　〃
片足の指五本　四十五万エン
脾臓《ひぞう》又は腎臓《じんぞう》一コ　〃

鼻　　　　　三十五万エン
女の顔のひどい傷　七級
男の顔のひどい傷　十二級

人体のパーツ、および人命は、日本よりも低い国があるかも知れないが、〝子宮から墓場まで〟国家が手厚く国民を保護しているデンマークのような国とくらべたらお話にならない低さである。ちかごろしきりに日本は大国であるという説を聞かされるけれど、いったい何を基準にしてそういうのだろう。下の国を見てそういうのか。上の国を見てそういうのか。たしかに日本より低い国もある。けれどデンマークよりははるかに下である。アメリカにくらべたらまたさがるだろう。米の食べかたから見ると世界第一位であるが、動物性蛋白の食べかたは世界第十八位である。国民総収入は世界第八位だが国民一人あたりの収入は世界第二十三位である。人口が多いから頭割りにするとそんなにおちるのである。

いや、こういう話はやめよう。統計や数字は感覚に忠実であるべき作家の避けねばならぬところである。私は日本を卑下もしなければ事実に眼をつぶって部分だけ拡大して誇ろうとも思わない。事実を事実として眺めたいと思うだけである。田舎者くさい虚栄を憎むだけなのである。国家が私に対してしてくれたことのみについて私は国家にそれだけの範囲内で何事かを奉仕してもよいと考えてはいるけれど、いまの日本国家についてはそんなことを感じたことがない。気質の中心において私は無政府主義者である。

お寺の鐘がごうううおおおおン、ぶわあああああンと鳴りどよめくのを聞いているうちに、つい死人のことを考え、やがて、ジョン・ダン（注・十七世紀の英国の詩人）の詩を思いだした。工場爆発、煙霧、列車脱線、地震、台風、洪水、地崩れ、幼児殺し、謀殺、いろいろな物騒なことがたえまなく起るわが国ではとくにこの弔鐘の詩を明日はわが身と考えて読む必要があるだろう。はなはだ凜々《りんりん》とした雄弁でふるえているけれど、ついにむなしく、そらぞらしいと感じられる祈りでもある。

何人モ孤島ニハアラズ　孤《ひと》リニシテ全《すべ》テニハアラズ　何人モ大陸ノ一片　全体ノ一部ナリ
モシ一片ノ土塊《つちくれ》ニシテ海ニ流シ去ラルコトノアラバ　ようろっぱノソレダケ滅ルナリ　アタカモ岬ノ滅ルニヒトシク　汝《な》ガ友ノ荘園　マタ汝レ自ラノソレノ滅ルニアタカモヒトシ　何人ノ死モ我ヲ滅ラスナリ　ナントナレバ我ハ人類ニ含マレタレバナリ　ユエニ誰《た》ガタメニ鐘ハ鳴ルト問ウコトヲヤメヨ　汝ガタメニ鳴ルナリ

◇　◇

さて。

この回で私の仕事は終る。

一年半ほどのあいだ、毎週毎週どこかへでかけていって新しい人と会い、話を聞き、新しい事を眺め、とりとめもなく見聞を書きつづってきた。一回に最低五人の人物に会うとして、この仕事をしているあいだに私はざっと三百三十五人から三百五十人ほどの人物に会ったこととなる。

人びとはどの職場でも何十年と働いてきた人ばかりであったから、一週間に三日や四日訪問してちょこまかと意見を聞いて歩いたところで、何もわかるものではなかった。家に帰って輪転機に追いまくられてそそくさと原稿を書いてはみるものの、いつも、後頭部のどこかに、むなしいことをしている、むなしいことをしているというささやきがあった。なにをどのように書いてもその気持は消えることがなかった。むなしいことだ、むなしいことだというつぶやきのほかに、いいかげんな知ったかぶりばかりおれは書いているのだと思うと、気持がわるくてわるくてならなかった。

その気持をまぎらすためと、安全株は買うまいという気持のために板ばさみとなって、文体にいろいろ苦しんだ。独白体、会話体、子供の作文、擬古文、講談、あれこれと工夫をこらしてみた。しばしばシャレを狙って穴におち、ときどきほんとに楽しんで書き、一カ月、二カ月たってから読みかえして、いつも憂鬱な気持におちこんだ。はじめ私は西鶴が試みた一群の風俗見聞録のことを考えて仕事にのりだしたのだった。好色物よりは西鶴ではそういう文集のほうが私にははるかにおもしろく感じられるのである。そこで本にするときは、私は『昭和著聞集』という副題をつけた。この副題のほうが私には本題よりもはるかに気持にマッチするのである。

毎週毎週広い東京を東西南北、上下左右にわたって歩きまわるうちに私はひどい疲労をおぼえはじめた。新しい人物に会い、新しい話を聞き、新しい物を眺め、新しい土地を歩かねばならない。小説なら部屋のなかにしゃがみこんだきりでも書けないわけではないが、この仕事はいちいちでかけていかなければならないのである。やがて私は新しさに疲れはじめた。たえまなく新しさを追いかけるのはひどく疲れることであり虚無を生むことである。毎週毎週は輪転機に追いまくられてキリキリ舞いしながら書きつづってゆくのであるけれど、本にまとめて読みかえしてみると、ひどくニヒリスティックに感じられる。おそらくそれは現代の大都会の生理である。一つの章はつぎの章となんの関係もなく、ただ東京にたまたま存在するというだけの関係があるきりである。モザイク、寄木細工みたいなものである。だから私が一章、一章の事と物と人に対して真摯《しんし》、誠実になろうとすればするだけ、全体としてはいよいよ虚無的になっていくこととなるのである。なるたけあからさまに、むきだしに書こうと私は努力したが、それでも、やっぱりいっぽうでは、自分の文章の背後にかくそうかくそうとする努力もした。そして、さまざまな玉に針をとおしながらも、どこか一本の糸がつらぬいていることがはっきりわかるようなふうに書いてみたいものだと考えていた。それが感じられるか、感じられないかは読者一人一人の感想に属することであって、私には判定のだしようのないことである。

四百字詰原稿用紙にして毎回七十枚から九十枚くらいに相当する事実を調べたが、本文はたったの十四枚分しかないので、書けなかったことのほうがはるかに多いのである。書こう書こうとしてつい書きもらしてしまったことがじつに多い。また、山谷で暮してみようと意図しながら、とうとう果せなかったということもある。防潮堤に閉めだされて高潮にさらわれるままになっている人のあることも書こうとしながら書けなかったし、魚釣りの餌のミミズを掘って生計をたてている人のあることも書こうとしたが、つい機会がなくて終ってしまった。

あちらこちらと都をほっつき歩いてみたが、知れば知るほどいよいよわからなくなった。この都をどう考えてよいのか、私にはよくわからない。狂ったような勤勉さで働いているかと思うと朝の九時からパチンコ屋は超満員である。外人にこれほど親切な都もないが、日本人どうしはソッポ向きあって知らん顔である。超近代式のホテルや競技場があるかと思うと、その外側にはマッチ箱みたいな家が苔《こけ》のようにおしあいへしあいヒシめいている。下水道が二割ぐらいしかないのに高速道路がありモノレールがある。中曾根康弘氏に会って話を聞くと政界ほど腐敗をきわめたところはなく、毎年毎年その腐敗は深まるいっぽうであるということだけれど、だからといって国が空中分解してどうにもならぬというようなことは起らない。税金はすさまじいものだけれど納めてしまえばみんなケロリと忘れるし、脳の皮が乾くくらい水涸れになっても秋になって台風がきて雨が降ったら新聞は〝慈雨きたる〟と書きたててケロリと忘れてしまう。総理大臣が、東京都はあるが都政はないときめつけたら、都庁職員はいっせいに、都政がないということは国政がないということだといいだす。なにがなにやら、ただもうもうとして、さっぱりわからない。一人の人間が自己を発見するには一生かかってもまだ足りないくらいなのだというから、ましてや千万人の都、九千万人の国となると、いよいよわからなくなるのが当然かも知れない。私たちはたえまなく日本人とは何ぞやと問いつづけ、議論しつづけ、書きつづけている。どの国民もおなじである。アメリカ人はアメリカ人とは何ぞやと問いつづけ、フランス人はフランス人とは何ぞやと問いつづけている。この問いは永遠なものであろう。もし、しいて、答えを見つけようとするなら、問いつづけることのなかにしか答えはないはずである、とでも答えるよりしかたあるまい。

東京には中心がない。この都は多頭多足である。いたるところに関節があり、どの関節にも心臓がある。人びとは熱と埃《ほこり》と響きと人塵芥《ひとごみ》のなかに浮いたり沈んだりして毎日を送り迎えしているが、自分のことを考えるのにせいいっぱいで、誰も隣人には関心を持たない。膨脹と激動をつづける広大な土地に暮しているが、一人一人の行動範囲はネズミのそれのように固定され、眼と心はモグラモチのそれに似て、ごくわずかな身のまわりを用心深く眺めまわすだけである。ある意味で東京人の心理は隠者のそれに通ずるものがある。朝となく夜となない膨脹の衝動にくらべると、私たちの心のある部分の収縮ぶりは奇妙な対照となる。

東京は日本ではないと外人にいわれるたびに私は、いや、東京こそはまぎれもなく日本なのであると答えることにしている。都には国のすべての要素が集結しているのだ。ものの考えかた、感じかた、職種、料理、下劣、気品、名声ある変化の達人の知的俗物、無名の忍耐強い聖者たち、個人的清潔と集団的汚濁、繁栄と貧困、ナポレオン・コニャックとラーメン、絶望と活力、ありとあらゆるものがここに渦巻いている。ここで思いつかれ、編みだされた知恵と工夫と狡智が地方を支配する。私はこの都を主人公にして一つの小説を書こうとも考えて探訪しつづけてきたのである。私の犯した失敗は一つ一つ見聞するたびに原稿に書いたということである。よい商人は品物を深くかくすものだという原則をやぶって、一つ一つの原料の表を書いてしまったのである。あと私にできること、しなければならないことは、この見聞録に書かなかったことや、書きおとしてしまったこと、それらさまざまの《経験》の酒を心の涼しく暗い底に寝かせて成熟を待つことであろう。もっと多くの町角を曲り、もっと多くの人の話に耳を傾け、眺めたり、舐めたり、さわったりするうちに、いつか私は眼のたくさんある作品が書けるだろうと思うのだ。うまくいけば誰も書かなかったような作品になるだろう。今日から私は壁のなかにしりぞき、とり入れた果実を拭いたり、磨いたり、床《ゆか》にならべたり、手にとってつくづくと眺めたりすることにふけるのである。

ずいぶんきわどいことやえげつないことも自由に書くことをゆるしてくれた『週刊朝日』の

編集部に感謝します。また私の視野を広げることを助けてくれた三人の記者諸君にも深く感謝します。

後　白——酔いざめの今——

さて。

こうしてしどろもどろの細道でノタうちまわって乱酔のうちに『ずばり東京』の連載が終ると、『週刊朝日』は私を続いて労働させることを思いたち、かつ、私自身の要望やそそのかしもあって、ヴェトナムへ派遣することになった。一九六四年（昭和三九年）の秋のことである。翌年の六五年の三月に帰国したが、Dゾーンのジャングル戦にオブザーヴァーとしてついていき、ヴェトコンに完全包囲されて乱射され、二〇〇人中一七人が生きのこり、そのうちの一人だったという奇蹟じみた生還であった。カメラマンの秋元啓一と二人でそういう綱渡りを演じたわけだが、これを機会に彼とはその後もしばしば諸国の混沌と流血の現場をハイエナのように覗いて歩いた。ナイジェリアのビアフラ戦争、アラブ×イスラエル紛争、パリの五月革命などである。ヴェトナムにはその後も六八年、七三年と、これは秋元ぬきだけれど二度行き、ほぼ十年間にわたって三度、それぞれ異なる局面を観察することとなった。そして次第に私は流血の闘争の現場を報道することにも観察することにもくたびれはじめ、一転して川岸にたって水の音を聞くことや魚の閃《ひらめ》きを眺めることに没頭するようになった。釣竿を片手にアラスカの荒野、アイスランドの川、バイエルンの湖、アマゾンのジャングル、南北両アメリカ縦断などを試みた。

ノン・フィクションといっても、目撃したり感知したりしたすべてのイメージを言葉におきかえることはできないのだから、それはイメージや言葉の選択行為であるという一点、根本的な一点で、フィクションとまったく異なるところがない。事実を描くことで真実に迫るという点、文体が何よりも要求されるという点、構成を苦心してドラマの効果を工夫するという点、すべての形相においてそれはフィクションの一つにほかならないといいきってもさほどの誇張にはなるまいと思われる。ノン・フィクション・ノヴェルというものができるのも当然のことである。ラジオ、テレビ、新聞、週刊誌、月刊誌は毎週、毎月、毎年、おびただしい情報を〝真相〟として報道することにふけっているが、その反面、人びとはいよいよ〝実物〟を触知したい、感知したいという焦躁にとらわれていくように思われる。うさんくさい、まがいものの〝事実〟の氾濫にうんざりしているのである。それぐらいファクト・ファインディング（真相探求）というものは困難で厄介でしんどいことなのであるが、そうだとわきまえてとことんの深部から覚悟と知覚を抱いて事にあたる書き手はほとんど一人もいないといってよろしい。〝私ハ見タノダ〟とか、〝コレガ事実ナノダ〟という信仰くらい騒々しくてうつろな迷妄は類がない。

しかし、ノン・フィクションはフィクションの一種であるといっても、書き手が目撃しなかった事物を目撃したように書くことは許されていないはずである（現実にはおびただしく安易にしょっちゅう侵犯されているルールであるが……）。そこでおっかなびっくり〝私ハ見タ〟の確信をたしかめたしかめ見た物についてペンを進めていくのだが、フィクションの発想と異なる細道をたどらなければならないので、この道ばかりをたどっていくと、やがて、いつとはなく、ポイント・オブ・ノー・リターンに迷いこみ、フィクションを書くことができなくなるか、または、きわめてむつかしくなってくる。つまり〝事実〟もまた他のいろいろのこととおなじく二つの刃を持つので、刺す人が刺されるという情念の倒錯が書き手を嚙みはじめ、想像力を扼殺しにかかる。

諸国放浪のうちに私はいつとなく、誰に教えられるともなく、〝事実〟にも二種あって、フィクションにしたほうが本質を伝えられると感じられるものと、ノン・フィクションにしたほうがいいと感じられるものとがあると知覚するようになり、薄暗い、たよりない〝心〟という記憶銀行にいくつものエピソードやイメージや言葉を貯蓄するようになったが、川から書斎にもどってきて、深夜の灯のしたで、それらをひとつひとつ、宝石か、ゴロタ石かと点検にかかることから〝創作〟の仕事がはじまる。じつにしばしばけじめがつかなくなって茫然となり、ついにはフトンをかぶってフテ寝をきめこんでしまう夜々ではあるけれど……。

以上。

ごく短く。
いささか乱暴に。

昭和五十七年七月某夜　茅ケ崎にて

生臭い真実の昭和三十年代

泉《いずみ》　麻人《あさと》
（コラムニスト）

若い頃、文学の世界にさほど興味のなかった僕が、開高健の存在を知ったのはテレビのCMだった。もうおよそ三十年前になるだろうか、ヘビーデューティーなチェック柄のシャツを着て、メガネを掛けた小太り気味のおじさんがカナダやらニューヨークのハドソン川やらで釣りをしながら、「今日もオケラや」などと呟くサントリーオールドのCM——それが開高健との出会いであった。

この『ずばり東京』を初読したのは、それからさらに十年余り経った頃、手持ちの文春文庫版の巻末に〝92年9月10日　第7刷〟の表示があるから、僕自身すでに東京に関する著作をいくつか出していた頃だ。以来、近過去（主に昭和三十年代）の東京の話を書くときの、重要な参考書の一つとなった。

昭和三十八年の晩秋から翌三十九年の秋にかけて、「週刊朝日」に連載されたこのエッセーには、いわゆる〝オリンピック前夜〟のバタバタとした東京の雰囲気が見事に記録されている。ちなみにこの連載の前に『日本人の遊び場』（先頃、本文庫より刊行）というセレモニー的な短期集中連載があって、こちらで「青山ボウリング場」とか「船橋ヘルスセンター」といった、当時のトレンドスポットを積極的に扱っているせいか、この「ずばり」の方では、むしろ衰《すた》れゆく場所や風俗に目を向けた、という印象が強い。

首都高にフタをされた日本橋、竪川《たてかわ》のポンコツ横丁、練馬のお百姓、佃《つくだ》の渡し、演歌師、縁日の露店……と、近代化の波の蔭で、しぶとく頑張る産業や風物を取り扱った項が目につく。錦糸町西方の竪川のポンコツ屋（自動車解体業）街などは、〝昭和史〟の記録からも忘れ去られた貴重なルポといえるだろう。いま、どういうわけか立川と名を改めたその界隈を歩いてみると、ポンコツ車の山こそ見えないが、「自動車修理」の看板を出したビルが仄《ほの》かな名残りを漂わせている。

佃の渡しは、この連載期間でもあった三十九年の夏に、佃大橋の開通とともに廃止された。これは原体験のない世代にも知れわたった、有名な東京史物の一つといえるが、島の古老が語る佃言葉の由来などは興味深い。

「大阪弁なんだね。ナニ、アンドルマ、ミロマカー、アンナコトシテテケツカル、ミネマカー。言葉の尻に〝カー〟というのをつける」

家康が摂津から連れてきた漁師の言葉が源というが、こんな方言が伝承されていたのも、おそらく開高が取材した頃がぎりぎりだろう。

読んでいて、まず驚ろかされるのは、こういった市井の人々の喋り言葉の聞き取りだ。そろそろ普及しはじめた録音機器を使っていたのか、マシンガンのようにメモを取り続けたのか、その辺の楽屋話は明かされていないが、被取材者のリアルなコメントのボリュームに圧倒させられる。取材に取り組む開高の油っこいエネルギーが伝わってくる。いまだからこそいえることだが、そこに地面をドンカン掘り返して、地下道をつくったり、ビルをボコボコおっ建てていた、オリンピック前夜の激しい東京風景が重なり合う。

　週刊誌の連載ゆえ、時事的なフレーズがさりげなく使われているあたりも面白い。その辺をちょっと解説してみよう。

　しばしば出てくる「煙霧」。これはスモッグの訳語で、この時代の一種のハヤリ言葉でもあった。天気予報好きだった僕は、天気図にお目見えするようになった∞（煙霧）のマークに、夢の超特急ひかり号と同じようなトレンド感をおぼえたものだった。

「バカンス」は東レのキャンペーンとザ・ピーナッツのヒット曲（恋のバカンス）で昭和三十八年にブレイクしたフレーズ。葬儀会社やうたごえ喫茶の項で「ハイファイ」というのが出てくるが、これはおそらく新式のステレオを意味する表現だろう。そして、都庁職員の日用具として登場する「ヘップ」。今も時折、古びた履物屋の看板などに見掛ける、この奇妙なカタカナ語、「ローマの休日」がヒットした昭和二十年代の終わりに、オードリ・ヘップバーンが履いていたサンダル風の靴を発端に、その後ふつうのサンダルまで含めた俗称に広がった……奇妙な経緯をもつ。

そう、タイトルの「ずばり」も人気番組「ズバリ！当てましょう」あたりがヒントになったのかもしれない。

師走の神宮外苑の屋台で、いい調子になったアベックの会話を拾った場面がある。

「いいねえ、このお二人」

「いやァん」

「これから千駄ヶ谷です」

若い読者は、この流れで「千駄ヶ谷」といわれてもピンとこないだろうが、昭和四十年代の前半頃まで、鳩森神社の周辺には♨（サカサクラゲ）のネオンを灯した連れこみ旅館が密集していたのだ。千駄ヶ谷イコール、そういうことだったのである。

師走の屋台の回のように会話調で通したり、子供の作文の雰囲気で下水処理場のウンコの観察記（それにしても開高は雲古ネタが好きだ！）を仕上げたり、文体も所々工夫が凝らされている。『瘋癲老人日記』のスタイルで綴られた人間ドックの体験記は、いま読んでも充分愉快だが、谷崎の作品発表は前年（三十七年）のことだから、当時はいっそう刺激的なパロディーネタだったに違いない。

「ゴム管ヲクワエタママ予ハ三階カラ一階ニ下リテレントゲン室ニツレコマレ、腹ヲ右ニ押シタリ左ニ押シタリシテゴム管ヲ十二指腸ヘツッコマレタ。病室ニモドッタラ硫酸マグネシウムトイウ苦イ、イヤナ水ヲ呑マサレテゲエゲエト嘔《ア》ゲタ。ゴム管カラ黄イロイノヤ白濁シタノヤ、サマザマナ液ガ流レダシ、看護婦ガ涼シイ目ツキデ一本一本ノ試験管ニ取ル」

デラックス病院とはいえ、初期の人間ドックの乱暴な検査の模様が五日間にわたって記されている。しかし、翌日に内臓の検査があるというのに、硫酸マグネシウムの口直しとばかり、日々抜け出して銀座に飲みに行ってしまうのだからすごい。そしてこの項は、前にルポした労災病院（目玉二コ二十四万エン……などのパーツの年金標価には驚ろいた）を引き合いに「天国と地獄」として、懐疑的に締めくくられる。ここでいう「天国と地獄」も、時代的にみて黒沢映画が念頭にあるのだろう。

「あそこへいったら郷里《くに》の民謡も聞けるし歌うたってたらなにもかも忘れられるんだけど、あとがかえってつらいわ。ゲッソリしてしまう。だけど、またフラフラといきたくなるの」

と語る、うたごえ喫茶の常連。

「休暇に山へゆくだけの体力だけはとってあるな」「ゲーテ、トルストイを読みたいと思ったことがあったけど、もうだめだな」

なんて、工場の独身寮の若者の談話を読んでいると、集団就職列車で上京してきた、井沢八郎の「あゝ上野駅」に描かれた、純粋無垢な若人《わこうど》の姿が浮かんでくる。

ああ昭和三十年代だなぁ……漠然と素朴な時代の風景を想像してしまいがちだが、いまどきの牧歌的な「昭和三十年代考」とは、矛盾した部分にも気づかされる。

「盗みなら盗み、脅迫なら脅迫にしても計画的に時間をかけてやるよりはむしろ突発的、衝動的にやる例が多く、スリのように修練や技術や思考の計算を必要とする非行はほとんどない……」

少年犯罪の性格は、すでにイマ風に変わりはじめていた。

「東京では縁日がどんどん減りつつある。昔の三分の一ものこっていないだろうという。のこっている縁日も昔とくらべたらお話にならないくらい変ってしまった。辻講釈《つじこうしゃく》、大道芸人、演歌師、ヘビ屋、ガマの油売りなどといった諸師がことごとく消えてしまった」

開高は幼き戦前の光景を回想しつつ、金魚すくいや植木、スズムシ売りの露店が並ぶ縁日を「お話にならない」と嘆いている。

自民党の総裁選挙の見物記もこうだ。

「池田派も佐藤派も藤山派も、だみ声も白い胸のハンカチも、ついにおなじことである。論理としての政策の争いはなにもなかった。〝高度成長政策のヒズミ〟、〝人間不信の政治〟、〝民族自主独立の外交〟、トランペットは一度だけ高鳴って、消えてしまった」

温故嘆新、とでもいおうか。古きを愛で、新しきを嘆く姿勢は、ほとんど現在と同じなのだ。美しき昭和三十年代は、オンタイムではさほど大したもんではなかった。いま、晴れやかなナレーションにのせて紹介される、高度成長期とはナンだったのか？　美化された回顧映像では伝わってこない、生臭いあの時代の東京の正体が見えてくる。

●本書は、一九八二年十月、文春文庫より刊行されたものに、「路上にて　開高健全ノンフィクションⅢ」（一九七七年七月文藝春秋刊）より『「求人、当方宿舎完備」』『〝マンション族〟の素顔』の2編を加えたものです。
●本文中、今日の観点から見て、考慮すべき表現、用語が含まれていますが、著者がすでに故人であること、作品が書かれた時代的背景などに鑑み、おおむねそのままとしました。

開高健記念館のご案内

開高健は1974（昭和49）年に、東京杉並から茅ヶ崎市東海岸南に移り住み、1989（平成元）年に亡くなるまでここを拠点に活動を展開しました。その業績や人となりに多くの方々に触れていただくことを目的に、その邸宅を開高健記念館として開設したものです。

建物外観と開高が名付けた「哲学者の小径」を持つ庭と書斎は往時のままに、邸宅内部の一部を展示コーナーとして、常設展示と、期間を定めてテーマを設定した企画展示を行っています。

●交通／

JR茅ヶ崎駅南口より約2km。

東海岸北5丁目バス停より約600m（辻堂駅南口行き　辻02系　辻13系）

＊記念館に駐車場はありません。

●開館日／

毎週、金・土・日曜日の3日間と祝祭日。

年末年始（12月29日～1月3日）は休館させていただきます。また展示替え等のため、臨時に休館することがあります。

●開館時間／

4月～10月：

午前10時～午後6時

（入館は午後5時30分まで）

11月～3月：

午前10時～午後5時

（入館は午後4時30分まで）

●入館料／無料

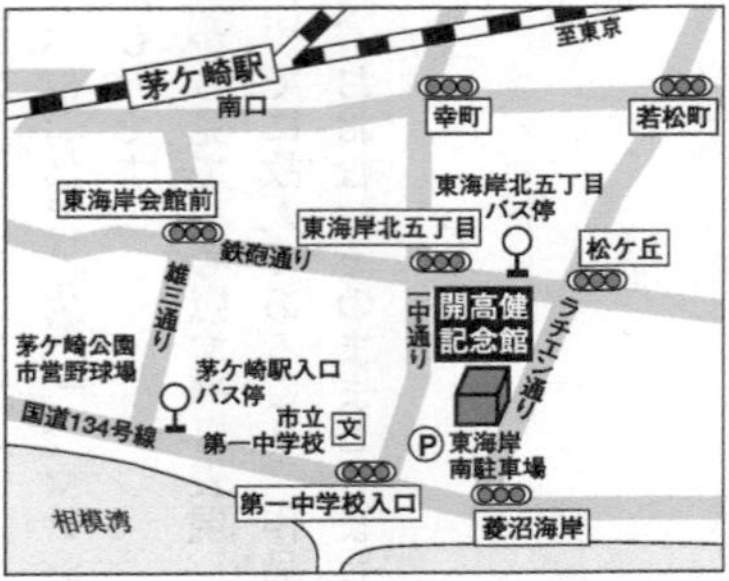

●所在地／

〒253-0054　神奈川県茅ケ崎市東海岸南6-6-64　Tel & Fax: (0467) 87-0567

開高健記念会ホームページ

http://kaiko.jp/

光文社文庫

開高健ルポルタージュ選集

ずばり東《とう》京《きょう》

著　者　開《かい》　高《こう》　健《たけし》

2007年9月20日　初版1刷発行
2025年1月15日　6刷発行

発行者　三　宅　貴　久
印　刷　大　日　本　印　刷
製　本　大　日　本　印　刷

発行所　株式会社　光　文　社
〒112-8011　東京都文京区音羽1-16-6
電話（03）5395-8149　編　集　部
8116　書籍販売部
8125　制　作　部

落丁本・乱丁本は制作部にご連絡くだされば、お取替えいたします。
ISBN978-4-334-74309-3　Printed in Japan

光文社文庫　好評既刊

光文社文庫　好評既刊

ちびねこ亭の思い出ごはん　キジトラ猫と菜の花づくし　高橋由太
ちびねこ亭の思い出ごはん　ちょびひげ猫とコロッケパン　高橋由太
ちびねこ亭の思い出ごはん　たび猫とあの日の唐揚げ　高橋由太
ちびねこ亭の思い出ごはん　からす猫とホットチョコレート　高橋由太
ちびねこ亭の思い出ごはん　チューリップ畑の猫と落花生みそ　高橋由太
ちびねこ亭の思い出ごはん　かぎしっぽ猫とあじさい揚げ　高橋由太
ちびねこ亭の思い出ごはん　茶トラ猫とたんぽぽコーヒー　高橋由太
女神のサラダ　瀧羽麻子
退職者四十七人の逆襲　建倉圭介
あとを継ぐひと　田中兆子
王都炎上　田中芳樹
王子二人　田中芳樹
落日悲歌　田中芳樹
汗血公路　田中芳樹
征馬孤影　田中芳樹
風塵乱舞　田中芳樹
王都奪還　田中芳樹

仮面兵団　田中芳樹
旌旗流転　田中芳樹
妖雲群行　田中芳樹
魔軍襲来　田中芳樹
暗黒神殿　田中芳樹
蛇王再臨　田中芳樹
天鳴地動　田中芳樹
戦旗不倒　田中芳樹
天涯無限　田中芳樹
白昼鬼語　谷崎潤一郎
ショートショート・マルシェ　田丸雅智
ショートショートBAR　田丸雅智
ショートショート列車　田丸雅智
おとぎカンパニー　田丸雅智
おとぎカンパニー　日本昔ばなし編　田丸雅智
令和じゃ妖怪は生きづらい　田丸雅智
優しい死神の飼い方　知念実希人